Sonya
ソーニャ文庫

恋が僕を壊しても

栖野すばる

イースト・プレス

contents

プロローグ

「リィギス、お前は尊い子だ。私にも妃にとっても、初孫のお前は宝物だ」

十二歳の誕生日、祖父はそう言って、リィギスを抱きしめてくれた。

「だから決して、自分を惨《みじ》めに思って涙を流すな。私と約束をしなさい。王族は、自分よりも他人のことを思って生きねばならない」

祖父の目は、リィギスとよく似た美しい青だ。アスカーナ国王である祖父は、故郷を追われたリィギスを、他の子供や孫とわけ隔てなく大事にしてくれた。

「ほら、見てごらん、リィギス」

祖父に促され、リィギスは手すりの外側を覗き込む。

ここはアスカーナ王国の王宮。春の優しい風が、バルコニーに立つ祖父とリィギスに、優しい花の香りを届けてくれる。

精緻《せいち》に整えられた庭園には、色とりどりの花が咲き乱れ、ここに暮らす人々の目をたのしませている。

空は晴れ、日差しは透き通り、真っ白な王宮の尖塔《せんとう》を鮮やかに際立たせていた。

「庭園の先、もっと遠くを見てごらん」

祖父が、黄色の屋根が連なる、王都の街並みを指さした。

世界で一番美しい街、文化の都と呼ばれる、アスカーナの王都アスカリオン。

無数の建物が、整備された区画を埋め尽くしている。屋根はどこまでも続き、都市の果ては見えない。

目の前に広がる光景は、大陸最強の海軍を擁するアスカーナの王都にふさわしい威容だった。

——王都には、一体何軒の建物があるんだろう?

リィギスは背伸びをして、街並みのその先を見ようとした。幼さの残る仕草がおかしかったのか、祖父は笑って、リィギスの頭に大きな手を置いた。

「この建物の一つ一つに人が暮らし、それぞれが、己の命を、平和を、愛する誰かを守ろうと必死に生きている」

祖父の海色の視線は、じっとアスカリオンの街並みに注がれている。リィギスは、引き締まった祖父の横顔から目を離せなくなった。

「アスカーナは広い。国というのは、本当に広く大きいのだ。この美しい王宮だけが国ではない。そのことを忘れるな」

まるで、祖父自身に言い聞かせているような声音だ。

アスカーナの賢王と呼ばれる祖父の教えに、リィギスはこくりと頷《うなず》いた。

「はい、お祖父様」

「大きなものを深く知るには、まず賢くなければ。未来のガシュトラ王としてよく学ぶのだぞ、リィギス」

街並みから目を離した祖父は、そう言って、リィギスの頭を撫《な》でてくれた。

――僕は、ガシュトラ王国の王太子。いつかあの国の王になるんだ。追放されたくらいで、諦めるものか……！

リィギスは、隣国ガシュトラの王太子である。二歳の頃に母国から排斥され、祖父が治めるアスカーナ王国の王宮で育った。

ガシュトラ王国は、アスカーナ南部の大陸から突き出したガシュタン半島を領土としていて、長い間、アスカーナを中心とする大陸諸国とは、ほぼ交流を持たなかった。

大陸との交流がなかった理由は、半島の『付け根』部分の大半を、天を突く大山脈に遮《さえぎ》られているからだ。

踏破《とうは》困難な山脈地帯のせいで、これまで陸路を通じての国家交流は行われなかった。

大陸諸国からガシュトラへ向かうには、海路しか手段がない。小型船ではたどり着くのが難しい距離だ。過去の歴史で『大陸から切り離された国』とされた理由も頷ける。

しかし時代は変わり、ここ数年で船舶の技術も大きく進化した。

大陸からガシュトラへの訪問が容易になり、かの国の纏っていた秘密の薄霧も、だんだんと晴れていった。

ガシュタン半島は昔から、『古き神々の眠る場所』と呼ばれている。訪問が困難な土地柄ゆえ、神聖視されていたのだ。同時に、閉鎖的な地形は、ガシュトラの発展を遅らせ、他とは異なる文明を保たせてきた。

——ガシュトラに残るいにしえの文明か。僕の瞳の色も、ガシュトラにおいては『悪』とされている。やはり、僕の故郷は、大陸諸国とは明らかに違う。

長い指でまぶたに触れ、リィギスはため息をついた。

リィギスの目の色は、生まれつき鮮烈な青色をしている。

これほどくっきりした青い瞳は、金髪碧眼の人間が多いアスカーナでさえ珍しい。

リィギスの瞳の色は、ガシュトラでは『呪いの色』と呼ばれていた。

鮮やかなこの青は、遙かな昔、ガシュトラを呪い滅ぼそうとした疫病の化身、悪神リゴウの肌の色と言われている。

青肌の女神といえば、ガシュトラの神話の中でも最悪とされる存在なのだ。

更に悪いことに、リィギスが生まれたのは、二十年に一度訪れるリゴウ熱の大流行期だった。『大禊《おおみそぎ》』と呼ばれるその年、人々がリゴウ熱で倒れる中、悪神の象徴とされる青い目で生まれた王子を、人々は忌み嫌った。

『呪われた王子は出て行け』

怯《おび》えた人々の声に逆らえず、リィギスはたったの二歳で、母国を追い出された。

……そもそも、話は十五年前に遡る。

造船技術の爆発的発達に伴い、ガシュタン半島周りの航路開発を必要としていたアスカーナは、ガシュトラ王国に補給港の設置を求めた。

ガシュトラには他国の船舶を受け入れられるような港がほとんどない。

あるのは小さな漁港で、設備も宿もなく、そこに暮らす人々は自分たちの生活で精一杯。

そこでリィギスの祖父は、ガシュトラ王国に対し、アスカーナ王国と共同で大規模な港町を開発しよう、と申し出たのだ。

アスカーナおよび、大陸諸国の意思決定組織である『大陸連合』の力に怖気《おじけ》づいたガシュトラ王は、その申し出に同意した。

そして、国家友好の証として、若き王のもとへ嫁いだのがアスカーナの第一王女だったフェレナ姫。リィギスの母だ。

幼い頃から聡明で『どこに出しても恥ずかしくない』と貴族院が太鼓判《たいこばん》を押したフェレナ王女は、気の弱い、十四歳年上のガシュトラ王のもとへと嫁いだ。

『神の声が聞こえる』と自称する後進国の王との暮らしを強いられ、少女だった王女はどんな気持ちだったのだろう。とんでもない国に来てしまったと思ったのではないか。

「お祖父様、ガシュトラにもきっと、このようにたくさんの家があり、人々の暮らしがあるのですよね？　それを守るのが、僕の使命なのですよね」

リィギスの問いに、祖父は考え深げな目になり、しばらくしてゆっくり頷いた。

「かの国で最も力を持つのは、ガシュトラ大神殿だ。あの国は宗教の力が強く、その頂点に立つ祭司長が権力を握っている。だが、神の声では国民は守れない。支配者は宗教を尊重した上で、科学の力で文明を発展させていくべきなのだ」

「はい、お祖父様のおっしゃるとおりです。信仰心は大事なものですが、文明や科学こそが人々を守る力です。僕は必ず、ガシュトラに新しい風を採《と》り入れます」

リィギスの答えは及第点だったのだろう。

嬉しそうに笑った祖父は、リィギスの額に口づけをしてくれた。

「そのとおりだ。宗教と科学、この二つは決して相反するものではない。この大陸に先史文明が栄えていた時代から、人々は科学の発展を追求してきた」

リィギスの脳裏に、教師から教えられた大陸古代史の話が浮かぶ。

祖父の言うとおり、大陸の先史文明は、高い科学力を誇っていたらしい。

だが、その先史文明を築き上げた古代人たちは、もういない。

古代人は、自らを『ザグド人』と称して、大陸全域で暮らしていた。だがザグド人は、極めて数が少なかっただけでなく、他の大陸から移り住んできた人々と相容れず、人目を避けて山や樹海の奥に移動したり、人の訪れない離島へ渡ったりしたのち、この大陸を去ったと伝えられている。

だがザグド人の残した高度な技術の一部は、何百年も掛けて解析され、今でも様々な技術の礎《いしずえ》となっているのだ。

偉大なる遺産のおかげで、人類は安全や利便性、病に打ち勝つ術を手に入れたといえる。

「国というのは人々の平和と豊かさがあって成り立つもの。それを支えるのが科学だ」

リィギスは、祖父の言葉に力強く頷いた。

――僕は形なき神によりどころを求めたりしない。

祖父とのひとときを終えたリィギスは、自室に戻り、鏡を覗き込んだ。

――僕がお祖父様とお祖母様に預けられたのは、この目のせい……。

鏡には、抜けるような青色の目が映っている。

『この国を滅ぼす子が生まれた』

父王は、リィギスが生まれたとき、錯乱《さくらん》してそう叫んだらしい。

ガシュトラの王は、神の声を聞く予言者だと信じられている。

その王が口にした不吉極まりない言葉のせいで、国民はリィギスを嫌悪した。

だから母は、二歳のリィギスを実家の父母に預けた。

まだ十代だった母は、赤子のリィギスを抱き、夫や大神殿の関係者、息子を忌み嫌う周囲の人々に『どうか罪のないこの子を受け入れてください』と願い続け……二年掛けて、どうにもならない現実を受け入れたのだと聞いた。

『お父様とお母様に、どうかリィギスをお守りくださいませ、と伝えて』

リィギスをアスカーナ大使に託すとき、母は二十歳を過ぎたばかりの娘とは思えぬほど憔悴《しょうすい》した顔で、故郷の家族に向けてそう伝言したらしい。

胸が痛い。リィギスさえ無難な目の色で生まれていれば、母は苦しまずに済んだのに。

二歳の子供を手放す絶望も、嫁ぎ先で孤立する悲しみも、味わわずに済んだのに。

——呪いなどこの世にはない。僕の青い目は、偉大なお祖父様の血を引く証だ。

リィギスは鏡を見て、自分にそう言い聞かせた。

王族の義務は多岐にわたる。

正体不明の呪いに怯えている暇があるならば、少しでも多くの問題に取り組み、民のために努力を重ねねばならないのだ。

——国は広く、民は多い。僕の人生は、すべてを見るには短すぎる。呪いなどに怯えている暇はないんだ。帝王学、経済学、科学に医学に地理学……国のために知らねばならないことは山ほどある。

祖父は、王族としての心構えをリィギスに繰り返し教えてくれた。国の大きさを知り、己の小ささを知って、歩みを止めるなと……。

もちろん、祖父の行いは単なる孫への愛情によるものではない。

祖父は、リィギスを対ガシュトラの攻略尖兵《せんぺい》とすべく、アスカーナ最高水準の教育を施してくれたのだ。

リィギスは、政略のために嫁がされた母と同じ立場である。ガシュトラに戻ったが最後、今は家族のように接してくれるアスカーナ王家の人々も、利害を異にする対立者としてリィギスに接してくるだろう。

まだ十二歳のリィギスを助けてくれる人間はいなくなる。だから、強くならなければ。

リィギスは細い手に不似合いな、分厚い経済書を手に取ってめくり始める。

——負けてたまるか。僕は、ガシュトラの王になる。王になったら……後進国の王なんて立場に甘んじたりしない。もっと豊かで、開放的な国にしてみせるんだ。

母国を想うたび、リィギスのまぶたの裏には、記憶にないはずのガシュトラの風景が思い浮かぶ。

様々な文献で、何度もガシュトラに関する話を読んだ。紙に穴が開くほど読み直した。だから生々しく故郷の光景を想像できるのだろう。リィギスの思い浮かべる大樹の森からは、緑の匂いさえ漂ってきそうだ。

『ガシュタンの背骨』と呼ばれる山脈の裾に広がる大森林。大陸とは異なる宗教体系を持つ、閉ざされた神の国……。

まだ見ぬ自然豊かなガシュトラの大地が、リィギスに手招きをしているように思える。

——ガシュトラを開かれた豊かな国にするのが、僕の使命なんだ。

そう思うたびに不思議な力が湧いてくる。

この青い目は呪いの証などではない。いつか母国に戻って、良き王族であることを証明してみせる。自分の力で這い上がってみせる。

『リィギス、貴方は、ガシュトラの王さま』

はっきりと人の声が聞こえた気がして、リィギスは顔を上げる。そして、すぐに気づいて一人苦笑した。

――ああ、またこの幻聴か。

慣れっこになっているリィギスは、ため息をついてその声をやり過ごす。昔から一人でいると、その場にいない女性の声が聞こえることがあるのだ。声の主は常に同じだ。あまりにはっきりした声なので、現実だと勘違いすることもある。

四、五歳くらいの頃にはもう聞こえていて、祖母が『リィギスの脳に腫《は》れ物ができているのかもしれない』と大騒ぎし、国一番といわれる頭の医者に診せてくれた。

だが医者は、念入りな診察の結果、祖母の悲痛な訴えを否定した。

『子供にはたまにあることです』と診断したのだ。幼い頃に心が傷ついた子供は、己を慰めるため、目に見えない友達を作ってしまうことがある、と。

――幻聴は、僕の心が作り出したものだ。大人になれば治る。

リィギスは、己にそう言い聞かせた。

一年後、十三歳のときに、リィギスの夢は叶った。

王太子として、ガシュトラ王国に帰還できることになったのだ。

『愛するリィギス。陛下がリゴウ熱に罹患《りかん》されました。しかし、治療剤が奏功《そうこう》しません。もしものことがあった場合に備えて、戻ってきてください。ガシュトラ大神殿は、貴方を王太子として迎えると確約してくれました』

母フェレナ王妃からの手紙には、そう記されていた。

『リゴウ熱』という忌まわしい言葉に、リィギスは顔をしかめた。古来よりガシュトラを苦しめてきた疫病の名だ。

信心深いガシュトラの人々は、この致死率の高い疫病を『善なる神に滅ぼされた〝悪神リゴウ〟の呪いの一つ』と信じている。

呪い云々の話は迷信だと思っているが、悪神の仕業と言われても反論はできない。リゴウ熱は未だに病原体の特定にも至っていないのだ。

人の多い都市部で発生し、連鎖的に周囲に広がっていく悪夢のような病としか分かっていない。そのリゴウ熱に、父が感染してしまったとは。

だが、父王を案ずる気持ちが、まるで湧かない。神の声を聞く唯一の存在、偉大なる神の国の王、そして、リィギスを庇わず顧みることすらしなかった人。父は母と違って、リィギスを案じる手紙さえ、一度もくれたことはなかった。まるでガシュトラに戻ってくるなとでも言うように。

己の冷淡さを悲しく思いながら、リィギスは、愛する祖父母のもとを離れ、故国ガシュトラに戻る船に乗った。

見送りには、国王夫妻、そして、王太子の伯父までが足を運んでくれた。

「ガシュトラ王国は国際海運の要衝《ようしょう》となる場所。あの国を『港』として機能させることが、我ら大陸諸国の悲願だ。どうかお前も力を尽くしておくれ」

祖父の言葉に、伯父が言葉を言い添える。

「今は神々の時代ではない。人と科学の時代がやってきたのだ。ガシュトラ王国を正しい方向に導けるのはお前しかいない」

ガシュトラに戻ってもアスカーナに有利な働きを見せてくれ。そう言外に匂わせる言葉だった。

故郷に戻ったら、愛する祖父や伯父はリィギスの味方ではなくなる。

リィギスは、母国ガシュトラを売り渡さずに済むよう『家族』と戦わねばならない。その覚悟を持って、この船に乗り込まねば。

リィギスは涙をこらえ、祖父母と伯父に別れの言葉を告げた。

「ありがとうございます、お祖父様、お祖母様、伯父上。次にお会いするときは、ガシュトラとの通商条約調印の席ですね」

しっかりとしたリィギスの言葉に、祖父と伯父は頷き、祖母は背を向けて涙を拭《ぬぐ》った。

もう別れの時間だ。名残は尽きないが、船に乗らなくては。

「伯父上も、お祖父様も、どうかお元気で」

『家族』と最後の抱擁《ほうよう》を交わし、リィギスはガシュトラ行きの船に乗り込んだ。

――たとえ呪いの王子と呼ばれても、僕は負けない、絶対にガシュトラを、アスカーナのような豊かな国にしてみせる。

故郷のことを思った刹那《せつな》、脳裏に緑色の光景が広がる。リィギスが想像するガシュトラの森は、どこまでも深くて広く、果てしなかった。

『リィギス、貴方は、ガシュトラの王さま』

透き通るような女の声がリィギスに語りかけてくる。

幻の声はいつもと同じように、すぐに聞こえなくなった。リィギスは、船の甲板でまっすぐに背を伸ばし、きらきらと輝く水平線に目をやった。

――僕は絶対にいい王になる。ガシュトラを開かれた良い国にしてみせる。

蒸気船は滑るようにガシュタン半島沿いの航路を進む。船で五日進むと、大陸と半島を区切る『ガシュタンの背骨』の裾野に広がる、王都へたどり着くはずだ。

――一つ一つの屋根の下にある命を、すべて大切に思う王にならなければ……。

リィギスは繰り返し自分に言い聞かせながら、緑の祖国へと足を踏み入れた。

第一章

　夢の中のイナは、いつも、大きな犬にじゃれつかれている。

　その犬は、イナの顔をいっぱい舐めた後、嬉しそうに顔を覗き込んでくる。

　尻尾を千切れんばかりに振って、灰色の目を輝かせ、ねえ、おきて、あそんで……そう訴えかけてくるようだ。

　だが、まだ赤ちゃんのイナは、びっくりして泣いてしまう。

　優しい男の人の声が『ロロ、やめなさい』とたしなめてくれて、やっと、イナは解放されるのだ。

　驚いて甘え泣きしているイナを、女の人が優しく抱き上げてくれる。

『びっくりしたわね、お顔を舐められちゃって』

　その夢を見た後は、いつも幸せな気持ちで目を覚ます。

　あれは、遠い昔に失われた『お父さんとお母さん』の声なのだろうか。

　なぜイナは、孤児院に送られたのだろう。

　なぜ恐ろしい『被検体』に選ばれてしまったのだろう。

――もう、夜だ……眠いなぁ……今朝飲まされた毒が強すぎたのかも。夕食、食べ損ねちゃったな。

目覚めたら、夢の中で赤ちゃんだったイナは、十歳の女の子に戻っていた。

イナは寝所から抜け出し、鏡の前に行って絡まった長い白金色の髪を手で梳く。

自分以外に、こんな淡い色の髪の人間を見たことがない。

ここはガシュトラ王国の宗教界の頂点、祭司長ダマンの屋敷だ。ガシュトラ宗教界の中心、大神殿の一角にある、壮麗な邸宅である。

連れてこられたのは十日ほど前。それまでは、海が見える崖の上の小屋にいた。

イナはそこで『被検体番号五』と呼ばれて暮らしていた。

ガシュトラ王国は、千年以上の歴史を誇る国だ。

国土は巨大なガシュタン半島と、周囲の諸島群で構成される。周囲を巡る温暖な海流のおかげで、気候は穏やかで海産物も豊富だ。

ガシュトラは『善なる神』に守られた、とても住みやすい国だと教わった。

ただ一つ、『リゴウ熱』という恐ろしい疫病が定期的に流行することを除いては……。

イナは薄暗い寝室を飛び出し、もう一つの大きな部屋に顔を出す。

そこには、大きな絵が掛けられていた。

十歳の女の子が暮らす部屋には、あまりにふさわしくない絵だ。

たくさんの人が、倒れ伏している。あるものはもがき苦しみ、あるものは土色の肌で虚《こ》空《くう》を見つめ……。赤黒く塗られた背景からは絶望がにじみ出てくるかのようだ。

イナは若草色の瞳で、じっとその絵を見上げた。

定期的にガシュトラを悩ませる呪いの疫病『リゴウ熱』は、これまでに多くの人々の命を奪ってきた。

毎年、国内の各所で発病者が報告されているが、特に二十年に一度の感染爆発『大禊』が起きる前に、発症者には治療剤を飲ませなければいけない。

その薬を作るのが、イナだ。

イナは物心つく前に、祭司長ダマンに引き取られた。

祭司長ダマンは、善なる神を祀《まつ》るガシュトラ大神殿の総責任者だ。この国の影の長、とも呼ばれている。イナという名前を付けたのも彼だ。

イナとは、古代ガシュトラ語で『五』を意味する。五番目の被検体という意味である。

被検体は全員、番号で管理されるという。だからイナは、親がくれた名を知らない。

――私は、被検体の、五番。名前の意味はそれだけ。

リゴウ熱の治療剤を作るには、猛毒を摂取し、体質を変えられた若い女が必要なのだ。

服毒により体質が一時的に変わった人間が、薬剤をたたえた容器に両手を浸すと、反応が進み、リゴウ熱の治療剤が出来上がる。

しかしこの薬を作れる人間を育てるまでには、大量の犠牲者が出る。

猛毒を継続的に服用できる人間の数は、とても少ない。服毒実験が行われるたびに、たくさんの子供たちが力尽きて死んでいく。

だが稀に、この猛毒に耐性がある女児がいる。イナもそうだった。

イナは規定量の毒を飲まされても、体質が変わるだけで、死ぬことなく無事に生き延びた。

——私、おやつだって言われて、飲んだ。飲むと、苦しくなる果実水……。

あの一口がイナの『治療剤の製造者』としての人生の始まりだった。

他の子も、きっとおやつだと言われて飲んだのだ。イナは飲んで気を失った後、再び目が覚めたけれど、生き延びられなかった子供たちは、目が覚めなかったのだろう。

それが、最初の選別だった。そのあとはもう、果実水だと偽られることもなく、ただひたすら毒を投与された。一度飲んだら諦めて素直に飲むようになるのだと、周囲の大人たちは言い交わしていた。

そして、同時期に実験対象とされた子供達の中で過酷な投薬実験を生き延び、薬の製造者になれたのは、『五番目』のイナだけだった……。

『最近、服毒実験を生き延びられる子供が減ったよねえ、何でだろう？　誰か研究してみる？　僕はどっちでもいいけれど……君たちの好きにしてみたら？』

イナの長い髪をわしづかみにして顔を覗き込みながら、祭司長ダマンはそう言った。

周囲の人間は、祭司長が来ると怯えた顔をして平伏する。

幼いイナも、同じように平伏して、祭司長を迎えたものだ。

『とにかく、五番は死なせないようにした方がいいと思うよ』

周囲の人間が、ダマンの言葉にそのとおりですと答える。

いつもそうだ。祭司長は誰にも、何も命令しない。けれど周囲の人間は彼を恐れ、怯えて、彼が意図しているであろう言葉を勝手に口にする……。

幼いイナには完全には分からないが、祭司長が容赦のない、恐ろしい人間であることは理解できた。そこにいるだけでも、わけもなく恐怖心が込み上げてくるような男だった。

そして、数年の実験期間を経て選ばれたイナは、十日前に『治療剤の製造者』として、祭司長の屋敷に連れて来られたのだ。

イナはこれから、疫病を治すことのできる唯一の人間として薬の製造に人生を捧げる。

製造者は、どれほど耐性があっても、最後には毒に負けてしまう。だから寿命は、長くて二十年ほどだと教えられた。

あと十年後に天に召されるといわれても、それがどれくらい先のことなのか、幼いイナにはよく分からなかった。

――私にしか作れない薬がある。私が逃げたり、薬を作ることを拒んだら、助けられない人たちがいる……だから、私は、どんなに辛くても、最後まで頑張らなきゃいけないの。

習ったとおりに頑張るの。

ぼんやりと恐ろしい絵を見ていたイナは、犬の吼《ほ》え声で我に返った。

――あ……！　ロロだ！　ロロが来た！

イナは絵が掛けられている部屋の窓を開ける。

そして、ひょいと窓枠に登り、裸足のまま庭へ飛び降りた。

外出は自由にしていいと言われている。

身体を動かしていないと、毒が特定の臓器に溜まってしまうのだと聞いた。

だから、周囲の人はイナが庭で遊び回っていても何も言わない。多分、見えないところから監視されているのだろう。

「ロロ！」

イナの呼び声に、灰銀色の狼犬が軽やかに駆け寄ってくる。

ロロは、イナが崖の上の小屋に居た頃から遊びに来てくれる野良の狼犬だ。夢の中に出てくる『ロロ』にそっくりなので、同じ『ロロ』という名前を付けた。

気に入ってくれたようで、以降、ロロと呼ぶと尻尾を振ってくれる。

崖の上の小屋から祭司長の屋敷に移されて、もう会えなくなったと思ったけれど、どんな方法を使ってか、イナを捜して追いかけてきてくれた。

ふかふかで元気で優しいロロは、大好きな友達だ。賢くて、イナの拙《つたな》い言葉もちゃんと理解してくれている気がする。

イナはロロの背中を覗き込んだ。ちょうど腰の辺りだけ真っ白な毛が混じり、渦のような不思議な模様を描いている。この模様がロロの目印だ。他にそっくりな犬がいたとしても、ひと目で分かるだろう。

「なあに……花、くれるの……？」

イナはまとわりつくロロの背中の渦巻きを撫で、かがみ込んで、桃色の花のついた枝を拾った。

花の大半はまだ蕾《つぼみ》で、鼻先を近づけるととても良い匂いがする。

——この前と同じ枝だ。どこで拾ってくるのかな？

この花の枝は、イナが祭司長の屋敷に連れてこられた後から、ロロが咥《くわ》えて持ってきてくれる、名前の分からない花樹の枝だ。

「ねえ、ロロ、これ……どこで……採った？」

イナは『製造者候補』として育てられ、他人とまともに会話をしたことがない。

私語は禁止、指示を聞いたら無言で従いなさい、と言われて育ったからだ。

だから、言語はきちんと理解していても、口に出して喋《しゃべ》るのがとても苦手だ。けれど、ロロといると自然と喋りたくなる。好きな相手には、たくさん話しかけたくなるのだ。

「花、お土産に、くれた？」

目の前で花の枝を振ってみせると、ロロが元気よく吼えた。太い尻尾を千切れんばかりに振り、イナの周りをぴょんぴょんと飛び跳ねる。

「ふふっ」

久々に笑顔を浮かべ、イナはロロの大きな頭を撫でまわす。

じゃれ合っていると、不意にロロが腕から抜け出し、庭の奥へと走って行った。

――あ、今日も禁域の森に行くんだ……。

ロロが向かう先には、深い森がある。

善なる神がいにしえの悪神たちを葬り去った場所と言われていて、隣り合う王宮と大神殿の敷地の奥にあり、一般の人は入ることができない聖地だ。

イナは少し迷った末、ロロを追うと決めて、もらった枝を自室の窓辺に置いた。

「待って、ロロ」

森へ行こうとしていたロロが勢いよく戻ってきた。

まるで付いてこいと言っているようだ。

「ねえ、今日も、探検……？」

たどたどしく尋ねると、ロロが尻尾を振って元気に吼えた。

「うん、森の中、行こう……ロロ……」

頷いて、イナは庭の奥に広がる闇の森へと足を踏み入れる。

森の中は闇に塗りつぶされたように真っ暗だ。

だが夜目の利くイナは、木々の間から差す月光だけで、充分に足元を見ることができた。

時折何かを踏んで足が痛んだが、いつものことだ。

毒によって体質が変わったからか、傷から細菌が入っても化膿《かのう》したり、腫れたりしない。

イナは自分の足元を気にせず、ロロを追って更に森の奥に駆け込んだ。

「待って、ロロ！」

いつもと違う方へ来てしまったのは気のせいだろうか。

ロロは止まらず、真っ暗な森を駆け抜けていく。時にイナを振り返りながらも、まっすぐに木々の生い茂る闇の中を進んでしまう。

「待って、ロロ……こっち、しらない……」

そのときだった。

「誰だ」

鋭い声に、イナは驚いて顔を上げる。

辺りを見回していたイナは、少し離れた木のそばに、男の子が立っているのに気づいた。

年齢は、十歳のイナより二、三歳年上のようだ。

──誰だろう？　夜の森に、子供……？

じっとしているイナの方に、少年が足早に歩み寄ってきた。

「なぜこんな夜更けに森にいるんだ？」

会話していいのだろうか。

イナは途方に暮れ、足元で大人しくしているロロの脇にかがみ込み、男の子の視線から姿を隠した。

──あの人は、誰？　お人形が、生きて動いているの？

男の子は、黄金の髪に、きらきらと透き通る青の目をしている。顔立ちは非の打ち所がないほど整っていて、可愛らしくも凜々しい。

イナはロロの傍らからそっと顔を出し、向こう側の男の子をもう一度盗み見た。

気のせいではない。やはり、作り物のように綺麗だ。

「何をしている？　君は誰なんだ？」

質問されて、イナはビクッとなり、もう一度ロロの背後に隠れた。

——何を喋ればいいんだろう。私、言葉を話すのが苦手で……。

しばらく考えた末、イナはもう一度顔を出し、美しい男の子に語りかけた。

「貴方、は……迷子……？」

イナの言葉に、男の子が一瞬眉根を寄せる。

「僕は迷子じゃない。……なんというか、その……散策をしているだけだ」

「ここ、どこ？」

「王宮の裏庭の北東辺りかな……あれ？　迷子は君じゃないか。大丈夫か？」

その答えにイナはぎくりとなる。確かに迷子だ。自分がどこに居るのか分からない。

——大神殿の敷地じゃ……ない……。どうしよう！

イナが許可されているのは『大神殿の敷地内での自由行動』だけなのに、その命令を破ってしまったようだ。養育係に怒られてしまう。

「わ、わたし……帰りたい……」

イナが呟いた刹那、空が晴れて強い月光が差し込み、男の子の顔を明るく照らし出した。

男の子の目の色が、光の下でくっきりと露わになる。

彼の瞳が、空とも海とも違う鮮やかな青であることに、イナは初めて気づいた。

その色は『悪神の青』。この世界に疫病をまき散らしたとされる、悪神リゴウの肌の色だ。

ガシュトラで暮らし、大神殿の教えを受けて育った人間であれば、その色が恐ろしい意味を持つと知っている。

だが、なんという美しさだろう。混じりけのない青の瞳は、不吉でありながらも、どこまでもきらきらと透き通って見える。

――綺麗……呪いの青……怖いけど……すごい……。

恐ろしい青色の瞳に見とれていたイナは、ロロに短く吼えられて我に返った。

男の子が、イナに微笑みかける。

「じゃあ、帰ろうか。僕は王宮への道しか分からないが、構わないか？」

「う……あ、あ……」

それは困る。だが、祭司長の屋敷に帰れないのも困る。更には、説明がとっさに口から出てこないのが一番困る。どうしたらいいのだろう。

緊張のあまり、普段からたどたどしい言葉が、目も当てられないくらいぎこちなくなる。

「あ、あ、森……帰る……道……探す……」

「自分で帰り道を探すの？　駄目だよ、もっと迷子になるから」

そう言って、男の子がイナの腕を摑んだ。

「おいで、一度城に戻って、それから君の家に送らせよう。……あれ？　君、靴は？」

男の子が、驚いた口調でイナに尋ねる。

「靴……ない……靴、ないです」

「僕の靴をあげる。これを履いて」

男の子が、突然履いていた靴を脱ごうとする。

イナは慌てて首を振る。服毒により特殊な体質になっているイナは、足に傷ができても化膿しないが、多分目の前の男の子は違うだろう。

「靴、いらない、平気、足……」

「いや、足が傷だらけじゃないか」

納得できない様子で、男の子がイナの足を見つめる。そして、靴を脱ぎ、イナに渡した。

「少し大きいと思うから、紐《ひも》を強く締めて」

イナの前に靴を揃えて置くと、男の子はキラキラの縫《ぬ》い取りがある上着を脱いだ。

そして、躊躇《ためら》いもなく、腰に付けていた短剣で両袖を切り落とす。

彼は切り落とした袖に片足を突っ込み、つま先の部分を縛った。最後に、ふくらはぎに来た部分をくるくると丸めて、ずり落ちないように留める。

「即席だけど、しばらくはこれでいい」

言いながら男の子はかがみ込み、イナの足を強引に持ち上げた。

「遠慮せずに履いて、さあ」

突然足首を掴まれ、イナは驚きのあまり何も言えなくなる。イナとそんなに年齢が違わないはずなのに、力は遙かに強いらしい。

イナは、言われたとおりに靴に足を入れた。温かくぶかぶかの靴の紐を、男の子は丁寧に締め直してくれた。もう片足も、同じように履かせてくれる。

――あ、すごい……こんなのあったら、硬い石の上もいっぱい歩ける……！

目を輝かせたイナに、男の子が優しく言った。

「靴を履くのは初めて？」

イナは素直に頷く。すると男の子は、美しい顔を翳《かげ》らせた。

――どうしたのかな？

首をかしげると、男の子はなんでもない、というように首を振り、優雅に立ち上がった。

「脱げないように気をつけて。おいで」

イナは頷き、男の子と歩き出した。イナに靴をくれたせいで、彼はとても歩きにくそうだ。けれど、男の子は一度も泣き言を言わずイナの手を引いてくれた。

――こんな道順、どうやって覚えたの？　真っ暗なのに……不思議な男の子……。

無鉄砲なイナが驚くくらい、男の子は正確に藪《やぶ》を越え、見えない道を辿って、沼や棘の生えた草を避けて歩いて行く。

まるで彼一人が見えないカンテラに導かれ、迷わず歩けるかのようだ。

「なぜ、道、分かる……暗い……」

ぎこちない問いに、男の子は振り返って微笑んだ。

「不思議と昔から迷わないんだ。なんとなく、森が道を教えてくれるように感じて」

——ふうん、そうなんだ……ロロみたい……すごいな……。

ちょっぴり不思議に思いつつも、イナは黙って男の子と一緒に歩き続けた。かなりの時間を掛けて森を通り抜け、見知らぬ庭の隅にたどり着く。

イナは慌てて靴を返そうとかがみ込んだ。

「あ、あ、あの……靴、返す、脱ぐ」

「いい。家に帰るまで履いていて」

男の子は周囲を見回し、隅にある小屋へ歩いて行く。イナは慌てて、そのあとを追った。

「よし。見つけた。ちょっと借りよう、明日の朝返しておけばいいだろう」

言いながら、男の子が、小屋の中から突っかけ靴を取り出す。

「庭師が、水仕事のときに使っている靴だ」

男の子は足に巻き付けていた布をくずかごに放り込み、イナに微笑みかけた。

突然の笑顔に胸が高鳴る。笑顔を人から向けられるなんて初めてかもしれない。

製造者候補は誰からも優しくしてもらえないのだ。

どうせ死んでしまうから育てる方も辛いのよ、と養育係の一人が呟いていた。

なのにこの男の子は、何のてらいもなく笑ってくれて、ふわふわした気持ちになる。

イナは、着ている服の裾をぎゅっと握り、俯いて口をつぐんだ。

傍らでは、ロロが『どうしたの』とばかりに尻尾を振っている。

「家まで送り届けさせるよ。改めて聞くけど、君の名前は？」

男の子がかがみ込み、黙りこくるイナの顔を覗き込む。

「そうか、失礼。僕が先に名乗るべきだね」

恐る恐る見上げると、男の子は透き通る青の瞳に優しい光をたたえて、イナに言った。

「僕はリィギス。君は？」

間違いなく、悪神の青の瞳なのに、どうしてこんなに綺麗に見えるのか。

「わ、私、あ……あの……イナ……」

答えるだけで、緊張で喉が絞り上げられるようだ。

それに、答えた後で気づいた。古代語で「五番」という意味で、記号代わりの名前だけれど、人に教えてしまって良かったのだろうか。

「イナ？　へえ、初めて聞く名前だ」

リィギスと名乗った男の子が目を細め、首をかしげる。月の光が再び雲間から差し込み、男の子を祝福するようにキラキラと取り巻く。大神殿の長である祭司長様だって、これほどまでに神々しくはない。

――綺麗……とっても綺麗……髪も目も宝石みたい……。

まともな返事もできずに、イナは再び俯いた。そのときだった。

「リィギス様！」

若い男性の声が、暗い庭園に響き渡る。

リィギスは肩をすくめ、小さな声で『まずい、見つかった』と呟いた。

――知らない人が、また来た！

イナはとっさに、ロロの陰に屈んで隠れ、顔だけを出して様子をうかがった。

凄まじい勢いで駆け寄ってきたのは、焦《こ》げ茶の髪に、日焼けした肌の青年だった。顔色は真っ青で、汗だくの様子だ。

イナとリィギスを見比べ、青年は足早にリィギスに歩み寄った。

「なぜ、勝手にご寝所を抜け出されたのですかっ！　俺がどれだけ捜したか！」

大声に驚いたイナは腰を抜かす。

「心配させてごめん。ただの散歩だよ」

「散歩ですと？　馬鹿なことをおっしゃいますな！」

「ごめん……気分転換がしたくて……」

先ほどまでの明瞭さはどこへやら、歯切れ悪くリィギスが答える。

どうやら、リィギスはこの男の人に黙って、勝手に夜のお散歩に出たようだ。

「……バルシャ、君が大声を出すから、怖がらせてしまったぞ」

リィギスは、焦げ茶の髪の青年にそう言い、へたり込んだイナのそばにかがみ込む。

「驚いた？　大丈夫？」

イナはロロのふかふかした身体に顔を埋め、こくこくと頷く。知らない人が怖いだけだ。

リィギスは、イナの頭に手をのせ、ぎこちなく撫でてくれた。

「彼はバルシャというんだ。最近僕の護衛になった。大丈夫、怒られたのは僕だよ。声が大きいから驚いたよね、ごめん」

優しい声に目が潤んでしまい、イナは慌てて涙を拭う。同時に、お腹が鳴った。そういえば、服毒で疲れ切って寝てしまい、夕飯をもらい損ねたのだ。

リィギスはイナの頭を撫でる手を止め、美しい青い目に柔らかな光を浮かべて言った。

「おいで、お腹が空いているなら、家に帰る前に何か食べよう」

リィギスに手を取られて、イナはよろよろと立ち上がる。

確かに、あまり食事を減らしすぎると、毒への耐性が落ちて叱られてしまう。

リィギスに手を引かれて歩き出すと、焦げ茶の髪の青年バルシャが、イナを一瞥《いちべつ》した。

「あの、リィギス様、この子供は誰でしょう？」

「禁域の森で迷子になっていた。多分、祭司長の屋敷の、下働きの子供だと思うんだ。あとで身元を調べてくれ」

「なんですと？　拾った子供？」

リィギスが答え終わるやいなや、バルシャは再び声を張り上げ、問答無用でイナの腕をぐいと引いた。

——怖い……何するの……！

知らない人に腕を引っ張られ、恐ろしすぎて動けない。

「森で気軽に何でも拾うモノではありません！　……とはいえ、暗殺者というには幼すぎますね、手に筋肉もまるでない。暗器のたぐいを扱ったことはなさそうだ。視線も急所を追わずにキョロキョロして落ち着かない……呼吸は素人そのもの、と。ふむ……」

涙ぐんだイナの腕や顔をひとしきり確認したあと、バルシャは手を放した。

「よろしい、刺客ではないようだな。では君も俺と一緒に来なさい」

バルシャがリィギスとイナを先導して歩き出す。そして、思い出したように振り返って、リィギスに告げた。

「リィギス様はまだ十三歳です。十五歳になるまでは皆子供。子供は夜九時までに就寝！このお嬢さんと犬には、俺が食事を出しますので、一刻も早く就寝を！」

バルシャの大きな声に、リィギスが諦めたように肩をすくめた。

「分かったよ……。さ、イナ、行こう。転ばないように気をつけて」

何と答えていいのか分からず、イナは、手を繋がれたまま俯いた。


そして翌朝。

ロロと一緒に色々と食べさせてもらい、客間で寝かせてもらったあと、イナはリィギスの護衛隊長バルシャに起こされた。ロロの姿は見えなかったので、どこかにあるねぐらに帰ったのだろう。

『おはよう。もう夜に出歩くなよ。菓子をあげるから持って行きなさい。俺が作った。古代ガシュトラ麦の焼き菓子だ』

袋いっぱいのお菓子と共に、イナは祭司長の屋敷に送り届けられた。リィギスに借りた靴を返したら、バルシャは、大神殿までイナを背負って歩いてくれたのだ。

『ごめんなさい』と勇気を出して謝ったら『リィギス様に頼まれた仕事ですから。それに、子供を背負うくらいなんともないので、お気になさらず』と、バルシャは笑ってくれた。リィギス同様、彼も優しい人なのだな、とイナは思った。

大神殿に戻り、養育係たちに叱責されたイナは、リィギスが『この国の王太子殿下』だと説明された。

リィギスはイナより三つ年上の十三歳。

ガシュトラ王国の国王と、隣国アスカーナ王国から嫁いできた正妃の間に生まれた、一番初めの王子だという。

「リィギス様は、目の色が不吉とされて、ずっとアスカーナの王家、つまり、王妃様のご実家に預けられていたのです。ですがこのたび呼び戻されました」

リィギスの母フェレナ王妃は、アスカーナの第一王女である。リィギスは若き国王夫妻の間の、待望の第一子として、十三年前にこの世に生を受けた。

だが、生まれた王太子には、一つ問題があった。

その問題とは、彼の瞳の色が呪いの青だったこと。善なる神の声を聞く父王に、この国を滅ぼす呪いの王子と断言されてしまったことだ。

──国王陛下は、神様のお言葉を聞いて、私たちに伝えてくださる人だもの。そんな方がおっしゃったことなら……みんな本当だと思うよね。

国王は金の瞳、王妃は明るい青色の瞳だ。なのになぜ、リィギスはあのような色の瞳に生まれたのか。よりによって『悪神の青』と呼ばれ、忌み嫌われる色彩に。

ガシュトラの人々は、リィギスの目の色を忌避し、国王の予言に怯えた。

愛息への中傷に耐えかねた王妃は、二歳になったばかりのリィギスを母国へ送った。

リィギスは父母と離れ、アスカーナ王国の祖父母のもとで育てられたという。だが、その後も王と王妃の間には男の子は生まれなかった。ゆえにリィギスは廃嫡《はいちゃく》されることなく、王太子として再度ガシュトラに迎えられたそうなのだ。

何もかも、製造者として隔離されて育ったイナが初めて聞く話だった。

──リィギス様は、アスカーナで育ったんだ……ガシュトラは『神の国』で、アスカーナは『科学の国』……なんだね……。

もっとよく、リィギスのことを知りたい。

だが、イナは好奇心を悟られないよう、ただ頷くに留めた。

「王太子殿下からイナに下賜《かし》品があります。祭司長様が、渡して良いと仰せでしたので」

養育係の言葉に、イナは無言で頷いた。

大神殿の機密を守るため、製造者は喋ることを基本禁止されている。素直に押し黙るイナに満足したのか、養育係は、箱から美しい靴を取り出し、イナの前に置いた。

「殿下が、この靴をお前にくださいました。今後は王宮の敷地に立ち入らないこと。分かったら、その靴をありがたく頂くように」

養育係はそう言い捨てると、部屋を出て行った。

イナは、人気のなくなった寒々しい部屋で、美しい靴をそっと抱きしめる。

――ああ、綺麗。あの綺麗な子が、こんなに綺麗なものをくれたんだ。

知らず、唇に笑みが浮かんだ。

この靴はとても温かい。靴を貸してくれ、頭を撫でてくれたリィギスのことを思い出したら、もっと身体が温かくなった。

――また会えるかな、また会いたいな。

呪いの青をした、美しい瞳が思い出される。

――あんなに綺麗で可愛い子が、国を滅ぼす王子様だなんて、信じられない。

リィギスは、イナに優しくしてくれた。何度思い出しても幸せな気持ちになる。後にも先にも、人に手を繋いでもらったのはあのときだけだった。

リィギスは、きっと、誰にでも優しい、良い人なのだろう。

イナは幸せな気分で、贈り物の靴と、お菓子のたくさん詰まった袋を抱いて目を閉じた。

第二章

大禊の年まで、あと二年。大神殿は『リゴウ熱が大流行する恐ろしい年』に備え、治療剤の備蓄を進めている。

今、リゴウ熱の治療剤を製造できるのはイナだけだ。

結局、製造者は一人も増えなかった。毒に耐えられる子供がいなかったのだろう。

治療剤の製造を終えたイナは、粗末な寝台に横たわって天井を見上げていた。

製造の過程で、イナの身体に蓄積された毒が強さを増すのだ。その副作用で、こんな風に動けなくなってしまう。

治療剤を作る際、製造者は両腕を巨大な水盤《すいばん》に浸す。

その水盤には、毒を蓄積した製造者の身体に反応する薬剤が、なみなみとたたえられているのだ。

浸された腕はだんだん青く染まり、薬剤の色が変わっていく。

製造者の肌を染める青色は、悪神リゴウの肌と同じ、呪いの青だ。

薬作りを邪魔しようとする悪神の呪いが製造者の肌色を変えるのだと聞いた。

皮膚の変色と同時に、イナの体内に蓄積された毒の作用が増し、水盤にたたえられた薬剤との反応が進む。

体内で爆発的に強まる毒の副作用に耐えきれなければ、製造者はそのまま死ぬ。イナはまだ、気を失う程度で助かっているが……。

あとは回復するまで治療室で寝かされて、肌を染める不気味な青色が完全に消えれば、製造の仕事は終わりだ。

十五歳になったイナは、これまでに十回以上、リゴウ熱の治療剤を作った。

他の製造者がいれば、イナ一人でこんなに作らなくて済む。

製造者は、現在育成中だと聞いている。

だがイナには、製造者がもっと増えればいいのにとは思えなかった。

――だって、小さな子に毒を飲ませるなんて嫌だ。それに、薬の製造はこんなに苦しいんだもの。他の子になんて頼めない。私以外の人にさせられない。

イナは滲んだ涙を拭った。

そのときに、己の両腕から、あの忌まわしい青色がすっかり失せていることに気づいた。

――あ、もう外に出て大丈夫そう。

イナは起き上がる。身体はまだ重いが、治療剤を作った直後よりはよほどましだった。

寝台の脇に置いた靴を見つめたとき、イナの唇にかすかに笑みが浮かぶ。

これはずっと前、夜の森で迷子になったイナに、リィギス王太子がくれた靴だ。

もらったときは少し大きかったけれど、今はぴったりだ。

あの日から五年間、ずっと履いている。汚れたら洗って、見よう見まねで繕って、ずっと大事に履き続けてきた。

『敷地の外に出ないならば』と新しい靴を支給されても、この靴しか履かない。

イナの身体は、この数年でぐっと大きくなってしまった。

祭司長の屋敷に連れてこられた頃はロロに乗れるくらい小さかったのに、体形も柔らかく丸みを帯びて変わり、周囲の侍女たちのような大人のものになってきた。

服も、ガシュトラ大神殿の巫女が着るものを支給されている。

髪を手入れする道具ももらい、腕や首には装身具を付けるように言われた。

――いい歳をした娘が、ぼろを着て、汚れた格好をしていたら変だものね。かえって人目を引いてしまう。

だが相変わらず、イナは周囲からほぼ放置されている。

皆、イナと向き合いたくないのだろう。理由は分かる。遠からず死ぬであろう運命の人間を見ているのが辛いからだ。

もしも自分が『製造者』を見守る立場だったら……多分、製造者の前で笑ったり楽しんだりはできなかっただろう。

靴を履き終えたイナは、治療室を出て自分の部屋に足を向ける。

――何人被検体が死んでも、薬の製造は中止にならない。つまり、リゴウ熱は、それほどに恐ろしくて、この薬以外の対処法がない病気なんだわ。でも……。

たまに想像するのだ。この世界からリゴウ熱がなくなって、イナが薬を作らなくても良くなる世の中にならないかな、と。

そうしたら、長生きできて、リィギスにまた会えるかもしれない。

月光に煌《きら》めいていたリィギスの姿を思い出すたび、また会いたいなと思う。神が大切に作り上げた、美しい人形のような男の子だった。

——もう一度会えたら、色々お話ししたいのに、な……。二十歳までに会えるかな……。

リィギスのことを考えていると胸が痛くなる。毒の副作用ではない。服用直後でなくても、同じように心臓の辺りがきゅっと縮む。

彼から靴をもらったことは、イナの人生で一番嬉しい出来事だった。

けれどリィギスにとっては、なんでもないことだろう。日常に紛れて忘れてしまうような、とても小さな出来事だったに違いない。

そこまで考えて、イナは小さな手を握った。

——やっぱり私、あまり、『人間』にならない方が幸せなのかも。

己の運命への理解が深まるたびに、イナはしみじみ思う。

昔の、裸足でボロボロの格好をした、何も知らないイナのままだったら、こんなモヤモヤした気持ちにはならなかっただろう。

『私は頑張って薬を作る』と、単純に思っていただけだったから。

会いたい人ができて、その人に名前も覚えてもらえないまま消えていく人生になるなんて、想像すらしていなかった。

間違いなく、無知な頃のイナは今より幸せだった。

ため息をついたとき、イナの耳に鋭い犬の吼え声が届いた。

——あっ、ロロだ！

治療室から自分の部屋に向かっていたイナは、きびすを返して庭に向かった。

昔も今も、薬の製造にまつわる作業を指示通り行っている限り、行動は制限されない。

もちろんイナだって、何があっても敷地の外へ逃げたりしないつもりだ。

逃げたら、部屋に飾られた絵と同じ光景が……リゴウ熱による真の地獄絵図が現実のものとなるからだ。

なんとも言えない靄《もや》がイナの心に広がる。

なぜ私だけが、会いたい人にも会えずに……という嫌な色の靄だ。昔の獣の子のようなイナなら、こんなことは感じもしなかったはず。やはり知恵は、イナを不幸にしかしない。

苦い思いを呑み下して窓辺に歩み寄ると、庭の暗がりでぶんぶん尻尾を振っているロロが見えた。

初めて出会ったのはイナが四歳くらいの頃だろうか。十年以上経つのに、ロロはちっとも変わらない。元気で可愛くてお利口だ。

イナは笑顔で窓を開けたが、今の自分には窓枠を乗り越える体力がないことに気づき、回り道をして、庭に下りた。

「ロロ、おいで！」

声を掛けると、足元に落とした枝を咥えて、ロロが駆け寄ってくる。

イナはロロが咥えた枝を受け取った。たまにお土産にくれる、例の花樹の枝だ。今は季節が春なので、枝には薄桃色の花がたくさん付いている。

「あ……綺麗……」

イナはほのかな香りに目を細め、花に顔を近づけた。お座りをしたロロが、イナを見上げてブンブン尻尾を振っている。

——本当にいい匂い。私、この香りがとても好き。なんていう花なのかな。ロロはこの花をどこから持ってきてくれるんだろう？　あの森の奥かな。

胸いっぱいに花の匂いを吸い込むと、洗われたように爽《さわ》やかな気分になる。心なしか、毒による具合の悪さも和らぐようだ。

「ありがとう、ロロ」

お礼を言うと、ロロがピョコンと起き上がり、森の方へと歩いて行く。

多分、一緒に遊ぼうと言っているのだ。だがこの体力でついて行けるだろうか。

イナは慌てて部屋に戻ると『犬と、森に、散歩。一緒に』と書いた。

相変わらず喋ることと書くことは、子供並みで苦手なままだ。伝言を書き終えて、イナは手にしていた花の枝を机の上に置いた。

そして、急いで庭へ戻る。ロロはイナの姿を認めて、元気よく吠え、再び森の中へ走って行く。

イナは、楽しげに走って行くロロのあとを追った。

最近は、禁域の森の『入り口』付近の地理はだいたい理解できている。

屋敷や王宮との境界線辺りは、それほど暗くないし、迷う要素もあまりない。うっかりと、森の奥へ迷い込まなければ大丈夫だ。

「ロロ、森の奥、行かないで」

イナの呼びかけに、ロロがちらりと振り返る。ずっと尻尾を振っていてご機嫌だ。

――ロロったら、楽しそう。この先に何かあるのかな?

歩くだけで息が上がるが、血行が良くなったおかげか、だんだん身体が軽くなってくる。

濃密に漂う緑の匂いのおかげで、身体の色々な痛みも紛れる気がする。

――いけない。このまままっすぐ行くと、王宮のお庭に出てしまう……。

さすがに、子供の頃と同じような間違いは犯せない。イナは足を止め、ロロに言った。

「だめ、ロロ、この先……大神殿、違う、場所」

しかしロロはイナの制止を聞かず、深い森の奥へ走って行ってしまう。

躊躇った末、イナはロロを追った。

――この辺り、来たことがないな。

イナは恐る恐る辺りを見回した。心なしか、暗闇の濃度が増したような気がする。いつもの散歩道にはない苔《こけ》むした大きな石が木々の間にいくつも見える。

――なんだろう、この大きな石。石像？　善なる神のお姿……には見えないけど。

キョロキョロと周囲を見回していたイナは、不意に聞こえた声に足を止めた。

「こら、お前また来たのか」

笑いを含んだ、若者の声だった。真っ暗な森に光が差したような、張りと艶のある声音。

若者の声に、ロロが嬉しそうに何度も吼えて返事をしている。

「邪魔するなって。明け方までに、この図形を模写して帰るのが今日の目標。いい？　大人しく応援してくれよ」

誰かがこの先にいるのだ。なんと美しく、魅力的な声なのだろう。

イナは声の主の顔を見ようと、足を急がせた。

だが、苔むした石で足を滑らせ、転んでしまう。毒の後遺症で身体に力が入らず、踏ん張りきれなかったのだ。

「きゃ……」

地面に倒れ込んで思わず悲鳴をあげた瞬間、誰何《すいか》の声が響いた。

「誰かいるのか？」

ロロがウォン、と鋭く吼え、木陰から飛び出してくるのが見えた。イナは打ち付けた膝を擦りながら、ゆっくりと立ち上がる。

――痛い……もっとちゃんと、足元を見なくちゃ……。

裾の長い衣装を着せられていたので、擦り傷は作らずに済んだようだ。

服の汚れを払っていたイナは、近づいてくる気配に顔を上げた。

「あれ……君は……」

そこに立っていたのは、月の光に照らされた、美しい一人の若者だった。

黄金の髪に、透き通る青の瞳。

細身の身体はしっかりと鍛え上げられ、背筋はまっすぐに伸びている。めくった袖から覗く腕は、力強くしなやかだ。

手には、丸めた紙を手にしている。

——紙？　こんな、森の奥で何を……？

額にこぼれた金色の髪を無造作にかき上げ、若者は凛々しい美貌に驚きの表情を浮かべたまま、イナに言った。

「こんな夜にお客様か。こんばんは」

挨拶をしてくれた若者が、優雅に微笑む。

冷たく整った顔が、不意に別人のように温かく変わった。

「こ……こん……ばん……」

緊張のあまり、声が出ない。立ち尽くしたまま、美しい若者を見上げるだけだ。

「覚えてるよ」

形の良い目に笑みをたたえ、若者が滑らかな声で続けた。

「確か君の名前は、イナだ。祭司長の屋敷で働いている子。間違いないな？」

名前を呼ばれ、イナはこぼれんばかりに目を見開いた。

辺りがだんだん明るくなってくる。雲が切れ、月の光が強まったのだ。

若者の顔が照らされ、青い瞳が、冴え渡る不思議な輝きを宿す。

間違いなく、この国で呪いの青と呼ばれる鮮やかな色合いだ。

――こ、この目の色は、リィギス様……嘘……どうして私のことを……覚えて……。

イナの膝が震え始めた。

若者の瞳の色は、鮮やかな呪いの青だが、容貌は、記憶の中のリィギスと全然違う。

イナの知っているリィギスは可愛い男の子だったのに、目の前にいるリィギスは紛う方なき大人の男だ。別人のように背が高く、精悍《せいかん》な面差しに変わってしまった。

歩み寄ってきたリィギスが、身を屈めてイナの顔を覗き込む。

「うん、やっぱりイナだ。ずいぶん変わったね。まだその靴を履けるのか。あげたときに大きすぎたかな？」

気さくに話しかけられ、イナの頭の中は真っ白になった。

「そ、そうです……大きさは、今、ちょうどいい……」

昔と変わらずたどたどしい口調で、イナは答えた。

思いも寄らぬリィギスとの再会に、動揺が治まらない。

「王子様、殿下……様……靴を、ありがとう」

聞くのも読むのもできるのに、やはり、喋るのは駄目だ。頭の中は言葉でいっぱいなのに、とっさに何も喋れない。

「僕のことは覚えている？」

問われた刹那、イナの顔がカッと熱くなる。イナは慌てて、己の頬を押さえた。

恥ずかしい。なぜ恥ずかしくなったのか分からないまま繰り返し頷く。

顔を覆ってしまったイナに、リィギスは構わずに話しかけてくる。

「何で、君はいつも夜の森を歩き回っているんだ？　怖くないのか？」

「はい」

緊張のあまり固くなり、顔を覆ったままイナは答える。

しばしの沈黙のあと、再びリィギスが笑い出した。

「面白いな、イナは。まさか『はい』しか言ってもらえないなんて思わなかったよ」

リィギスは笑っているけれど、面白いと言われた理由が分からない。返事だけでは駄目だったのかもと思い、イナは急いで説明を付け加える。

「怖くないです。昔から、暗いの、平気です。ロロもいるから」

イナが言い終えると同時に、ロロが得意げにひと吼えする。そうだ、自分もいる、と言わんばかりの合いの手だ。

「そうか、顔に似合わず勇敢だな」

リィギスが腕組みをしたまま、楽しげに肩を揺らす。その笑顔は明るくて、魅力的で、イナは顔が熱いのも忘れて、口を開けて見とれてしまった。

今まで、イナにこんな明るい笑みを向けてくれた人はいなかった。

胸のどきどきが止まらない。これも毒の副作用なのだろうか……。

「じゃあ、森に来た理由は？」

「あの、散歩……ロロと、一緒に散歩……」

イナは頷き、リィギスに問い返した。

「王子様、リィギス様は？　夜、森に、なぜいますか？」

「久々に夜の散歩を再開したんだ。周囲に止められて自粛《じしゅく》していたんだけど、気分転換したいことが増えてさ。それから……ほら、この紙を見てくれる？」

言いながら、リィギスが手に持っていた紙を広げる。

夜目が利くイナは、紙に顔を近づけた。

善なる神を表す雷が、悪神リゴウとおぼしき女神を打ち倒す姿が描かれている。

「リィギス様、描いた……？」

「そう。その辺に転がっている石に描かれた絵を、僕が描き写したんだ」

――絵を描き写した……？　凄い、お上手だわ。

真剣に絵に見入っているイナに、リィギスが尋ねてきた。

「君は、巫女見習いか何かかな。大神殿でガシュトラの善なる神のことを学んだ？」

イナは顔を上げ、こくりと頷いた。善なる神の教えは、養育係から叩き込まれている。

「こういう神話なのだろう？　……遙か昔、ガシュタン半島には、人々に仇《あだ》なす悪しき神々が棲《す》んでいた」

リィギスの艶やかな声が、不意に低くなる。

「人々の苦しみを見かねた善なる神は、天より降り立ち、悪神たちを討ち滅ぼした。そして、天に戻るときに、ガシュトラの王に神の声を聞く力を授けた。そう習っただろう？」

「は……はい、そう、習いました」

「じゃあ、僕と一緒にあの奥の絵を見てくれ」

――壁画……？　リィギス様が描き写している途中の……？

「転ばないようにゆっくりおいで」

優しい声でリィギスが言い、イナの手をそっと取ってくれた。

再び、焼けるように顔が熱くなる。イナは力の入らない足で、リィギスと共に森の更に奥へと向かう。

少し歩いた先には開けた窪《くぼ》があり、いくつかの巨大な苔むした石が転がっていた。

リィギスはイナの手を取り、ゆっくりと、その巨石の一つへ向かう。

近づくと、表面の分厚い苔がこそぎ取られているのが分かった。石の根元にはイナが名前を知らない金属の道具と、苔の塊《かたまり》が落ちている。

どうやら、リィギスが石の表面の苔を剝がしたようだ。

「この森には色々と古いものが残っているんだ。最近、改編された宗教史を調べ直す作業が楽しくて……。王子でなければ歴史学者になりたかったかも、なんて思う」

――改編された宗教史って何かしら？　私には分からない難しいお話……かな？

きょとんとしているイナの前で、リィギスは石の表面を指さした。

「見て。これは君が見たことのある『悪神を滅ぼしたときの図』だろうか？」

目をこらすと、石の表面にはうっすらと色が残っていた。悪神リゴウが、善なる神に打ち倒されて泣いている絵に見える。

絵を凝視していたイナは、おかしなことに気づく。悪神の肌が、腕以外白い。本来は真っ青な肌の悪神として描かれるものなのに。

――これじゃ、治療剤を作った後の私みたい……。

不気味に思えて、イナは眉をひそめた。

「この悪神リゴウは、いつ頃描かれたんだろう。肌が一部を除いて青くない。一般的には、全身青い肌に描かれるものなのに」

リィギスは、絵にひたと視線を据えたまま呟く。頭の中は、この森に残された古い遺跡のことでいっぱいのようだ。

――本当だ。どうしてだろう。何か意味があるのかな……？

イナも一緒になって考え込んでしまった。

もし理由を知っていたら、リィギスにすぐに教えてあげられるのに。そう思うと、もどかしい気持ちになる。

しかしなぜ彼は夜の森を歩き回って、古い遺跡の調査なんてしているのだろう。

「どうして、王子様が、調べる……の……？」

不思議に思って尋ねたイナに、リィギスは描き込みの手を止めずに答えた。

「この森には、ガシュトラ大神殿の教えから逸れた遺物がたくさん残っているから」

真剣なリィギスの横顔に、イナは見入ってしまう。

「王宮の人間も、大神殿の人間も、僕には何も教えてくれないんだ。僕はただ、ガシュトラ大神殿ができる前の、古い時代の話を知りたいだけなんだけど。僕がアスカーナ王の息が掛かったよそ者だからかな、それとも……あ、そうだ」

不意に低くなったリィギスの声に、イナは目を丸くした。リィギスは描き物の手を止め、イナを振り返って微笑む。

「君は知ってる？　僕が父から『国を滅ぼす呪いの王子』って予言されたこと。僕に近づいた人間が安全かどうか、僕自身も断言できないいんだけど」

怖い言葉を口にしながら、リィギスは整った形の唇に優雅な笑みを浮かべた。

「侍女も衛兵も、大半が『僕に仕えるのは怖いから嫌だ』と言った。教師や婚約者候補も皆、この青い目を嫌がって僕から逃げた。君はどう？　僕に近づいても平気そう？」

イナは、返事に困って俯いた。ロロが『何を悩んでいるのだ』とばかりに膝の裏を鼻で押してくる。

青い目が呪いの証なのかどうかは、イナにも分からない。

だが、リィギスにもう一度会いたかったことは間違いない。イナに靴をくれ、優しくしてくれた人間はリィギスだけだからだ。

リィギスの視線を感じながら、イナは必死に頭を捻った。何と答えれば、彼は安心し、イナを信用してくれるのだろう。

「あ、あの、私、私、平気……」

イナの言葉に、リィギスがかすかに首をかしげる。

「私、平気……！　私、この靴、大事にしてた。でも、平気だった。呪われなかった。だから、問題、ないです！」

迷った末、イナは靴を脱いで、そっと胸の前に持ち上げた。

「ずっと、五年、履いて……でも、私は平気……呪い、なかったです。平気です！」

見よう見まねで繕った靴は、よく見るとガタガタの縫い目だらけだ。

「大丈夫、ね？　呪い、なかった……大丈夫」

夢中で『大丈夫』と説明し終えたイナは我に返り、慌てて靴を履き直す。自分が言ったことが正しかったのか分からず、恥ずかしくて顔が上げられない。

「そうか」

リィギスの静かな声に、イナは恐る恐る顔を上げる。

「平気ならいいんだ。ありがとう、イナ」

真っ青な目に、ほっとしたような温かな笑みが滲んでいる。

イナの心がぱあっと明るくなった。

やはりリィギスは優しい。イナがおかしなことを言っても怒ったりしない。裸足のイナに、自分の靴を貸してくれたときと変わっていないのだ。

――リィギス様、好き、いい人、優しい。

イナは嬉しくなって、笑顔で頷いた。

「だけど、この目の色で得している面もあるんだよ」

リィギスはおどけた仕草で、下まぶたを押し下げ、イナに顔を近づけた。

「この『呪いの青』のおかげで、僕は夜中の自由が保証された。誰も捜しに来ないし、襲いにも来ないから」

イナの視線が、宝石のような青の瞳に引き込まれる。

「皆、僕を害すれば、どんな呪いが降りかかるか分からないと思っているんだ。だから、ある意味僕は『呪いの青』に守られてもいる」

そこまで言って、リィギスは我に返ったように巨石の絵に向き直った。

「長々引き留めて悪かった。次にいつ来られるか分からないから、もう少し模写を進めておきたい。この遺跡群の資料を纏めて、アスカーナの歴史学者に送りたくて」

どうやら、リィギスは急いでいるようだ。この絵を描き写す作業を早く終えたいらしい。

「あ、あ……わ、私、手伝い……する、します」

反射的に言ってしまったイナは、はっとなって口元を押さえた。

——文字もまともに書けないのに、私、何言ってるの。

恐る恐るリィギスを見上げると、彼は優しい笑顔で言った。

「ありがとう。じゃあ、そうだな……この絵を描き写すのを手伝ってくれるか？　僕はこの顔を写すから、君はここに描かれている小物を」

リィギスが服の胸から、紙を巻いた細い棒を取り出してイナに差し出した。

「この鉛筆と、これを使って」

——これは鉛筆っていうのね。お屋敷にあるものとは違う道具。

イナは鉛筆の先を指で擦ってみた。黒くなる。これで、絵が描けるのだろう。

リィギスは地面に置いた布の袋から冊子を取り出し、イナに手渡した。

イナは頷き、緊張で震える手でリィギスに指示された部分を写し始める。

「これ、果物だと思うんだ。悪神と一緒に果物が描かれているのは見たことがある？」

イナは首を横に振った。悪神と共に描かれる象徴物は、髑髏《どくろ》や人々の遺体、焼け野原のような何もない背景のはずだ。

「僕もそう思う。普通は悪神のそばに、こんな豊穣《ほうじょう》の象徴は描かれないと思う」

次にリィギスは、遺跡の絵を何カ所か指さした。彼の指し示した場所には、同じ星形の文様が描かれている。

「それにこの星の文様を見てくれ。これは、大陸でもたまに見つかる、古代人の象徴だ。もしかしたら大陸からガシュタン半島に移住してきた古代ザグド人がいたのかも」

イナは、変わった星形と、リィギスの顔を見比べる。

「何……古代……ザグド人？　えっ……？」

聞いたこともない言葉だった。

「ザグド人は、大陸の先住民族のことだ。僕たちの祖先がこの大陸に来る前から、ずっと大陸で暮らしていた人たちらしい。彼らの高度な文明は、現代の技術の礎になったとも言われている。今はもう、どこにも居ないらしいけれど」

「もう、いない……？」

初めて聞く話だ。そんなに素晴らしい人たちは、どこに行ってしまったのだろう。

「ザグド人の純血種が、最後に大陸の人々と接触したのは、もう何百年も前らしい。そのとき大陸の人に伝えられた『血清《けっせい》』の概念は、今では広く大陸諸国に伝えられ、たくさんの人間の命を救っている」

「すごい！　そんな勉強、ならわない……でした」

イナは感心して思わず声を上げた。

「それは良かった。知りたいことがあったらなんでも聞いて。僕が知っていることであれば、教えてあげるよ」

屈託のないリィギスの口調に、ますます胸がきゅっと苦しくなる。夢みたいだ。二度と会えないだろうと思っていた王太子様と肩を並べているなんて。

嬉しい。嬉しくてたまらない。身体の中が嬉しい気持ちで弾けそうになる。

足元で耳を掻いているロロに視線を投げかけ、リィギスは優しい声で言った。

「たまにこいつも手伝ってくれるんだ」

ロロが立ち上がり、尻尾を勢いよく振った。リィギスに返事をしたように見えて、イナは思わず笑い声を立てる。

「この子、ロロ、と、言います」

「そうか、これからもよろしくロロ。僕はリィギスだ」

自己紹介されたロロが元気に吼えて返事をする。やっぱりロロは言葉を分かっていて、返事をしているのかもしれない。

リィギスの大きな手で頭を撫でられ、ロロは嬉しそうに目を細めた。

「どうやって、ここ……見つけたの……石、どうして……苔……剝がした……？」

たどたどしい質問も、リィギスにはちゃんと通じたようだ。

「……なんとなく見てみようと思ったんだ。歩いていて、妙に気になって」

イナは感心して頷く。こんな奥まった場所、ロロが教えてくれなかったら絶対にたどり着けなかった。ここで不思議な絵を見つけたリィギスは、運が良いに違いない。

——あ、そうだ、お手伝いしなくちゃ。

リィギスの横顔に見とれていたイナは、慌てて鉛筆を握り直す。

果物の絵を一つ描き写したが、何だかよく分からないものになってしまった。

冷や汗をかきながら必死に鉛筆を動かす。

懸命なイナの様子に気づいたのか、リィギスが手を止めて、おかしそうに言った。

「なかなか個性的だ」

イナの顔が、火がついたように熱くなった。

「ご、ごめん……なさい……」

集中しなければいけないのに、リィギスの一挙一動が気になってだめだ。普段はこんなことはないのに。今日の自分はどうしてしまったのだろう。

——どうして、何が恥ずかしいの……どうしたの、私……。

「顔が赤いけど、体調が良くない？　もう帰ろうか」

「い、嫌！　まだ！　……最後まで、描く……です」

反射的に答えて、イナはますます真っ赤になった。

「それもそうだ。始めたことは最後までやりたいよね。だけど、イナは屋敷の人に叱られないのか？」

イナは無言で頷き、上手に描けない果物の絵を睨み付けた。

——頑張れば、またお手伝い、頼まれるかも。ちゃんとできたら、頼んでくれるかも！

想像したら、久々に胸が弾んだ。日頃嬉しいのはロロの声を聞いたときだけだから、本当に珍しいことだ。

ひとしきり作業が進んだとき、リィギスが不意に言った。

「僕はなかなか森に来られないんだけど、また一緒に調査ができるといいね。……と言いたいところだけど、女の子は夜に一人で出歩いちゃ駄目だ」

「う、う、あの、ロロがいる……から……」

イナの答えに、リィギスは笑って首を横に振った。

「そういう意味じゃない」

「あ、あの、じゃあ、私……明るいとき、絵、描いておきます……」

「ありがとう。じゃあ、今君が使っている道具を貸すから、それを使ってくれ」

イナは力強く頷いた。

「僕はいつ来られるか分からない。だから、絵を写し終わったら、冊子を濡れない場所に置いておいてくれないかな。そうだな……あの木のうろとか」

もう一度力強く頷くと、リィギスは楽しげに笑い声を上げた。木々の合間に覗く星が、一斉に輝きを増したように思える。

なんて華やかで美しい笑い声なのだろう。こんなにきらきら輝く優しい人が、悪神に呪われているはずがない。そうイナは確信した。

「面倒だったら、適当でいいよ。無理に描いてという意味じゃないから」

イナは首を横に振り、リィギスに借りた冊子を抱きしめる。

真っ赤なイナを見て、リィギスが再び気品溢れる笑みを浮かべた。今までよりも親しみを感じさせる、温かな笑顔だった。

「ありがとう」

リィギスのそばに居る限り、どきどきが治まる気配はない。彼と話ができた時間は、神様がくれた贈り物だ。

イナはそう思いながら、再び冊子を構えて、不器用に鉛筆を動かし始めた。

憧れの王子様に再会できた、あの不思議な夜から、二か月ほど時が経った。

イナは、頻繁にあの森の奥を訪れて、見つけたものを紙に描き写している。

冊子は油紙に包んで、動物に弄《いじ》られないよう木のうろに入れる約束をした。

――リィギス様、いつ行ってもいない。……王太子様だから、忙しいんだよね。

昨日は大雨だった。きっとリィギスは森に来ていないだろう。

イナは暦を手に取る。二十歳になるまで、あと五年。

――五年って、短いのかもしれないな……。

リィギスとまた五年くらい会えなかったら。そう思うと苦しい。

その五年は、イナにとっては永遠だ。永遠に会えないままになる。

――計算なんてできない方が幸せだな……。

『なんでも好きにしていいです。自由に行動した方が製造者の予後は改善されますので。ですが、不必要に学ぶ必要はありませんよ、これは貴女のための助言です』

養育係の助言が蘇《よみがえ》る。

——先生たちの言うことは何も間違ってない。

イナはため息をついて『深く考えること』を意識的にやめた。

昨夜までの雨は止んだので、イナはさっそく、朝一番で森へ向かうことにした。

——ずいぶんひどい雨だったけど、ロロは大丈夫だったかな。

ロロはどんなに言い聞かせても、屋敷の隅に作ってもらった小屋には入らず、どこかへ逃げてしまう。きっと、イナ以上に自由にそぞろ歩くことが好きなのだろう。

今日のロロはどこにいるのだろう。雨に濡れて、風邪を引いていないだろうか。

——油紙に包んでおいたけど、絵を描いた冊子は大丈夫かな？

イナは、道を間違えないよう注意しながら、森の中を進む。

毎日のように歩いていても、大雨のあとはなんとなく様子が違って見えるものだ。何度も木の葉から水が落ちてきて、そのたびにイナの髪は濡れてしまう。

それでも、水分をたっぷり含んだ朝の森の空気はとてもおいしかった。

養育係が、部屋に閉じ込めた製造者は長生きできなかった、と言っていたのも分かる気がする。

少なくとも今のイナは、森の息吹からたくさんの元気をもらっているからだ。

しばらく歩いて、いつもの森の窪にたどり着く。

——さてと、絵は無事かな……？

イナは足を急がせて、大木のうろを覗き込む。油紙にくっついていた小さな虫をふっと吹き飛ばし、中身を確認した。大丈夫だ、濡れていない。

さっそく、石の絵を描き写そうと冊子をめくったイナは手を止めた。

そこには美しい字で、イナへの伝言が書かれている。リィギスは昨日の大雨の中、森へやってきたらしい。

——昨日頑張って来れば、リィギス様に会えたのに！

雨だからリィギスは来ないだろうと判断したことを、激しく後悔した。

『たくさん記録してくれてどうもありがとう。君の描く絵は可愛くて好きです。次に行くときに、手伝ってくれたお礼を持って行きます。感謝を込めて　リィギス』

鳥の声しか聞こえない森の中で、イナの顔が燃えるように熱くなる。

——リ、リィギス様の……字……！

心臓が信じられないほど勢いよく脈打つ。

——お礼なんて要らないのに。私、別に、品物なんて。

イナは深呼吸して、どきどきを治めようと努力した。

驚くほどの希望が心の中に湧き上がる。

リィギスの声を聞けると思うだけで、背中に羽が生えたように感じた。

周囲の鳥のさえずりも、雨の雫に跳ね返った日の光もいつもと同じだ。

なのに、今のイナには、緑の森が、まるで違う世界に感じられた。

「いついらっしゃるのかな？」

独り言を言いながら振り返ったイナの肩に、突然手が置かれる。

「おはよう」

「きゃぁぁぁぁっ！」

誰も居ないと思っていたのに突然声を掛けられ、イナは腰を抜かしてへたり込んだ。

「ご、ごめん、驚かせて」

背後から声を掛けてきた人が、慌てたようにイナの背中を支えてくれた。すぐそばに迫った美しすぎる顔を見て、イナの心臓が口から飛び出しそうになる。

朝露の煌めきよりもまばゆい光が、金の髪と宝石のような青い瞳に弾かれてきらきらと踊っている。

初めて明るい場所でリィギスの姿を見た。言葉にならないほどの美しさに、イナの心臓が口から飛び出しそうになった。

――リィギス……様……！

冊子の伝言に舞い上がり、何も見えていなかった。だから、リィギスが来たことに気づかなかったのだ。気づけば、ロロもすぐそばに居て、尻尾を元気に振っている。

「ロロとそこで会ったんだ。君も来ていたんだね、会えて良かった」

リィギスの言葉が終わると同時に、へたり込んでいたイナにロロが飛びかかってきた。顔を舐められ、イナは笑いながらロロをそっと押しのけ、立ち上がる。

「たくさん絵を描き写してくれてありがとう。おかげで、予定より早くアスカーナの学者に資料を送ることができた」

気品溢れる微笑みに見とれてしまって、何も返事が浮かばない。

「約束のお礼を持って来たんだけど、一緒にどう？」

リィギスが、背負っていた布鞄から何かを取り出した。油紙に包まれた品だ。甘い匂いが漂い、ロロが吼え声と共に激しく尻尾を振る。

「そこに座って食べないか」

リィギスが示した先には、ちょうど腰掛けられそうな大きな石がある。

言われるがままに腰を下ろすと、リィギスが傍らにふわりと腰を下ろした。まるで体重がないかのような仕草だった。美しい人は、動きまで美しい。

「こら、お前は駄目。人間の食べ物を食べたらお腹を壊すんだぞ」

包みに鼻先を寄せるロロを冗談めかして叱りつつ、リィギスはその梱包を解いた。中から出てきたのは、素朴な焼き菓子だった。

「護衛隊長に作ってもらった。なかなか上手だよな？」

お菓子に飛びかかろうとするロロに、リィギスがしっと声を掛けた。

これ以上悪戯《いたずら》すれば怒られると分かったのか、ロロがぺたりと伏せをする。

「どうぞ」

リィギスが、膝の上に広げたお菓子を指し示す。

幼い頃なら無邪気に手を伸ばしただろうが、今のイナはそんな風に振る舞えない。

これは、服毒を続けているイナの身体に影響のない食べ物だろうか。

もしなにかあって治療剤が作れなくなったら、ごめんなさいでは済まない。

「なにが……入ってますか……」

ようやく声が出たが、からからに乾いた鶏のような声だ。

気まずくなって俯くイナに、リィギスが優しく言う。

「大麦の粉と、砂糖かハチミツ……今日のものには砂糖が入っているかな？　それにガシュタン山羊《やぎ》の乳のはずだよ。イナが食べられないものは入っている？」

――大丈夫そう、禁止されているものはないわ。

イナは首を横に振り、焼き菓子を一枚手に取って、恐る恐る囓《かじ》った。ほのかな甘さと香ばしさが身体いっぱいに広がって、思い切り目を丸くする。

おいしい。この味に覚えがある。

「これ、あの、バル……えっと……バル……声、大きい人、怖い顔……」

イナは必死に、初めて会ったときにお菓子をくれた青年の名前を思い出そうとする。

現金なものだ。リィギスの名前は忘れなかったのに、同じように親切にしてくれた彼の名前が出てこないなんて。

「バルシャか？　そう、彼が作ったんだ」

リィギスは品のいい仕草で菓子に手を伸ばし、ぽいと口に放り込んだ。

「うん、おいしい。バルシャは菓子も料理も上手なんだよ。郷土料理にも詳しい。このお菓子は、彼の故郷の山奥の村に伝わる昔ながらの焼き菓子なんだって」

もう一枚お菓子を噛みしめたあと、リィギスがしみじみと言う。

「……こんな風に、誰かと外でお茶会をするのは久しぶりだな。アスカーナにいたときは、祖母のお茶会が楽しみだった。まあ、とはいえ、今日はお茶がないけど」

リィギスの目が何だか寂しそうに見える。イナは、お菓子を食べるのも忘れて、リィギスの横顔を見上げた。

「またお菓子を持って来たら、付き合ってくれるか？」

リィギスの問いに、イナは勢いよく頷いた。

「そうか。お茶会友達ができて嬉しいよ、ありがとう、イナ」

イナは無言で頷き、お菓子を狙って立ち上がろうとするロロの頭を押さえた。

「駄目、ロロ。リィギス様のお菓子、とっては駄目！」

「今度会うときは、ロロにも何か持ってくるよ。お茶会仲間になってもらおう」

リィギスの言葉を理解したかのように、ロロがパタパタと尻尾を振った。

まぶしい日差しがリィギスの美貌を照らし出す。見ているだけで息が苦しくなるほど、男らしくて素敵だ。

大騒ぎする心臓を服の上から押さえ、イナは悟られないよう大きく息を吸う。

リィギスと同じ空間に居られる時間がとてつもなく貴重で大切で、どうかまだ終わらないでほしいと切実に思う。

現実にはどんどん時は経って、太陽も森の陰にゆっくりと沈んでいくのに。

五年後、イナが消える日なんて、あっという間に来るのに……。

——私は、何も知らない方が『幸せ』に役割を全うできたんだろうな。幸せを知らない方が幸せだなんて、どうして、こんなことになっちゃったんだろう？

表情を翳らせたイナの視界に、不意にリィギスの端整な顔が現れた。

「どうしたの？　どこか痛い？」

「あ、あの、考え事を、して、大丈夫……」

「ならいい……って、おい、こら」

リィギスの隙を見逃さなかったロロが、膝の上のお菓子をぱくりと咥えた。取り上げる間もなくかみ砕き、ごくんと呑み込んでしまう。

「あーあ……お腹壊しても知らないぞ。もう食べちゃ駄目だからな！」

ロロを押さえつけながら、リィギスが笑いをこらえた顔でお小言を言う。

怒られているのに、ロロはリィギスの手に頭をこすりつけて嬉しそうだ。イナも思わず笑いながら、ふかふかの背中に手を伸ばす。

——こういうのを、幸せっていうんだろうな……ありがとう、リィギス様。

イナの心の中にあるのは、この時間がまだ終わりませんように、という祈りのような気持ちだけだった。

❀

アスカーナ大使との面会を終え、リィギスは受け取った密書に目を通した。

ガシュトラにアスカーナ海軍の一個師団を駐屯《ちゅうとん》させたい。だからリィギスにも、その下地作りに協力してほしい。

それが、伯父であるアスカーナ王太子から来た密書の内容だった。

アスカーナは、大陸諸国に先駆けて、ガシュタン半島を掌握《しょうあく》したいのだろう。この場所を一番初めに押さえた国は、海運貿易で多大な利益を得られるからだ。

——アスカーナにガシュトラの主権を譲り渡したくはない。だが、軍事力では天と地の開きがある……どうすれば、この圧力をうまくかわし続けられるだろう。

大陸最強のアスカーナが、『ガシュトラを自国の領土としたい』と攻め込んできたときに、抵抗する術がないことくらい、リィギスも痛いほど分かっている。

この国にはまともな軍隊すらない。ガシュトラはこれまで、誰も訪れてこない辺境の王国として眠り続けてきた。他国からしても価値のない『田舎』だったのだ。

海運貿易の発展さえなければ、未だに眠り続けたままだっただろう。

——この国にだって、成長していく道はあるはずだ。それに僕にも野心くらいある。アスカーナの力ではなく、僕自身の手で、いつかこの国を立派な国にしたい。

そう思いながら、リィギスは密書に火を付けた。

内容が内容だけに、こんな手紙が他人の手に渡ったら『リィギス王子はアスカーナに国を売り渡そうとしている』と誹謗《ひぼう》されかねないからだ。

誰にも隙は見せられない。ただでさえ危うい立場の王太子なのだから……。

リィギスの目の色は、相変わらず、信心深いガシュトラの人々にとても恐れられている。

『あの王子には近づかない方が賢明だ』

皆、そう考えているのだ。日々感じ続けている悔しさをリィギスは改めて呑み込んだ。

――考えるな。僕には僕の人生が、義務がある。そうだろう、リィギス。

燃えがらを始末し終えて、リィギスはようやく一息ついた。

今日の午後は久々の休暇なので、いつもの巨石の窪へ向かおうと思っている。

――今日も、新しい遺物が見つかるといいな。古い時代の記録が何もないから、余計に知りたくなる。ああ、やはり僕は歴史学者になるべきだったのかもな。

『呪いの王子は森に魅入られている』『夜な夜な歩き回っているらしい』と噂を立てられたせいで、数年間、禁域の森を歩き回ることは控えていた。

けれど、外交施策に行き詰まった気晴らしに、一度森の散歩を再開したら、やはりやめられなくなってしまったのだ。

久しぶりの禁域の森でも、迷うことはない。森が正しい道を囁《ささや》いてくれる気がする。昔は行かないようにしていた深部に踏み込んでも、帰り道を見失ったりはしなかった。

――年々、勘が鋭くなってきたような気がするな。これも成長なんだろうか。

執務用の衣装から簡素な森歩き用の服に着替えたリィギスは、いつもよりも念入りに鏡を覗き込んだ。工夫のない前髪を引っ張って、整えてみる。

衣装係には『何もしなくても自然に整って、羨《うらや》ましい髪の毛』だと言われるが、あれは世辞ではないかと不安になってきた。

――よく分からない、これでいいかな……変かな……。

今日もイナに会う予定だ。彼女と森で会える日は、妙に鏡の前にいる時間が長い。

初めて会ったときのイナは、まともに喋れず獣の子のようだった。なのに、再会した彼女は、心臓をわしづかみにされるくらい美しい少女に育っていた。

どんな魔法を使って、あんなに綺麗な、可愛い女の子に変わってしまったのだろう。

イナは、昔リィギスが贈った靴を抱え上げて『ずっと大事にしていた』と言ってくれた。あの笑顔を思い出すと、そわそわして落ち着かなくなる。

手紙を置いて来たから、ちゃんと待っていてくれるはずなのだが、無事会えるだろうか。

――何を持って行ったら、喜ぶかな……菓子は喜んだ。他には何がいいだろう。

腕組みをしているリィギスに、護衛隊長のバルシャが声を掛けてきた。

「おお、リィギス様、今日はひときわお洒落ですな」

バルシャは、ガシュトラ王国では『下層民』と見做《みな》されているガシュトラ旧教の村の出身だ。

旧教徒は、ガシュトラ大神殿ができる前からの土着の神を信仰し、未だに自然に根ざした暮らしを続ける少数派である。

だがバルシャは、王都で勤めを得るために、大神殿の教えに帰依《きえ》した。村を出た理由は『昔ながらの健康料理を王都の人に広めたいから』だったらしいが、適性的に、武官の仕事しか見つからなかったのだそうだ。

――日銭《ひぜに》稼ぎのために近衛兵の選抜試験を受けたら合格したって。並大抵の実力では受からないはずなのに、すごいな……。本人は未だに料理人を目指したいようだけど。

バルシャは、旧教徒であることとは関係なく、そもそもちょっと変わっている。

父王の近衛兵だった頃から『有能な変わり者』で、誰が注意しても行動を改めなかった有名人なのだ。

まったく空気を読まず、旧教の村での習慣を改めず、大神殿に滅多に祈りに行かない。更には毎日のように、父王に『田舎料理です』と、謎の差し入れをしようとしたり……。

周囲の人間は、優秀なバルシャが問題なく出世できるよう『あまり変なことばかりしないように』と忠告したらしい。

だが、彼は『陛下におかれましては、田舎料理でリゴウ熱の後遺症を緩和していただきたいのです！』と毎日言い張っていたそうだ。

陛下の治療は侍医の仕事だから、とたしなめても耳を貸さず……。

奇行の結果として、バルシャは近衛兵の任を解かれ、なり手のいなかった王太子の護衛隊長を命じられた。

武人としての腕はずば抜けているため、解雇はされなかったらしい。

しかし、リィギスは、バルシャの言動がわりと好きだ。見ていて面白いし、なによりリィギスの目の色をまるで気にしていないから気が楽だ。

バルシャの『変わり者』の部分に、リィギスは救われている。

「ところで君は今日も勤務なのか？　休んでいいと言ったはずだが」

そもそも、三十歳近い男盛りが、べったりとリィギスのお守りをし続けるのもどうかと思うのだ。

「護衛の仕事は常に忙しいのです」

「年中見張ってくれなんて、僕は頼んでいないけど」

ぼそぼそと反論するリィギスに、バルシャは言い聞かせるように答えた。

「森は確かに癒やしの地、神聖なる力が眠る場所です。ですが、リィギス様が思っているほど安全ではありませんぞ。俺は故郷の森で百年生きているという鹿を見たことがあります。そういう場所なのです。人の理屈を超えた何かがある」

いつものお説教が始まった。

「さすがに、百年はないだろう？」

「いいえ、ガシュタン半島の動物たちの中には、森の精気を取り込むのに長けた個体が居るのです。その百年生きた鹿も異様に賢くて、あらゆる鹿よけの罠をくぐり抜けて、俺の家から餌を盗んでいきました。禁域の森にもどんな知恵者がいるか知れません」

興味を引かれる話ではあったが、イナに会うのに水を差されたくなかった。

――いいじゃないか、ここは王都だ。山岳地帯と違って危険な獣なんて出ない。あの禁域の森だって、昔から保存されている『禁域』という名の特別区画なだけだろうに。

押し黙るリィギスにバルシャは続ける。

「それに、獣の危険だけではありません。ガシュトラ半島は、古代に、海底から隆起した大地だと言われています。大陸とは地層が違い、時折有毒な瓦斯《ガス》や毒の水が湧き出すのです。……人が住まなかった場所は、過去に住んでみて駄目だったということです。どうか、遊歩道より先には踏み込まれませんように」

バルシャは、意外と色々なことに詳しい。今の説明も、もう聞き飽きた話ではあるが、そもそもなぜこの半島の成り立ちまで詳細に知っているのだろう。すべて、『旧教の教え』ということらしいが、意外と博学だ。

「分かったよ。気をつけてはいるけれど、更に注意する」

「よろしい。おやつはこちらにご用意いたしました」

「あ、ありが……とう……。また君が作ってくれたのか……」

最初にバルシャから『俺が作りましたので毒味の心配はございません』と手作り菓子を手渡されたとき、リィギスは絶句した。

以前も父に謎の差し入れ事件を繰り返して、近衛の役を解かれたのに……と。

懲りていないのが凄すぎる。あまりに凄いので、健康料理を王都の人々に広めることこそがバルシャの譲れぬ生き様なのだろうと思い『僕に食べさせるだけなら』と見逃すことにしたのだ。

「はい！　俺は、リィギス様に、ガシュトラの田舎料理を召し上がっていただきたいのです。昔ながらの材料に調理法。貧しいなりに工夫のある味でしょう？」

バルシャの菓子は、具材を一切入れない焼き菓子だ。

王宮では決して目にすることのない質素さだが、これが辺境の庶民が口にしている食べ物なのだろう。

バルシャは、『ガシュタンの背骨』と呼ばれる高山地帯に住んでいたそうだ。王都でどんなに豊富な材料を手に入れることができても、故郷の村の料理を好んで作る。

『山では砂糖も卵も高級品。そもそも菓子は村長の家でしか作れません。庶民の家には菓子を焼けるような繊細なかまどはありませんので。旧教の村はそういう場所なのです。今も昔も古き神の教え以外は何もない』と口癖のように言っている。

想像もできないが、それがガシュトラの辺境での生活水準なのだ。未来の王として、心に刻まねばならない。

「イナ殿は、お菓子はお好きでしょうかね」

唐突にイナの話を出され、リィギスはぎくりと身体を揺らした。なぜ彼女に会うことを知っているのだろう。

「……バ、バルシャのお菓子は好きみたいだよ」

「さようでございますか！　ならば作った甲斐がある。今日もお会いになるのでしょう？」

彼は変わり者に見えて、とても鋭い。落ち着かない気分でリィギスは早口で答えた。

「……そうだな、多分、森に来ていたら、会えるかな」

異様に口が重くなる。イナと会うことに口を挟まれたくないと思った。王太子としては、いつどこで誰に会うのかを、常に護衛隊長に明らかにすべきなのに。

「うーん、宝石は十代にはまだ早いな。花だな。花にしましょう」

何だかよく分からないことをバルシャが呟き始める。不審げに見上げたリィギスに、彼は満面の笑みを浮かべて告げた。

「リィギス様、次回はイナ殿に贈る花を用意しておきますぞ！　お任せください。花にはうるさい俺が選びますゆえ。ああ、でも残念。この辺りだとユーフェミアは咲かないのか。女受けがいいと言えばユーフェミア。それが俺の村の定番だったのですが」

何やらブツブツ言っているバルシャを、リィギスは慌てて制する。

「なっ……は……花はいい、そんなものいらない。僕はただ、彼女と一緒に森の遺跡を調べているだけなんだから」

なぜか異様に恥ずかしくなり、リィギスはぷいとそっぽを向いた。

「遺跡を調べるだけ？　十八歳男子のご発言とも思えませぬな。調べておられるのは、本当に遺跡でございますか？」

詰問されて変な汗がにじみ出す。

「怖い顔をするな。それにじろじろ見ないでくれないか？」

リィギスの抵抗に遭《あ》ったバルシャは、問い詰めるのを諦めたように腕組みをする。どうやら追及の手は緩めてくれるようだ。

これまでに、イナとは何度か森で会っている。

リィギスが森に行ける日時を教えると、彼女も来てくれるのだ。

ただそれだけのことが、たまらなく嬉しい。だから、リィギスも可能な限り時間をひねり出して、森へ行く。イナと他愛ない話をするために。

――本当に、バルシャの誤解するようなおかしなことなんて何もしていないのに。

しかし、バルシャの誤解は解けず、リィギスがイナの話題を出すと、俄然張り切るようになった。

「ところで、イナ殿は、ガシュトラ大神殿に引き取られたみなしごと聞きましたが。何の仕事をなさっているのでしょうか？」

我が道を行く性格のバルシャが、珍しくイナのことを気にしている。

「下働きだと聞いたよ。祭司長の屋敷に住み込みだって」

「……なるほど。侍女にしては、自由時間が多いようですな」

まだ何かが気になるのか、バルシャは腕組みをしたままだ。

「神事の手伝いをしていて、特別な立場ではあるようだけど。それがどうした？」

「さようでございますか。俺は田舎育ちで、ガシュトラ大神殿に祈りも捧げずに生きてきたので、神事というのが何なのか想像もできません」

バルシャが何かを考え込みながら答えた。

「イナ殿も、今はさぞお美しくなられたのでしょうなぁ」

答えないリィギスに、バルシャが繰り返す。

「お美しくなられたのでしょうなぁ！」

「まあ、そうだな」

早口で答え、リィギスはバルシャに背を向けた。

大きなロロにしがみつく美しいイナの姿を思い浮かべたら、顔が熱くなる。あんなに綺麗なのに無邪気そのもので、とても不思議なイナ。闇の中でも輝く白金の髪と、優しい若葉のような瞳をした、精霊のような女の子。

――何を動揺しているんだ、僕は。

リィギスは必死で自分を落ち着かせつつ、布鞄に菓子の包みをしまい込む。

「じゃ、散歩してくる。いつも通り一人で行くから放っておいてくれよ？」

「はい。森が好きすぎるのも考えものでございますが、お気をつけて。腹を壊しますから、木の実やらキノコやらを気軽に召し上がらないように！」

「食べないよ」

「若い男は、可愛い娘におだてられると何でも食います。道の草でも食いかねない。俺もそうでした。どうかお気をつけて」

深刻な声音だったが、そんな真似をするのはバルシャだけだと思った。

「……分かった、ありがとう。覚えておく」

心配性すぎるバルシャに、ややげんなりした気持ちでリィギスは答えた。

王宮の庭に出ると、遙か向こうにうっそうと茂る大きな森が見える。迷いのない足取りで、リィギスは森の中に入っていった。

遙か昔から禁足地として守られて来た禁域の森。

王族と、祭司長の関係者以外は滅多に立ち入ることもない場所だ。

アスカーナにいた頃、リィギスは繰り返しガシュトラの大森林を思い描いていたが、現実の緑の勢いは想像以上だった。

木々に囲まれた圧倒的な空間に立つと、神を信じないリィギスでさえ、神聖な息吹を感じずにいられない。

——百年を生きる獣……か。こうして森にいると、少し信じられる気もする。森の精気を取り込んで悠久の時間を渡る獣も、もしかしたら居るのかもしれない。

リィギスは、心地よさに任せて大きく息を吸い込んだ。

——イナのことも、最初は森の精霊かと思ったんだ。裸足で、不思議な格好で。

イナとの『待ち合わせ』のことを思うと心が弾む。

森で二人で調査するのは何度目になるだろう。

イナは祭司長の屋敷であまり大切にされていないらしく、初めて会ったときは、上手に喋ることもできなかった。

　だが、会話を重ねるうちに、だんだん喋れるようになり、リィギスがアスカーナの思い出や、視察で見かけた珍しい光景の話を聞かせるたびに、目をキラキラさせて聞き入ってくれて、とても愛らしい。

　彼女の身の上が気になり、祭司長の屋敷に何度か問い合わせをした。

　イナは何者なのか、屋敷で不当な待遇を受けているのではないのか、と。

　だが、まともな答えは返ってこなかった。

『あの子が裸足だったのは、孤児院生活の名残です。イナの生活環境に問題はありません。神事に関わることは国王陛下以外には申し上げられません。イナがご迷惑をおかけしているようでしたら、屋敷の外には出さないようにいたします』

　余計なことを聞くならもう会わせないという、脅しのような返事だった。

　どうにかしてやりたいのだが、今のリィギスは『勉強中の王太子』という立場でしかない。ガシュトラ国内に伝手《つて》もなく、孤立した状態だ。大神殿に対して強硬な姿勢に出たところで、鼻で笑われて終わるだろう。

　イナをどうにかしてあげたいのであれば、もう少し力を付けるしかないのだ。

　多忙なリィギスは、最近滅多に森へ行けない。だが、愛らしいイナは律儀に森へ通って来てくれる。今日もきっと、あの宝石のような若草色の瞳に会えるだろう。

　リィギスは明るい気持ちで、うっそうとした森へ足を踏み入れた。

イナは、アスカーナから帰ってきて初めてできた友達だ。

王太子という立場と、呪われた青い瞳はリィギスから他者を遠ざけた。それで構わないと思っていた。やるべきことをやるだけだ、と。

けれど……やはり、どれほど大きな目標を持っていても、他人は恋しい。

自分をまっすぐに見て微笑みかけてくれる誰かに、そばにいてほしいときもある。

――今日は絵の描き方を教えようかな。面白がってくれるだろうか？

イナは何をしていても真剣で、不器用で、そんな様子が可愛らしい。

可愛い人は何をしていても可愛いのだとイナに出会って初めて知った。

イナの可愛さは、歳の離れた妹たちや、王宮で飼われている愛玩動物《あいがん》とは違う、甘く幸せな気持ちになる可愛さだ。どんなに一緒にいても飽きることがない。

だから、わずかな自由時間ができると、いそいそと彼女の待つ森へ出掛けてしまう。

――今日は別の石の苔も剥いでみよう。新しい絵が見つかったら、イナが喜ぶ。

何をしても、イナはにこにこ笑ってくれる気がする。そして、そのそばでは、無邪気なロロがふさふさした尻尾を振って、じっと二人を見ているだろう。

愛おしい幸せな時間だと思う。会えば会うほど、イナを好きになりそうだ。もちろん、ロロのことも。純粋に好きだと思える相手がいるのがたまらなく幸せだ。

ふと、脳裏に父の顔がよぎる。幼い妹たちを抱き寄せて幸せそうに笑う顔。リィギスに気づいた瞬間に消える笑顔。父の当たり前の愛情すら、リィギスには向けられない。

『もう一人王子が生まれれば良かったのに』

『なぜ弟君や、王族の別の男児を立太子なさらないのか』

投げつけられた中傷が、火傷の痕のように疼いた。もう嫌だ、思い出したくない。そう思った刹那、まばゆい光のような声が、リィギスの心を満たす。

『リィギス様！　ロロが、石、見つけました！』

無邪気にリィギスの手を引いて笑っているイナの顔を思い出したら、じくじくした嫌な痛みは潮《しお》が引くように消えていく。

――今日は、イナと何を話そうかな。

明るい気持ちで、リィギスは森へ足を踏み入れた。もう昼すぎだ。時間が勿体ない。全力で走って、いつもの巨石の窪にようやくたどり着く。そこには、いつものようにイナがいて、ちょこんと石の上に腰を下ろしていた。

走りすぎて息が切れ、汗が止まらない。ぜえぜえ言っているリィギスに、イナが不思議そうに駆け寄ってきた。

「リィギス様……走ったの、なぜ……？」

「い、いや、なんでもない。久しぶりだね、イナ」

前のめりになって息を整えているリィギスの汗を、イナは小さな布で拭いてくれた。

「あ、ありがとう」

熱い頬を意識しながらリィギスは礼を述べる。イナはえくぼを浮かべて、リィギスに微笑み返してくれた。

――可愛い……。

木々の間から差し込む陽光よりも明るい光が、リィギスの胸いっぱいに広がった。

❀

リィギスがイナと再会して、半年以上の時が過ぎた。

ガシュトラは温暖な気候とはいえ、冬はそれなりに厳しい。

バルシャに『着てください』と無理やり押しつけられた上着を着込んで、イナが待つはずの森へ走った。

国際港を開くにあたり、役人が作った条約の草案を直しては突っ返し、アスカーナ大使を迎えるための準備を整えたり、開国反対派の貴族に嫌がらせをされたり、仕事に奔走していたら、季節はもう冬になっていた。

いつからイナに会っていないのだろう。一月、いや、それ以上かもしれない。

ロロの首輪の手紙には、今日も森に来ると書いてあった。

会った回数は十指に満たないのに、今やイナは誰よりも顔を見たい相手になっていた。

『呪いの青の王子が、アスカーナにこの国を売り渡すのではないか？』

『アスカーナに尻尾を巻いて逃げ出せばいいのに』

囁かれる屈辱的な言葉も、イナの緑の目を覗き込めば溶けて消えていく。

リィギスは必死で森の奥の窪地へと走る。

木々のざわめきが、リィギスをせき立てているように感じた。

巨石の窪にたどり着き、リィギスは辺りを見回した。同時に、失望感が込み上げる。

――なんだ、今日は来ていないのか。

自分でも驚くくらい落胆しつつ、リィギスは冊子を隠した木のうろを覗き込んだ。

――あれ……？　ない。イナが持ち帰ってしまったのかな。

そう思った刹那、犬の吼え声が近づいてきた。

「ロロ、いるのか？」

尋ねると同時に、灰色の狼犬が窪地に飛び込んできた。

そのあとを追って、白金色の髪の華奢《きゃしゃ》な少女が駆け込んでくる。

「待って、ロロ、走るの、速い」

冊子を抱いたイナが、息を整えるように身を屈める。だがすぐにリィギスに気づいて顔を上げた。

「リィギス様！」

落ち込みが一気に霧散する。今日も会えた。リィギスはイナに駆け寄った。

「久しぶり、イナ」

リィギスの言葉にイナが微笑む。普段は真っ白な頬が、ほんのりばら色に染まっていた。

「はい、久しぶり、会えて、嬉しいです」

たどたどしかった言葉も、少しずつまともになっている。

「リィギス様、これ、石が、落ちている……のです……この先、ロロが教えてくれて」

そう言ってイナが、薄い石片をリィギスの掌にのせた。

「なんだろう、これは？」

「古代人の星……描いてあるのです。ロロが掘った、木の根っこの下に、これが」

どうやら埋まっていた遺跡の断片を見つけたらしい。

「あと、寒いのに、花……あっちに」

どちらかというと遺跡よりも、花を見つけたことの方が嬉しそうだ。

「僕と一緒にもう一度見に行こうか」

そう尋ねると、イナはますます頬を染めて頷いた。

しばし迷った末、リィギスはイナの手を取って歩き出す。振り払われないだろうかと不安だったが、イナは、耳まで赤くして、そっとリィギスの手を握り返してくれた。

――か……可愛い……な……。

リィギスの胸に、甘酸っぱい幸福感が満ちた。落ち着きのないリィギスの様子が気になるのか、ロロが飛びかかってきて、繋いだ手の匂いを嗅いだ。

「ロロ、食べ物は何も持ってないぞ！」

慌てたリィギスの傍らで、イナが澄んだ笑い声を上げた。その笑顔が嬉しい。彼女といる限りは、リィギスは呪いの青の目をした、いらない王子などではない。

「もっと掘ったら、きっと、もっと、石、出てきます」

イナが嬉しそうに教えてくれたので、リィギスは口元をほころばせた。

「そうだね、探そう」

突然、頭の中に『花は森にたくさん咲いているから、何か別のものを贈ろう』という言葉が浮かんだ。

イナの足元を見ると、昔あげた靴を今もまだ履いてくれている。

――突然高価なものをあげたら、イナが大神殿に怒られるかもしれない。宝石はやめよう。新しい靴を用意してもらおうかな。

そう思いながら、リィギスはイナの手を握る手に力を込めた。

第三章

二十年に一度の大禊の年が来た。

イナは十七歳。

リィギスと森で会うようになって、二年もの年月が経ってしまった。

――ああ、嫌、もう二年も……どうしてこんなに時が経つのは早いの……。

二十歳まで生きられるとして、残りは三年しかない。

リィギスと会える儚《はかな》い時間は、月に何度もない。貴重な時間を待つうちに、どんどん残りの時間が少なくなっていく。

――もっともっと、リィギス様と会いたいのに。

一方、薬の製造の仕事は、どんどん苦しくなる。身体が毒に負け始めているのだろう。

治療室に横たわるイナの耳に、聞きたくもない褒め言葉が、どんどん飛び込んでくる。

『イナはなかなか頑丈ですね、一人だけで、充分な量の薬を製造できている』

――もう許して、私をこの苦しみから解放して。

そう叫びたいけれど、身じろぎもできない。

今回も薬の製造中に毒に負け、意識を失ってしまったらしい。

イナは、夢の中で、禁域の森にいた。

先日、リィギスと森で待ち合わせしたときの光景が、夢の中で鮮やかに蘇る。

傍らに立つリィギスの姿に、イナの心は甘い幸せでいっぱいになる。

『イナ、今日も会えて嬉しい』

リィギスは、先日二十歳の誕生日を迎え、とみに男らしくなった。

会うたびに素敵になっていくリィギスの姿に、胸がどきどきして苦しい。

『君も僕に会いたいと思ってくれた？』

リィギスがイナの手を握りしめ、赤い顔で尋ねてくる。

イナは頷き、同じくらい赤い顔で、新しい靴のつま先をじっと見つめた。恥ずかしくてリィギスの顔が見られないからだ。

この新しい靴は、先月リィギスにもらった。彼は季節ごとに、イナに靴をくれる。嬉しくて、リィギスがくれた新しい靴だけを愛用している。ボロボロになってしまった靴も、この靴も、イナの一生の宝物だ。

『最近、待ち合わせをしても会えないことがあるから、心配で……。ごめん、君だって屋敷の仕事があるのに』

形の良い耳を染めて、リィギスが早口で言う。その言葉は、イナの胸をかきむしった。

近頃は、治療剤の製造を終えたあとの回復がはかばかしくなく、待ち合わせの日に森へ行けないことが増えたのだ。

何日も苦しんで寝込んで、ようやく起き上がれる。

昔はこんなことはなかった。一日休めばすぐに森へ走って行けたのに。

『神事のお手伝いが増えて。でも、お仕事がなければ、必ず会いに行きます』

そう答え、イナは言葉を途切れさせる。もう何度目の薬を作ったのか、数えられなくなった。半年前までは意識しなかった命の終わりが、予想以上に近いことを実感する。

どんなに手を伸ばしても、リィギスに触れられなくなる日が来る。

——嫌だ。どうして会えなくなるの。私は、好きな人などできない方が良かったの？

涙を滲ませるイナに、リィギスが囁きかける。

『ほら見て、イナ……リゴウ神がこんなに泣いている』

リィギスが、腕だけが青い悪神リゴウの絵を指した。

絵の中の女神の目からは、涙がとめどなく溢れている。描かれたものではなく、本物の濡れた雫がしたたり落ちていく。

——どうして……絵から、本物の涙が……。

イナは息を呑んだ。

雫がしたたり落ちるごとに、かすれた遺跡の絵が鮮やかさを増していく。

善なる神に討ち倒された異形の古き悪神たちのうめき声が聞こえてきた。

『悪神リゴウ処刑の図』が、不意に生々しい現実の光景に変わる。

――これは、絵じゃない……どうして……。

イナは辺りを見回す。

視界の端に、人々に囲まれて、青い腕の女神が泣き叫んでいるのが見えた。

『ここはかつて深い海の底だった。皆、決して山を下りてはいけない。裾野の辺りには、海底に眠っていた病んだ水が……』

何かを言いかけた悪神リゴウの華奢な身体が、巨大な剣で貫かれる。

『ザグドの力も、この大地も、すべて我らのものだ』

真っ赤な飛沫が散り、目の前の光景が、切り落とされたように変化する。

折り重なって倒れる人々が、不気味な山を作っているのが見える。

イナの部屋に飾られている、製造者を教育するためのあの絵と同じだ。

リゴウ熱でこときれた人々の屍《しかばね》の山に絶句していたイナは、隣から恋しい人の気配が消えたことに気づいた。

――あ、あれ……？　リィギス様はどこへ……？

イナは、慌てて辺りを見回す。そして、悲鳴を上げそうになる。屍の山の頂点に、金髪の若い男が倒れているのを見つけたからだ。

イナの全身の血が逆流しそうになる。

『リィギス様！』

震える足で駆け寄ろうとするが、足元が泥のようになって近づけない。

リィギスがリゴウ熱に感染してしまったなんて……そう思うだけで、恐怖のあまり、わけの分からない叫び声を上げたくなる。

おぞましさをこらえて屍の山を這い上がったイナは、リィギスにすがりつき叫んだ。

『リィギス様、しっかりして、今、治療剤を持って来ます、もう少し待っていて』

『いいんだ、イナ。僕はガシュトラを滅ぼす呪われた王子なんだから』

『違います、リィギス様はそんな人じゃない！』

イナの言葉に、リィギスがはっきりと目を開けた。

なんという美しく不吉な青色なのだろう。初めてリィギスの目を『怖い』と思った。

リィギスの後ろに、朽ち果てたガシュトラ大神殿が見える。

風雨に晒《さら》され消えていくさなかの遺跡のようだ。見渡すと、辺りには誰もいない。屍の山もない。

リィギスとイナだけが、砂礫《されき》の舞う、誰もいないガシュトラ王国で見つめ合っている。

『ごめんね、イナ。僕がすべてを終わらせた』

――な、なにを、リィギス様は、何を言って……。

乱れた長い髪をかきむしった瞬間、イナの目に見慣れた天井が飛び込んできた。

――夢……。

安堵のあまり、全身の力が抜ける。

手が痛くて開けない。あまりに強く握りしめていたからだろうか。

痺《しび》れる身体を叱咤《しった》して、イナは起き上がった。

腕を確かめる。薬を作るときに皮膚に染み込む青色はもう綺麗に消えていた。

——嫌な夢だったな。リィギス様は、ガシュトラを滅ぼす存在なんかじゃないのに……。

イナはふらつく足で治療室を出て、自分の部屋へと向かう。

リィギスはこの二年の間、大神殿やアスカーナ、その背後に控える大陸諸国と話し合いを重ねてきた。

そしてガシュトラの王都からほど近い海岸の街で、港の建設を開始したのだ。

彼自身は決して自慢することはないが、祭司長の屋敷にある資料で彼の名前を見かけない日はない。

立場の弱いガシュトラの代表として大変な思いをしていることも、資料で知った。

本来は他国が持つべきだった領事館の設置費用を負担させられたり、『田舎者』を見下す大陸某国の大使に、演説をわざとらしく遮られたり。

リィギスは、公式の場で、嫌なことを立て続けにされたらしい。

本人は教えてくれないけれど、建設中の港の視察で、大神殿を狂信する暴徒に襲われたこともあったそうだ。

護衛隊長の働きで事なきを得たらしいが、さぞ恐ろしかっただろう。

だがリィギスは、どんな目に遭わされても弱音を吐かないし、己の使命を投げ出さない。

本気で王太子としての責務に向き合い、ガシュトラ王国を変えようとしているのだ。

理想の王太子であり、己に課せられた『呪いの青』という風評にも屈しない彼が、この国を滅ぼすなんてありえない。

——私はリィギス様が呪われているなんて思わない……あんな怖い夢、何かの間違いよ。疲れているから変な夢を見たんだわ。

部屋にたどり着いたイナは、秘密の引き出しから折りたたんだ紙を開いた。

二人で使っている冊子から、リィギスが書いてくれたイナ宛ての伝言だけを千切って持って帰っているのだ。

伝言の文面は、この二年で、温かく細やかな内容に変わっていった。

『会えて嬉しかった』

『また会いたい、二人で森を歩きたい』

『昨日君の夢を見た』

『君が夢に出てきてくれるたび、嬉しい』

『最近元気がないから心配している。できることがあれば言ってくれ』

リィギスはいつも手紙に『イナを思っている』と書いてくれて、その美しい文字を見るたびに、イナの心は甘い感情でいっぱいになる。

——私、自力で歩ける限り、リィギス様に会いに行く。絶対に行く！

肩で息をしながら、イナは机上に準備されていた、体内の毒を薄める薬を飲む。量は少なく、二口ほどで飲み終えてしまう。

──これ以上飲んだら、私の身体の中の毒が、解毒されすぎちゃうんだろうな……もっと飲めたら、楽になるんだけどな……。

一息ついたとき、元気いっぱいの犬の吼え声が聞こえてきた。

──ロロ……？

イナは両手を机の上について、ふらふらと立ち上がる。

ゆらりと窓に歩み寄ると、薄明かりに照らされたロロの姿が見えた。

そういえば一昨日は、リィギスが来るのに、薬の製造を命じられて行けなかったのだ。

──ああ、禁域の森に行きたかった、リィギス様に会いたかったな……。

リィギスのことを考えたら涙が滲んだ。

どんな身体になっても、足を引きずってでも会いに行こうと思っていたのに、最近は毒の副作用がひどくて歩くこともままならない。

イナはよろよろと出入り口へ向かい、庭へ顔を出した。

ロロが勢いよく走ってきて、激しく尻尾を振る。

イナはその頭を撫でようとして、ロロが咥えた枝に気づいた。

──この子、この枝をどこから拾ってくるんだろう。誰かにもらってくるのかな？

今日の枝には小さな蕾がついていた。イナの鼻先に、柔らかな甘い香りが広がる。

いつもの『お土産の枝』の匂いだ。どんな香水や花より、この枝の匂いが好ましい。

遠い昔にもこの匂いに包まれていたような気持ちになる。

きっとこれを懐かしい匂いと呼ぶのだろう。

「ありがとう、ロロ」

咥えている枝を受け取ると、ロロが得意げに吼える。ロロの背中の渦巻き模様を撫でていたイナは、首に結ばれた紐に気づいた。

ロロは、他の飼い犬のようには首輪をしていない。

子供の頃、紐を結んであげたことは何度かあるのだが、次に姿を見せたとき、その紐は消えていた。多分、自分でむしってしまうのだろう。

――何かしら、この紙。

首に巻かれた紐には、落ちないように、細く畳んだ紙が結びつけられていた。

ちょうど喉の辺りに滑り落ちて、長い毛に隠れて見えづらかったのだ。不思議に思いながら解いた紙を開いて、イナは目を丸くした。

『今日、光る花の咲く泉にいる。ロロが君のところに遊びに行くことを祈って。リィギス』

――リィギス様！

弱りきった身体にかすかな力が蘇る。

この間、リィギスとイナは不思議な場所を見つけた。

遊歩道を外れたずっと先、森の奥まった場所に、小さな泉があったのだ。

その周りには、不思議な光る花が咲いていていて、明るい時間でも、掌で包むと中でぼうっと緑に光る。以降、二人で過ごせるときは、花を眺めて、ずっとそこで寄り添っている。

――ちょっと遠いけど……行こう。

イナは気合いを入れて立ち上がる。

「ロロ、一緒に、リィギス様に会いに行こう」

イナは花の枝を帯に挟んで歩き出す。今日の枝は小ぶりで、持ち歩くのに問題はない。楽しそうにトコトコ歩いて行くロロが、足取りの遅いイナを不思議そうに振り返る。

「大丈夫だよ」

安心させるように声を掛けるが、やはり息が荒いのが気になるようだ。

だが、歩いているうちに少し気分が落ち着いてきた。やはり、無理やりにでも身体を動かすと楽になってくる。それに、森の空気のおかげで気分がよくなった気もしてきた。

真っ暗な森を王宮とは逆の方へ進み、誰も踏み入らない獣道を進む。伸びた枝の下を進み、ぐらぐらする苔むした石を踏みしめ、イナは慎重に進んだ。

やがて、わずかに道が開けてくる。木々の隙間から月の光が差し込んで、藪の中にできた隙間を照らし出す。

イナは立ち止まって息を整え、光る花の群生地に繋がる隘路《あいろ》へ踏み込んだ。

何度も通ったおかげか道が開けていて、もう葉っぱで肌を切ることもない。ロロはすぐ目の前でブンブン尻尾を振り続けている。

――リィギス様……。

ふらつくイナの視界に、ぼんやりした緑の光が飛び込んできた。

昼は淡い黄色の花が風に揺れ、夜はあえかな光が灯る花園は、イナの大好きな場所だ。

もっと何度も来たい。二十歳まであと三年しかない。それでは足りない。もっともっと、ずっとこの森に来て、リィギスの笑顔を……。

そこまで考えたイナは、引き締まった広い背中を見つけて、一瞬立ち止まった。

夜目にも鮮やかな金の髪が花の放つ燐光《りんこう》に浮かび上がっている。

気配を察したのか、リィギスが振り返った。

「イナ！」

駆け寄ってきたリィギスが、大きな温かい手でイナの冷えて枯《か》れた手を取る。

伝わってきた温かさに、涙が出そうになった。

生きている人間の熱がそのまま流れ込んできたようだ。死にかけていた己の身体が息を吹き返したように思える。

「具合でも悪かったのか？」

首を横に振りかけて、さすがに今の顔色ではごまかしきれないと思い直す。

イナは素直に頷き、リィギスの青い目を見て笑みを浮かべた。

「はい。でも、もう大分良くなりました。この前は会える日だったのにごめんなさい」

「いいんだ、心配していただけだから」

イナの明瞭な返事に安心したのか、リィギスは引き締まった口元をわずかに緩める。

魂を奪われるほど美しい笑顔だった。

力に満ちあふれた煌めくようなその姿には、夜光の花も、澄み切った月明かりも色あせて見えるほどだ。

リィギスは美しい。再会した二年前から、更に美しく精悍になった。

この世界に美しさの指標として神様が送り込んだ彫像のようだ。

「でも手が冷たい」

イナの手をぎゅっと握り、リィギスが顔を近づけてきた。

すぐそばに青い宝石のような目が近づき、イナの胸がとくんと高鳴った。

「あの石に座って休むといい、顔色が良くないから」

手を放し、リィギスが大きな石に向かって歩き出す。イナは後を追おうとして、小さなくぼみに躓いた。

「きゃ……っ！」

地面に叩きつけられ、イナは小さく唇を噛む。

いつもなら、このくらいでは転ばずに踏みとどまれるのに。毒の副作用のしつこさに泣きたくなったとき、少し先を歩いていたリィギスが駆け寄ってきた。

「大丈夫か」

驚くほど軽々と抱き起こされ、とっさに何が起きたのか分からなかった。

リィギスは服が汚れるのも構わず、地面に膝をついて、イナを支えてくれたのだ。

「あ、あの、ごめんなさい……」

起き上がろうとしたイナの身体は、次の瞬間、リィギスの胸に抱きしめられていた。

「イナ……」

いつの頃からか、リィギスは、こうやってイナを抱きしめてくれるようになった。

嬉しいけれど、どきどきしてしまい、何度抱きしめられても慣れない。今日も、リィギスの逞しい身体を感じた刹那、顔が焼けるように熱くなった。

「あ、あの……大丈夫です……」

「大丈夫じゃない、真っ青じゃないか」

「あ、あの、まだちょっとふらふらして……。でも、ロロに結んでくださったお手紙を見たら、どうしてもリィギス様に会いたくなって。本当にもう大丈夫です」

青い顔を見られないよう、顔を背けて早口で言い終える。

だが、リィギスの腕は緩まなかった。

「君は……祭司長の屋敷で何かされているのか？」

イナを抱く腕に力がこもる。

すっぽり抱き込まれて、イナの顔は燃えるように熱くなった。

「昔は元気だったのに、最近いつもふらふらじゃないか。一体どうしたんだ？　屋敷で何かひどい目に遭わされているんじゃないだろうな」

リィギスはイナの異変に気づいているらしい。だが、治療剤作りのことは言えない。心配を掛けたくないからだ。

「黙っていないで何か言ってくれ」

イナを案じるリィギスの声は悲しげで、切なげだった。

つられてイナまで悲しくなってしまう。

「大丈夫なんです、私、少し寒がりで」

「寒いだけでこんなに具合が悪くなるのか？　到底そうは思えないよ。……祭司長の屋敷から出してあげられたら、少しは元気になれるのかな」

リィギスが呟いた言葉の意味が分からず、イナはゆっくり瞬きをした。

自分が祭司長の屋敷から出て行くなんて、一度も考えたことがなかったからだ。

「僕は、君をあそこから連れ出したい。最近つくづくそう思うようになった」

リィギスが低い声で呟く。その声の艶やかさに、イナの身体の奥がぞくりと震えた。

今まで感じたことのない得体の知れない震えだった。

なぜか分からないが、この腕から抜け出さねばと本能的に思う。

「本当に、大丈夫なんです。気に掛けてくださって、ありがとうございます」

わざとらしいくらい明るい声になってしまった。頰の火照《ほて》りがどうしても治まらない。

イナはそっとリィギスの腕を振りほどいて、力を込めて立ち上がった。

ロロが大人しくやってきて、イナにぴったりと寄り添う。

そのとき、帯に挟んでいたいい匂いの枝が滑り落ちた。

拾い上げたイナの胸に、優しい爽やかな香りが染み渡る。

この雰囲気に呑まれては駄目だ、話を変えよう。イナは枝を手にしたままリィギスを見上げた。

「リィギス様、この植物を森で見かけたことがありますか？」

だが、答えは返ってこない。イナは再び、リィギスの腕の中に閉じ込められていた。

今日は抱きしめられてばかりだ。やはり弱りきった様子に気づかれているに違いない。

大きな手が頭の後ろに回り、イナのもつれた髪を優しく撫でた。

「僕はどうしても、君をあの屋敷から連れ出したいんだ」

リィギスの言葉に、イナの膝が震え出す。

「だ、大丈夫です、私はお屋敷で色々と仕事があって、神事のお手伝いも大事で……」

言いかけたイナの顎《あご》は、リィギスの温かな手で上を向かされた。

目の前にきらきらと輝く青い瞳がある。

引き込まれるように美しいその双眸がまぶたで隠れると同時に、イナの唇にリィギスの唇が重なった。

触れ合う唇の感触に、イナの足から力が抜ける。

腰を抱かれ、身体を支えられて、リィギスの腕の中に包み込まれた。

――あ、あ、どうしよう、私……。

戸惑いと不安と、抑えようのない動悸が身体の中でいっぱいに膨れ上がる。

これは、接吻《せっぷん》という行為だ。

夜中に、屋敷の片隅でこっそり唇を合わせている大人たちのことを思い出した。

無知なイナにも、見てはいけない光景だと分かった。

あの行為を、今リィギスとしているのだ。

初めて、大人たちと同じようなことを経験してしまった。

胸の鼓動が激しくなり、息が苦しい。いや、息が苦しいのは、呼吸を止めているからかもしれない。

どのくらいの時間リィギスと唇を合わせていただろう。苦しくて気が遠くなってきたイナの唇がそっと解放された。

「ごめん、ちゃんと説明しなくて……口づけするときは、鼻で息をして」

リィギスの顔は相変わらずすぐそばにある。理知的で優しくて、蕩《とろ》けるほどに美しい顔。

身体中が燃え上がるほど熱くて恥ずかしくてたまらない。

なのに、リィギスから目が離せない。

「ど、どうして、接吻……ロロにもなさらないのに」

「ロロに口づけはしないよ。君にだからしたいんだ」

再び顔を上向かせられ、唇が塞《ふさ》がれた。

近寄ってきたロロが、足に頭を押しつけてくる。

『今、ロロの名前を呼んだでしょ？』と言わんばかりの仕草だ。

けれど、構ってあげる余裕がまったくない。

リィギスの唇から、イナの心臓を破裂させる薬が流れ込んでくるかのようだ。鼓動が最高潮に高まり、身体の中で割れ鐘のようにガンガン鳴り響く。

すぐそばに逞しい身体を感じて、恥ずかしさと困惑で動けない。

しばしの口づけの後、唇が離れた。

ほっとする暇もなく、今度は、イナの痩《や》せた身体が強く抱き寄せられる。

「イナ、僕の知らないところで危ない目に遭わないでほしいんだ。だから僕は君を屋敷から連れ出せないか交渉する」

「正式に迎えに行ったら、僕のところに来てくれるか？」

予想もしない問いかけに、イナはとっさに何も答えられない。

「リィギス……様……？」

——迎え……に？

リィギスにこんな風に力一杯抱きしめられて、嬉しいはずなのに胸が痛い。

——迎えに来てもらって、リィギス様と、ロロと、ずっと……。

そこまで考えた刹那、目から熱い涙があふれ出す。絶対に無理だと分かったからだ。

イナは『製造者』という檻の中から出られない。出るつもりもない。どんなに別のものになりたくても……それは無理だ。

この仕事を別の女の子に押しつけたいとは決して思わないし、リゴウ熱で苦しむ人たちを見捨てられるはずもない。

「行けません……だ、だって……私……神事が……」

声を押し殺して答えると、リィギスの腕の力がますます強くなった。

イナの痩せた身体を息もできないほどの強さで抱きしめ、リィギスがかすれた声で言った。

「いや、絶対に迎えに行く」

ますます涙が溢れて、リィギスの服を濡らしてしまった。

――どうしよう、嬉しいのに、悲しい。リィギス様。

こんなに心がぐちゃぐちゃになったのは初めてだ。

幸せなのに胸の中が焼けただれていく。

歯を食いしばるイナに、リィギスが囁きかけた。

「僕は、イナが好きなんだ。好きだからずっとそばにいてほしい。危ないことからは、ちゃんと僕が守りたい」

優しい言葉に、イナはしゃくり上げた。

――そんなの、私だって同じ……。

リゴウ熱で死んだ、たくさんの人たちの絵を思い出す。

夢の中に、同じ光景が出てきたことも。遺体の山に、リィギスが倒れていたことも。

あれが夢で良かった。リィギスが無事で良かった。

あの悪夢を現実にしないため、イナは命を捧げねばならないのだ。

イナはぎゅっと目を瞑った。厚みのあるリィギスの身体から、どきどきと心臓の音が伝わってくる。走った後のように早鐘を打っている。

「婚儀は僕の意思だけではどうにもできないから、先になってしまうけれど、君と離れているのが嫌だ」

『婚儀が先になる』という言葉の意味がよく分からず、イナは曖昧《あいまい》に頷いた。

閲覧を許可されている資料では見かけない言葉だ。リィギスの口からも初めて聞いた。けれど、とても申し訳なさそうなリィギスの表情を見ると、詳しくは聞けなかった。

――悲しそう。きっとリィギス様が難しい立場に置かれ続けていることと関係があるんだわ。お悩みが多いリィギス様に、私は何をして差し上げられるかな……。

切ない気持ちで真っ青な瞳を見上げると、リィギスは、真剣な表情で続けた。

「必ず君一人を誠実に守る。だから僕のところに来てくれ、お願いだ、イナ」

イナの心に、狂おしいほどの喜びが溢れる。

やはり、彼は優しい。今も昔も、リィギスがとても好きだ。イナは改めてそう実感した。

初めて会った日から、寝る前はいつもリィギスのことだけを考えている。

毒の副作用に負けそうになっても、リィギスに会う約束を思えば立ち上がれた。

イナは何も言えずにぎゅっと目を瞑る。

リィギスに無理やり連れ出されて、薬を作らずに済む人生になればいいのに……。

けれどそれは夢だ。大神殿はただ一人の製造者であるイナを決して手放さないだろう。もうリィギスに会えなくなるかもしれない。だとしたら、今日が二人で会える最後になってしまう。そんなのは嫌だ。

「ありがとう、ございます」

途切れ途切れにイナは答えた。

おそらく、リィギスの申し出は叶わない。お互いが、どんなに一緒に居たいと願っても、無理なのだ。

「私もリィギス様が好き。だから、何もしなくていいです。会えればいいから、会えなくなるのは嫌だから、お願い、どうか何もなさらないで」

あまり、自分の感情を自覚しない方がいい。

この気持ちに『恋』なんて素敵な名前を付けない方がいい。

大事にすればするほど、失う日が怖くなる。

この先どうなっても、イナの気持ちは変わらない。

まともに喋ることすらできなかった裸足の子供が、好きな人に抱きしめてもらう幸せを知った。きっと今がイナの人生の頂点なのだ。

「そうか、僕と同じ気持ちなんだ……良かった」

リィギスの声が、安堵の響きを帯びて緩む。

きっとイナの答えを喜んでくれたのだろう。

そう思ったら、イナの口元にも微笑みが浮かんだ。

幸せなんて知ったら、生きるのが辛くなるのは分かっている。

けれど今は、リィギスと心を通わせたことが嬉しい。

「僕は絶対に立派な王になる。何があってもガシュトラを豊かで暮らしやすい国にするよう努力する。だからイナは、ずっと僕のそばにいてくれ」

リィギスの真摯な言葉を聞きながら、イナは思った。

――リィギス様のそばに行けたらいいな。長生きも……できたらいいな……。

腕の中でイナはぼんやりと考える。身体が弱ると心も弱る。近頃はもう、『製造者としてはありえないくらい長生きしてみせる』という自信もなくなっていた。

「居られる……かぎりは……」

答える声は小さく頼りなくなってしまった。

だが、リィギスは嬉しかったようだ。

「ああ、命ある限りずっと一緒だ。絶対に君をあそこから連れ出す。今の僕の命令なら、きっと祭司長も嫌とは言えないはずだから」

再びリィギスの唇が、イナの唇を塞いだ。

こうして唇を合わせるのは『あなたが大切だ』という気持ちを伝え合うための秘密の儀式なのだろう。

――リィギス様、大好きです。一番大事な人。ああ、こんな言葉では到底足りない。

リィギスの腕に包まれた自分は、間違いなく、世界で一番幸せな女の子だ。

早く遊ぼうよ、とロロに尻尾で足を叩かれながら、イナはリィギスの温かな身体に、そっと頬を寄せた。

きっとイナは『製造者』という名前の檻から出られない。

けれどそれでいい。一緒に居たいと言われたことで、イナの小さな胸は満たされたのだ。

光る花から無数の粒子が舞い散る。

風で花びらが飛んだのか、それとも、花を光らせている土中の成分そのものなのか……。

イナを抱きしめたまま、リィギスが燐光を放つ花々に目をやった。

「すごいな、ここまで光っているのは初めて見た」

リィギスの真っ青な目は、花々の光を映して、星空のように煌めいていた。

本当に、夢の中のような光景だ。

ふわふわと舞い上がった光の粒が、風に乗ってくるくると弧を描く。燐光は強くなり、弱くなって、夜の森を明滅させた。

「僕はこの森が好きだ」

ふと、リィギスが呟く。その横顔には、静謐な表情が浮かんでいた。

「こんなに美しい森は、僕が知る限りここ以外のどこにもない。アスカーナの王領の森だって、この森ほどには美しくなかった」

リィギスの腕の中で、イナは頷いた。

イナは昔暮らしていた断崖の上の小屋と、大神殿の敷地しか知らない。

リィギスの頭の中にはどんなに豊かで素晴らしい光景が詰まっているのだろう。

これからもたくさん聞きたい。リィギスの横顔を見守りながら、彼の語ってくれる世界の話に身を委《ゆだ》ねたい。

その時間は、あとどのくらい残されているのだろう……。

❀

イナと逢い引きをした翌日、リィギスは一つの決意を胸に、父王の住まう正宮殿に向かっていた。

今年は大禊の年。リゴウ熱の大流行が起きるかもしれない恐怖の年である。

ありとあらゆる予防策を講じねばならないはずなのに、ガシュトラ王宮は静かなままだ。

理由は、父王が『今年のリゴウ熱は、大神殿の手により鎮められるだろう』と、神の預言を受けたからである。

ガシュトラ大神殿がそのように発表して以降、国民は誰も騒がなかった。

神の託宣《たくせん》程度で安心できる神経が、どうしてもリィギスには理解できない。

だがこの国は、そういう国なのだ。

王の預言があれば、皆安心して、それ以上のことは追及しない。

いや、たとえ追及しても、大神殿に押さえつけられ、なかったことにされて終わりだ。大神殿は数百年以上も前から、お飾りの王家の陰で多大な権力を振るい続けている。ガシュトラ国民は昔から大神殿の顔色をうかがい、大神殿が約束してくれた安寧に身を委ねて、時が止まったような平穏を貪り続けているのだ。

それが、この国が発展しない最大の理由だった。

国中、調べれば色々な不思議が眠っているのに、興味を示す人間もいない。

リィギスが集めた資料を見たアスカーナの学者は、『ザグド人が好んだ星の文様は、時代ごとに微細な違いがある。リィギス様が送ってくださった文様は五百年から三百年ほど前、ザグド人が大陸から姿を消した最後の時代のものと推察できる』と教えてくれた。

――ザグド人は、ガシュトラでも暮らしていたのかもしれない。高度な文明を誇っていた彼らが今のガシュトラの有様を知ったら、どう思うんだろうな。疫病の流行予測すら、神のお告げに委ねているけれど。

祭司長に踊らされるままに神の託宣を続ける父に対しては、忸怩《じくじ》たる思いでいっぱいだ。予言よりもすることはないのか、王として働く様を見せてほしい、と……。

――父上が『呪いの王子』を息子として扱ってくださる日など、永遠に来ない。だから僕も、父上のあらゆる面を批判して、会わない理由を作ってしまうんだ……。

父に会うのは気が重いが、どうしても言わねばならないことがある。

イナを手元に引き取り、何年かかっても妃に迎えて、生涯共に暮らしたいと報告するのだ。国王である父に最低限の義理だけは通しておく。

今日は、バルシャが新作の菓子を焼いている隙を狙って、勝手に飛び出してきた。

彼がいたら、そばに置きたい女がいるなんて聞いていないとか、求婚の段取りはきちんと踏んだのかとか、宝石や花を贈り、礼を尽くしたのかなど、リィギスを質問攻めにして最後には説教を始めるからだ。バルシャの話に付き合っている時間はない。

足早に歩くリィギスに、父王の近侍たちが次々に頭を下げた。恭《うやうや》しい態度だ。

ここ数年、掌を返したように周囲の態度が変わった。

『異国帰りの有能な王太子』と見做され始めたおかげだ。

同時に、傍観を決め込んでいた貴族や商人も、リィギスに接触を図るようになってきた。

――拘泥《こうでい》するな、誰の思惑も、僕には関係ない……。

リィギスは、表情を変えずにその場を通り過ぎた。

両親の私室を訪れると、長椅子に腰を下ろした父の膝に幼い妹たちがくっついて、何かを楽しげに話していた。母は父と娘たちの傍らで目を細めている。

――幸せそうだな、いつ見ても。

なんとも言えない思いがリィギスの胸に広がる。

満面の笑みで妹たちに何かを話しかけていた父が、リィギスに気づいて笑みを消した。

いつものことだ。父はリィギスに対して笑ったことなどない。港の視察で暴徒に襲われたときも、見舞いに駆けつけてくれたのは母と、母についてきた幼い妹たちだけだった。

バルシャのおかげでたいした怪我をせずに済んだけれど、心は軋《きし》んだままだ。

「ねえお父様、それで、森に棲んでいた神様は、お父様になんて言っているの？」

妹の無邪気な問いに、父が目を細めて答えた。

「ん？　そうだな……どんなときも、声だけは聞いてほしいと言い続けている」

「私たちにも、その神様の声が聞こえる？」

「さあ、どうだろう。もしかしたら聞こえるかもしれないな」

どうやら父は、妹たちにおとぎ話を聞かせていたようだ。

妹たちが、リィギスの訪れに気づいて立ち上がり、駆け寄ってくる。

「あっ、お兄様！　ごきげんよう」

「おしごと、お疲れさまです！」

妹たちは十一歳と八歳。無邪気な盛りだ。周囲に余計なことを教えられないよう、母が手元で育てているおかげか、リィギスを忌み嫌う様子もない。

まとわりつく妹たちの頭を撫でて、リィギスは優しい声で言った。

「お前たちはちゃんと勉強しているのか？」

妹たちは、よく似た茶色の目を見合わせて、くすくすと笑い出す。

どうやらお勉強はそれなりのようだ。だがそれでいい。妹たちは、存在するだけで愛されている。リィギスのように何らかの成果と引き換えに、価値を認めてもらう必要などない。

「今日は何の用だ」

父が、感情のない声で尋ねてきた。同時に、背後から人が近づく気配がして、リィギスは振り返った。

「……ごきげんよう、ダマン祭司長」

警戒の色を悟られないよう、穏やかな声を出したつもりだが、うまく行っただろうか。

ダマン祭司長は、ガシュトラ大神殿の総責任者。この国の宗教界の頂点に立つ男だ。しかし、ほぼ表に出てくることはない。

国民を前にした大がかりな神事も、貴族たちが開く会食や宴にも代理人を立てて、滅多に出席をしない。

だが、この男なしで、大神殿の運営は成り立たないのだ。

高位の神職たちは皆、彼の顔色をうかがい、彼の意を汲んで行動している。

貴族たちも同様に、祭司長の機嫌を損ねれば何をされるか分からないと、彼の意向を最優先している有様だ。

確かに、祭司長には、心弱いものであれば屈服したくなるような、得体の知れない威圧感がある。若いリィギスにはない異様な迫力だ。

――しかも、僕がガシュトラに帰ってきたときから、まるで変わらない容姿だ。

明るい茶色の髪に緑の目。年齢は四十を過ぎているはずだが、異様に若々しい。端整な面差しも相まって、三十代半ばの青年に見える。昔からずっと、容姿が変わらないと聞いている。

神殿に伝わる若返りの秘薬を飲んでいるという噂も耳にした。

——まるで、ガシュトラの命を吸い取って咲く華のような男だな。

リィギスの胸に皮肉めいた思いがよぎる。

ダマンはリィギスの表情に気づかない様子で、リィギスに歩み寄って臣下の礼を取った。

「お久しぶりでございます、王太子殿下」

「祭司長、今日は父上を見舞ってくれたのか」

「はい、陛下が恐ろしい夢をご覧になったとのことで、お話を伺いに参りました。善なる神が、なにがしかの託宣を王に下されたのかもしれませんので」

——託宣？　またか……。父上の神がかった物言いはどうにかならないのか？

リィギスは無表情に頷き返して、ダマンの姿を改めて確認した。

活力に溢れた堂々とした姿、身につけている貴金属類はどれも高価な品と分かる。

彼は、先代祭司長の愛妾の息子だそうだが、才覚に優れ、虚弱だったり力量不足だったりした嫡出子たちを差し置き、見事祭司長の座に就いたと聞いている。

——実力で、要らない『跡継ぎ』を押しのけたということだ。

この男にだけはどんな言質《げんち》も取られたくない。そう思い、リィギスは口を開いた。

「予知夢か。父上も心配性だな」

この世に神などいないのに。言外に批判を匂わせたリィギスの言葉に、ダマンが真剣に首を振った。

「ガシュトラの王はこの世界で唯一、ガシュトラの善なる神の声を聞くことのできる存在なのです。神のお言葉はいつ降りてくるか分かりませんからね」

ダマンは大真面目な口調でリィギスに告げる。

――祭司長は本当に信じているのだろうか。神の託宣やら、建国神話とやらを。僕には『選ばれたものごっこ』にしか見えないけれど。

リィギスの冷ややかな反応を気にする様子もなく、ダマンは続けた。

「歴代の王族は、二十歳を過ぎた頃から、目に見えぬ過去や未来の秘密を〝聞く〟力が強まると聞いております。リィギス様も、近々神のお声を聞かれるのでは」

それこそ、絶対にありえないことだった。

リィギスは目に見えないものを信じない。存在すらも曖昧な神は、存在しないも同様。人を救うのも傷つけるのも呪うのも、人だけだ。そのことを痛いほどよく知っている。

「そうなのかな。一度も聞こえたことがないけれど」

リィギスは祭司長の話を受け流し、父王に声を掛けた。

「ところで父上、今日は父上にお話があるのです」

父王が、リィギスによく似た顔を上げる。

透き通った茶色の目がリィギスを映す。顔立ちはリィギスに似ているものの、浮かぶ表情にはまるで覇気がない。息子を前にすると、いつも完全に表情がなくなる。リィギスに対して、愛情も興味も、怒りすらもない。この表情に何度傷つけられたことだろう。

「なんだ？　珍しいな、お前が私に話とは」

父王は、もとより蒲柳《ほりゅう》の質《しつ》だったと聞く。十四も年下の母を妻に迎えたのも、大国アスカーナに強硬に『国際港の建設を』と迫られ、断れず妃を押しつけられてのことだと。

そして、結婚後も何の功績も残せず、息子一人も守れないまま病に倒れて、今に至る。

リィギスは溢れそうになる不満を呑み込み、穏やかな声で言った。

「そばに迎えたい娘が居ますので、王太子宮での同居の許可を得に参りました」

突拍子もないリィギスの言葉に、国王夫妻が言葉を失う。

「リィギス……貴方、何を言って……」

母王妃が、明るい青の目をまん丸に見開いたまま呟く。

これまで『アスカーナの貴族の娘を妻に迎えろ』という打診をすべて断り、異性をそばに寄せずに、公務にのみ邁進《まいしん》してきた息子が、予想外のことを言い出したからだ。

――父上はともかく、母上にとやかく言われる前に押し切ってしまおう。

リィギスは、両親の驚愕の視線を振り払い、ダマンの方を向いた。

「ダマン祭司長、君の屋敷の下働きの娘だ。名前はイナ。彼女を気に入った。僕のそばに置きたい、構わないな？」

こんなことを口にするのは初めてで、リィギスの方も緊張で身体が強ばっている。

悟られないようわずかに唇を噛んだリィギスの前で、ダマンが引き締まった顎に手を当てて、何かを考え込むような素振りを見せた。

「はて……イナ……？　申し訳ありません。屋敷には下働きの人間が多くて」

「白金色の髪に、明るい緑の目の娘だ。年齢は十七歳で、髪が長く痩せている」

両親の唖然《あぜん》とした視線が痛い。だがリィギスは背筋を伸ばし、淡々とした口調を意識して、ダマンに告げる。

「君が名前を覚えていないならば、それほど大事な仕事をしているわけでもないのだろう。ならば僕のところに連れてきてくれ、できるだけ早く」

「なるほど。かしこまりました。屋敷のものに捜させておきましょう」

ダマンが愛想のいい笑顔で頷いた。何もかも見透かしたような余裕の笑みに、リィギスの腹の底に不快感が込み上げる。

だが、いい。リィギスの目的は、イナを目の届かない場所に放置しないこと、そばに置いてずっと守り続けることだ。

そして今後、一層功績を挙げ、誰にも文句を言わせない形で、イナを正妃に迎えると言い切るつもりだった。

「リィギス、待ってくれ。その、イナという娘はよしなさい」

薄笑いを浮かべる祭司長を睨み付けていたリィギスは、突然の声に振り返る。

「父上……？」

振り返ったリィギスの目に、蒼白になった父の顔が飛び込んでくる。まさか父に息子への関心があったとは。そんな皮肉な思いが心をよぎった。

「いけない、その娘を寵姫にしては駄目だ。今のお前なら、ほかの貴族の娘でも、いくらでも……」

青ざめた父の様子をいぶかしく思いつつ、リィギスはきっぱりと首を振る。

「嫌です。僕がどれほどこの国の人間に忌み嫌われたかをお忘れですか。多少評判が上がった今になって良い顔をされても、嬉しくもなんともありません」

言い返しても違和感は消えないままだ。なぜ父はこんなに震えているのか。

「陛下、ご気分でもお悪いのですか」

母の心配そうな声に、父が慌てたように首を振った。

「い、いや、リィギスが突然妙なことを言い出すから驚いただけだ……だが……」

父の口調が何かをごまかすかのように尻すぼみになっていく。

不審な思いで父を見つめるリィギスは、妙な気配に気づいてダマンに視線を移す。

ダマンは先ほどと同じように微笑んでいた。その笑みに何か得体の知れない薄暗さを感じ、リィギスの心の中にむくむくと疑念が湧き上がる。

――祭司長、何を考えている……？

相変わらずうさんくさい笑顔だった。

そもそも祭司長は、二歳のリィギスがアスカーナへ送られることを止めなかった男だ。

母が、リィギスは呪われていないと口添えしてほしいとどれほど頼んでも、着任したばかりのダマンは耳を貸さなかったと聞く。信用できる相手ではない。

「そういえば、殿下は最近また、禁域の森で息抜きしていらっしゃるのですか？」

ダマンの問いに、リィギスは改めて確信した。彼はイナとリィギスが禁域の森を散歩していることなどとうにお見通しで、ただ見逃しているだけなのだ。

もちろん、イナを知らないというのも嘘に違いない。

ダマンへの不信感をなるべく顔に出さないようにしつつ、リィギスは答えた。

「たまに息抜きの散策をね。別に禁域の森を荒らしたりはしていない。だから今後も見逃してくれると嬉しいよ。では失礼いたします、父上、母上。それに祭司長」

とにかく、誰に何を言われようと、まずはイナを自分のそばに呼び寄せねば。諸問題への対処はその後、イナの安全を確保した後だ。

愛しい相手を、あんな顔色のまま放っておけない。

――僕がイナを守る。まともな医者に診せて、これからは僕のただ一人の妻として遇する。彼女だけは絶対に失いたくない。

そう思いながら、リィギスは両親の私室を後にした。

両親の前を辞した後、政務官にアスカーナへの外交文書の件で呼び止められ、ずいぶん遅い時間になってしまった。

王太子宮の自室に戻ったリィギスはほっと息をつく。父に会うと毎回嫌な緊張を味わう。

衣装の襟元を緩めたとき、不意に低い声が掛かった。

「国王陛下のお加減はいかがでしたかな」

「うわぁっ！」

まったく気配がなかった。飛び上がりそうになったリィギスに、背後に立ったバルシャがにっこりと微笑みかけた。

「別に俺は怒っておりませんぞ。おなごと暮らすのをとやかく言われたくないからと、俺に黙ってお父様に突撃なさったことなど、まったく怒っておりませんぞ」

「なっ、なっ、なぜそれを……」

馬鹿正直なリィギスの反応に、バルシャは笑みを深めた。

「やっぱり森で調べておられたのは、遺跡ではなく、愛しい娘のなんとやらだったのですな。あのお可愛らしかったリィギス様が大人になられて……俺は寂しい」

バルシャがわざとらしく顔を覆う。リィギスは、焦《あせ》りに焦ってうわずった声で言った。

「待て！　僕は断じて恥ずべき真似などしていない、イ、イナに、強引に口づけなど……していないからな、断じて。誤解するなよ……」

本当はした。悪いことだと分かっていたが抑えられなかったのだ。しかし婚前の男女があのような真似をしていいはずもなく……嘘は辛いが、ごまかすしかない。

「いいえ。二十の男が何もしていない方がおかしいので、それはそれで良いのです。今日はちょっとばかり、リィギス様にお願いがございまして」

真っ赤になったリィギス様の前で、バルシャが居住まいを正した。何をからかわれるのか

と毛を逆立てんばかりだったリィギス様は、肩の力を抜く。

「お願い……?　どうした、君にしては珍しいね」

「はい。俺の知人に、リィギス様のお力添えをお願いできないかと思いまして」

リィギス様は首をかしげた。バルシャが知人を推挙してきたのは、この七年で初めてのこ

とだったからだ。よほどのことがあるのだろうと、リィギス様は続きを促した。

「君の頼みならもちろん善処したいけれど。……どんな人だ?」

「はい、俺の知人は医学の博士で、ずっとアスカーナで療養しながら研究を続けてきたの

ですが、リィギス様が国内外にリゴウ熱の研究者の求人を出されたことを知って、どうか

自分の話を聞いてほしいと申しているのです」

リィギスは頷いた。リゴウ熱の原因を調べるべく、感染症の研究者を捜し求めているの

は事実だったからだ。

ガシュトラで海運が盛んになれば、リゴウ熱の根絶も当然重要事項として挙がってくる。

今までのように『大神殿の作る薬を飲めばほぼ治る』では通じない。船員を通じて致死率

の高い病が世界中にばらまかれたら、大変な事態になるからだ。

「どんな経歴をお持ちの方なんだ」

「二十年ほど前になりますか。知人は大陸連合の『疫学研究指定資格者』とやらを取得し

て、ガシュトラの風土病を研究するため、俺たちの村にやってきたのです」

　意外な言葉にリィギスは目を丸くする。大陸連合から資格を得ている研究者であれば、世界でも屈指の優秀な人物のはずだ。

「知人は旧教の村の生活習慣を一から調べたいと思ったそうで。俺は当時十歳くらいだったので、詳細は知らないのですが、知人がやってきたときは、村中大騒ぎでした」

「平和な山村に、世界的な学者が突然来たわけだな」

「はい。その後知人は、うちの村でリゴウ熱の研究を続けて、大神殿にも色々な研究結果の資料を提出していたのです。ガシュトラに長く暮らしたいと言って、うちの村の女性と結婚もしましてね。ただ、十六年ほど前……事故に遭って……」

　バルシャの表情が不意に曇る。

　ものすごく辛いことを思い出した、と言わんばかりの表情だ。

「……事故に遭われて、それでどうしたんだ？」

「奥さんと……いえ、奥さんをその事故で亡くし、自分も大けがをして足が不自由になってしまったんです。それで、野山をあちこち歩き回る研究調査はやめてしまい、足の治療も兼ねてアスカーナに引っ越してしまいました。その後はアスカーナの大学で、ひっそり教鞭を執っていたとか。ですが最近、またガシュトラに戻ってきて……俺に連絡を寄越しましたので、縁が再び繋がりました」

　聞けば気の毒な身の上だった。バルシャが言うとおりの優秀な人材なら、一度会ってみたいとも思う。

「なるほど、君から見てどんな方なんだ？」

「真面目で、経歴の割に穏やかで気取らない方でした。俺が子供の頃は、ですが」

「分かった。いいよ、先方のご都合がいいときにお会いしよう。連れてきて」

リィギスの言葉に、バルシャがほっとしたように頷いた。

「ありがとうございます。では、明日にでも知人を……ナラド先生を連れて参ります。リィギス様のご都合に合わせていつでも伺うと申しておりましたので」

「分かった。あまり長い時間は取れないかもしれないけれど、よろしく頼む」

そう言って、リィギスはバルシャの表情をうかがった。やはり何だか元気がない。いつも飄々《ひょうひょう》としている彼にしては珍しい。

「かしこまりました。では失礼いたします、また明日」

バルシャはきびきびした仕草で一礼すると、リィギスの部屋を出て行った。

第四章

「おはよう」

その日、書庫に向かおうとしていたイナを呼び止めたのは、祭司長ダマンだった。

振り返ったイナは、緑の瞳に射すくめられて、慌てて平伏する。

やはり、昔と変わらず怖く感じる。何が怖いのか分からないけれど、人間ではない得体の知れない何かと対峙している気分になる。

膝をついたままのイナを見下ろし、ダマンが優しげな声で話しかけてきた。

「イナ、急ぎ支度をして、リィギス殿下のもとへ行きなさい」

耳を疑ったイナに、ダマンは更に言葉を重ねた。

「君は今日からリィギス殿下の寝室に侍《はべ》るんだ。意味は分かる?」

——寝室に……お仕えする? 寝室で働くという意味かな……ええ、分かるわ。

イナは平伏したまま、祭司長の言葉に頷く。

だが、不思議だった。イナはこれまで、製造者として大神殿の敷地を出ることを禁じられ、存在を隠されるようにして生きてきた。それなのに、ダマンはなぜ急にリィギスのそばに行っていいなどと言い出したのだろう。不安が募り、イナは恐る恐る尋ね返した。

「あ、あの……私、このお屋敷を離れて、新しいお仕事に就いてもいいのでしょうか？　今年は……あの……大禊の年でもありますのに……」

イナのぎこちない問いに、ダマンが笑いながら頷く。

「もちろん。王族に名指しで娘を差し出せと言われて、逆らえる臣下はいないからね」

彼はいつも笑顔だ。イナを手ひどく扱うときだって、いつも笑顔だった。やはりダマンが恐ろしい。視線を逸らしたままのイナに、彼は続けて言った。

「王太子様によくお仕えするんだよ。彼はどんなに喜んでくれるだろうね」

言い終えるやいなや、楽しくてたまらないとばかりにダマンが笑い声を上げた。その笑いに、イナの中に大量の疑問が湧き上がる。

――何がおかしいの？　祭司長様は何を考えているの。なぜ、簡単に私をリィギス様のところへ行かせるの？

リィギスのもとへ行っていいと言われた驚きよりも、ダマンへの不信感が上回る。

「あの、製造者が、私以外にも増えた……のですか？」

「いいや、まだ君しかいない。だから身体は大事にね」

祭司長が笑いながら答える。

間違いなく、未だに次の製造者は『完成』していないようだ。なのに、祭司長は、イナにリィギスのもとへ行っていいと言う。妙な話だ。何を考えているのだろうか。

——もう、私は薬を作らなくていいの……？　リィギス様に呼ばれたから解放された？

いいえ、祭司長様はそんなに甘い人間ではないわ。

そこまで考え、イナは泣きたいような、笑いたいような気持ちで口元を歪《ゆが》めた。

——何だかおかしい。リィギス様に累が及ばないように、私が気をつけなくては。

押し黙ったままのイナに、ダマンはせせら笑うような口調で命じた。

「さ、王太子宮の使者をお待たせしてはだめだ、行きたまえ」

不信感で心がいっぱいになる。

イナはそれを顔に出さないよう、再び静かに平伏した。


こうしてイナは、突然、リィギスのもとに移ることになった。

ダマンが何を考えているのか不安で仕方がない一方、リィギスのそばに居られることだけは、とても嬉しい。

大神殿の管理下から出るのは初めてだが、申しつけられた『寝室係』とやらの仕事を、精一杯頑張ろうと思えた。

——寝室係って……寝室のお掃除係のことよね。私がそばに居られるようにリィギス様が雇ってくださったんだわ。ここで働けば、いつも一緒に居られるから。

待っているように、と連れてこられた部屋は、職場となるリィギスの寝室だった。

本だらけで、机の上にも横にも、床にまで積んである。

それ以外は特に何も見当たらない。さっきこっそり探索したら、たくさんの豪華な女性用の衣装が間続きの小部屋にしまってあった。イナの衣装なのだろうか。

——どうしてお掃除係の私まで、こんなに綺麗な服を着るのかな。あんないい匂いのお湯に浸かったのも初めてだった。人に背中を擦られるのも初めて……私、変な匂いがしたからあんなに擦られたのかな。王宮のお風呂は広かったな……。

イナは落ち着きなく、衣装の小部屋の入り口に掛けられた、小さな鏡を覗き込んだ。

普段は小さな飾りで留めているだけの長い髪は青い生花を飾られ、動くだけで甘く良い香りが漂う。

着ている服も、大神殿の幹部と同じ絹素材の服だ。

やや緩い袖を持ち上げ、細やかな刺繍《ししゅう》を確認する。服のことはよく知らないが、金の糸で緻密に花が描かれていた。

——何もかも初めてのことばかり。こんな綺麗な服も初めて。

今日の様々な経験を思い出すと、頭がガンガンしてくる。

女医を名乗る怖そうな人に裸にされ、文字通り身体中調べられて、恐ろしかった。

何も隠していないかを確認するためだと言い、脚の間の不浄な場所にまで器具を入れられ、隅々まで確認されて。

——か、隠すわけないじゃない、こんなところに……ッ！

衝撃のあまり半分気を失っている間に『検査』は終わり、女医は『問題なく性交できそうですね』とだけ言った。

――性交って何……？　聞いたこともない単語なんだけど……。

戸惑うイナは、次に、大きな浴場へ連れて行かれた。

浴場でイナの世話をしてくれたのは、侍女頭とその部下たちだった。

彼女たちは一斉にイナを取り囲み、難しい話題をしきりに振ってきた。

『フラメンカの花の香油でよろしゅうございますか？』

『普段はどんな宝石をお好みですか？』

『……あの、伺いにくいのですが、リィギス様とはもう、共寝をされたことがおありですよね？　お作法の方は、大丈夫ですよね』

見知らぬ人に囲まれて髪をぐいぐい引っ張られ、足にまで何かを塗られて質問攻めにされたイナは、すべての質問に『大丈夫です』と答えるしかなかった。

多分彼女たちは、宮殿勤めが初めてのイナを心配してくれたのだ。

その気持ちは充分に伝わってきたのだが、たくさんの人の前で喋るのは初めてで、きちんと受け答えができなかった。語彙《ごい》が少なく会話が苦手で、本当に申し訳なく思う。

――目が回りそう……。

イナはどっと疲れを感じて、寝台の片隅に座る。

――リィギス様、とてもお忙しいって。今日も、通商会議の素案を作っていらっしゃるって。何のこと……かな……。駄目、眠い……。

考えているうちに、最近毒の副作用で弱り気味のイナは、強烈な睡魔に襲われた。

寝台からはリィギスの匂いがして気持ちがよく、抗えずにうとうとしてしまう。

まどろむイナに、大きな犬がくっついてきた。ロロがじゃれついてきたのだ。イナの顔を覗き込んでいる。きっと顔を舐めようとしているに違いない。

——もう……ロロったら……。

笑いながら目を開けると、金の髪が見えた。

「イナ、ごめん、ずっと戻れなくて」

低く優しい声が聞こえ、イナは一気に目覚める。

——リィギス様！

ぱっちりと目を開けたイナは、薄く柔らかな衣装がはだけて胸も足も露わになった己の格好に唖然となった。

——あ、い、嫌……！　私……寝ぼけて足をバタバタさせたんだわ……！

衣装の胸元はお腹の辺りまで開き、足は腿の半ばまで丸出しだ。

顔が一瞬で真っ赤になったのが分かった。

イナは俯いて火照った顔を隠し、帯で留めただけの薄い衣装をかき合わせる。

「リ、リィギス様……お帰りなさいませ」

「う、うん……」

なぜか煮え切らない返事が返ってきた。

きっとイナがあられもない格好で寝ていたから、呆れて戸惑っているに違いない。彼は王子様なのだ。庶民の、しかも娘の裸なんて、見たことすらないだろうに。

イナは、同じ寝台に腰を下ろしているリィギスに、座ったまま背を向けた。

――すごい格好を見られちゃった。どうしよう。

さすがのイナだって恥ずかしい。

胸も太腿も男性に見せたことなどないのに、なぜ、よりによってリィギスに……そう思ったら恥ずかしくて涙が出てきた。

この衣装が悪いのだ。なぜもっとしっかりした、脱げない服を着せてくれないのだろう。脚には絡まるし、胸のところは勝手に開いてしまうし、不便この上ない。

「私、リィギス様の寝室係になったのですね。呼んでくださってありがとうございます、頑張ります。リィギス様の……えっと、寝室をよくするように努力します」

具体的に何をするのか教えてほしい。イナの認識通り、掃除でいいのだろうか。

「今日から、お務めを果たします。ですからリィギス様も、なんでも私に頼んでください。私、何をすればいいですか？」

勇気を出して言い切り、乱れた服を自分なりに直してリィギスを振り返る。

そして唖然となった。

――どうして……そんなに真っ赤でいらっしゃるの？

リィギスはまっすぐに背を伸ばし、腿の上に手を置いて、硬直したかのように見える。

だが、顔や耳だけでなく、シャツから見える喉元まで真っ赤だ。

「違う。君は、寝室に呼ぶだけの女性なんかじゃない」

「どういう意味ですか？」

「言ったとおりだ、き、君は断じて、寝室に呼ぶだけの女性なんかじゃないんだ」

美しい声には緊張感が滲んでいる。少々怒ってもいるようだが、イナは自分の言葉の何が悪かったのかまったく分からない。

——リィギス様、どうなさったの？

イナは息を呑んでリィギスの様子を見守る。

彼の真っ青な美しい瞳には、思いつめたような、焦っているような、緊張しているような、名状しがたい光が浮かんでいる。

「ごめんなさい。私、変なことを言いましたね」

多分余計な言葉を言ったのだろう。

だが、何を間違えたのか分からず、イナは再び俯いた。

「いいや、僕の方こそすまない。いきなり君をこんな風に呼び出したりして。だけど、約束通りに迎えに行った……つもり……なんだ。正式な求婚の手順も踏まずに強引な真似をした僕を、君は許してくれるか？」

リィギスはイナの方を向かずに、赤い顔のまま言い切る。

いつもの張りがあって穏やかな彼の声は震え、端麗な顔は強ばっていた。

――求婚？　求婚……意味は分かるわ……。

この言葉は知っている。大神殿の若い侍女たちがよく『私、求婚された』とはしゃいでいて、こっそり盗み聞きした。求婚されたら結婚するはずだ。多分。

もちろん『結婚』も知っている。男女を結婚させるのは大神殿の重要な仕事だ。男女を『結婚』させて、子供作りの許可を与える儀式をするのだ。詳細は知らないが『結婚式』が頻繁に行われていたのを、これまたこっそりと覗き見た。結婚した男女は、確か夫と妻という役割になり、子供の父と母になるはず。

だが、これらの言葉を正式に習ったわけではない。『結婚』はイナの人生とは関係のないことなので、養育係は何も教えてくれなかったから……。

考え込み、黙りこくったままのイナを、リィギスが突然ぎゅっと抱き寄せる。姿勢を崩して抱き込まれたイナの寝間着が、またつるりとはだけた。

「本来なら宝石や絹布を贈って求婚の使者を立てるべきだよね。分かっている。だけど、妙に君のことが不安で、一刻も早くあそこから連れ出したくて」

イナは慌てて、寝間着の襟元をぎゅっと摑む。

――ど、どうしよう、やっぱり服が薄すぎて……王宮の制服は変だわ……！

リィギスが言っていることは意味が分からないし、着せられている服もおかしいし、どうしたのだろう。変な夢でも見ているのだろうか。

「返事は……？」

イナを抱きしめたリィギスが、熱くかすれた声で囁きかけてくる。

「え、あ、あの、お待ちください、お話の前に、私、ちょっと服が……乱れて……」

胸を隠せばいいのか、脚を隠せばいいのか、なぜリィギスは燃え上がりそうなほど発熱しているのか。

混乱して、思考が纏らない。どうしていいのか分からない。

「どうか、万事が整い次第、僕の妃になってくれ、一生一緒だ、愛している、イナ」

「えっ、待ってください……妃って……リィギス様の妻、えっと、奥様……では……」

「そうだよ、君だけが僕の愛する女性なんだ」

リィギスが愛おしげなため息をついて、イナの頭を抱え寄せる。逞しい胸からリィギスの鼓動が伝わってきた。初めて唇を合わせたあの夜と同じだ。

イナの心臓も、壊れそうなくらい早鐘を打っている。

恥ずかしさと当惑が最高潮に達する。イナは半泣きになり、か細い声で答えた。

「勝手にお妃様になったら、大神殿から叱られます」

「大丈夫だ、君は叱られない」

リィギスははっきりと答えてくれたが、イナには理解できなかったのだろう。なぜ叱られないの。リィギスのお妃になり、かつ、製造者も務めるなんて絶対許されないのに。

「あ、あの、求婚……とは、私と子供を作るおつもり、ということですか？」

唯一の結婚に関する知識を駆使してイナは尋ねた。リィギスがぎくりと身体を揺らす。同時に彼の身体がますます熱くなった。やはりリィギスは病気なのかもしれない。どうしたらいいのだろう。

「そ、そう……思っているけど……」

リィギスの声は震えていた。とても答えづらいことを聞いてしまったようだ。

――ど、どうしよう……どうしよう……。

子供は善なる神が、結婚した男女に授けてくださる。それだけは、大分昔に習った。おそらく大神殿の祭司が、結婚のお祝いに子供の種かなにかをくれるのだろう。

――だけど私たちは、子供の種なんかもらえないと思うわ。だって、製造者は長生きしないんだもの。育てられない人間に子供の種なんてくれるわけがない。

そこまで考えたら、悲しくなった。

「私、善なる神様から子供の種はもらえないんです。ごめんなさい、だから、結婚もできません。寝室でのお仕事しかできません……」

イナは涙ぐみ、小さな声でリィギスに訴えた。

「多分、お願いしても、祭司長様は子供の種をくれないと思います。それに、種を飲んでも私のお腹には子供が生えるかどうか……」

果たして自分の口にしている内容は正しいのだろうか。あやふやな気分のまま、イナは涙の滲んだ目元を拭う。

「あ、あの、イナ……」

リィギスが、イナを抱いたまま当惑したように尋ねてきた。

「君は何も知らないのか？　こ……っ、ここで、僕が何をしたいか分かるか？」

「リィギス様は、ここでお休みになりたいのだと思います」

「ま、まあ、間違っていない。それで？」

「なので私は、寝台を整えたり……あとは……あの……床の塵《ごみ》を……拾って……」

言葉が途切れる。精神的に辛くなってきた。自分たちの会話が嚙み合っていないことはさっきからなんとなく察しているからだ。

リィギスが、イナの答えを聞いて黙り込む。

しばらくして、リィギスはイナから手を放し、勢いよく立ち上がった。

「ちょっと待っていて、侍女のところに行ってくる」

リィギスの美しい顔は、真っ赤なままだった。

イナは何も言えずに、広い背中を見送った。

――ごめんなさい。私……何かを間違えているんだわ。とにかくこの格好を何とかしなくては。どうしてこの服、すぐ脱げるの……！

脱げ掛けた服を隠すため、たくさん重ねてあった毛布をかぶり、潜り込む。どうしようもなく心細くて、よりどころのない気分だ。リィギスはどこへ行ってしまったのか。

かなり長い時間ぽつんと待っていると、リィギスがまだ赤味の残る顔で戻ってきた。

「これ、妹の侍女頭から貸してもらった」

思いつめた顔で差し出されたのは、一冊の本だ。

表紙には何も書かれていない。イナは毛布をかぶり、どうやっても脱げてくる服を隠したまま本を受け取って、頁《ページ》をめくった。

──何かしら、これ……。寝室の心得？　寝室係の心得かな？

読み進めて、思わず投げ出しそうになった。

──裸の人が描いてある！　嫌、変な本！

だが、他ならぬリィギスに渡されたものだ。重要なことが書かれているに違いない。

我慢して頁をめくることにしたが、読み進めるうちに汗が噴き出す。

想像を絶する内容ばかりで、手が震えてきた。

──何これ……嘘……お、男の人の身体が……どうして……リィギス様は絶対にこんな風になったりしない！

これは、イナの知らない世界だ。理解が追いつかない。

衝撃で気持ちが悪くなり、イナは本を抱えたまま毛布の奥深くに潜り込んだ。

「ごめん、イナ……何も知らないのに、無理やりここに連れてきて」

「リィギス様はこんな風にならない！」

全身冷や汗まみれになりながら、イナは叫んだ。

「い、いや、なるよ、なるんだ。ごめん……ごめんね、イナ」

リィギスが必死に謝罪しながら、毛布越しにイナの背中を撫でてくれる。

だが、震えは止まらなかった。

——リィギス様は違う……リィギス様は……あ、あ、あんな風になったりしない……。

そう思いながら丸くなったイナは目を閉じた。背中を優しく撫でられているせいか、急激に眠くなってくる。

あんな本に書かれたことは嘘だと思いながら、いつしかイナは毛布の中で気を失ってしまった。


翌日。

一人リィギスの部屋に残されたイナは、昨夜渡された本を貪《むさぼ》るように読んでいた。

祭司長の思惑は気になるし、なぜ製造者であるイナをリィギスに引き渡したのだろうと思うが、まずイナがすべきことは、こちらなのだと分かったからだ。

——こ、これをするのが、リィギス様のお望み……なの……ね。

初めて読んだときは衝撃のあまり毛布に隠れたまま寝てしまったが、やはり、本の内容が気になり、リィギスが公務に出掛けたあとこっそりまた読み始めたのだ。

食事やら、入浴やら、部屋の掃除の合間に読んで、通読七回目か、八回目か。

もう外は真っ暗だ。リィギスは一度も戻ってこない。

王太子の公務に加え、国際港建設について、アスカーナの大使と話し合いを重ねているので多忙らしいのだ。

——嘘……リィギス様、ごめんなさい……知らなかった、どうしよう。愛し合う男女は、大人になったら、皆同じようにしているなんて。

全身を強ばらせながら、一日中『寝室の心得』を読んでいたので、首も腰も痛くてたまらない。イナは熱に浮かされたように、もう一度初めの頁に戻る。

——こ、こんな本、借りてくるの、恥ずかしかったよね……ごめんなさい……。

別の意味で涙が出てきた。

自分の無知のせいで、リィギスに恥をかかせてしまって悲しいからだ。

——えっと……もし怖くて拒んでしまった場合は……相手が傷ついているので、じ、自分から……誘……あ、ああ……どうしよう……。

内容を目で追っているうちに、汗が滲んできた。本を支える手が震える。

——頑張ろう。も、もう一回やり方を確認してから予行演習を……。

汗でふにゃふにゃになった本を持ち直したとき、部屋の扉が開いた。

「ただいま、イナ。来てもらったばかりなのに一人にしてごめん」

疲れ切った顔のリィギスが、部屋に入ってくる。ここに戻ってくる前に入浴を済ませたらしく、服装は質素な寝間着だった。

手には、水の入った瓶を持っている。

寝台の上で本をめくっていたイナは、しゃきんと姿勢を正した。

そして、水を飲んでいるリィギスの目を盗んで、枕の下にさっと本を隠した。

「お帰りなさいませ」

寝台の上に平伏し、やはりすぐ脱げてしまう寝間着の前を摑む。

深々と頭を下げるイナを、リィギスが驚いたように見つめた。

「どうした、そんなに震えて」

「見間違いです、震えてはおりません。リィギス様はそこに座ってください」

勇気を振り絞って、イナは平伏したまま傍らを指さす。

「何でだい？」

「そこに座ってください、早く。お願いします」

本の内容を頭に思い浮かべつつ、イナは懇願する。

深く考えては駄目だ。勇気がある今のうちに、書いてあったとおりの手順を踏み、リィギスに『愛して』もらわなければ。

寝室の心得は、イナの想像を絶する内容だった。

子供の種は、大神殿が配っているわけではない。それに口から飲んでもお腹に子供は生えないのだ。

——私の……馬鹿……！

愛しいリィギスをこれ以上悲しませる前に、早くやり直さなくては。

リィギスが笑いながら水の瓶を置き、イナの示す場所に腰を下ろした。

「はい、これでいい？」

優しいリィギスの声に励まされ、イナは必死の形相で顔を上げた。

膝立ちになり、強ばった腕を動かして、何もしなくてもすぐほどける自身の帯を解く。

そして、肌にまとわりつく絹の寝間着も脱いだ。

一糸纏わぬ姿になり、最近大きくなる一方の邪魔な胸を隠す。

啞然としているリィギスの視線を感じながら、イナは勇気を出して言った。

「リィギス様、昨夜は申し訳ありませんでした。覚えましたので、今から私がします」

イナは震える両手を伸ばして、リィギスの頰に添える。

リィギスは、真っ青な目を大きく開いたまま、何も言わない。

凍ってしまったリィギスの唇に、イナは勇気を振り絞って、自分の唇を押しつけた。

口づけをしながら、本に書かれていたとおりにリィギスの唇を舐め、彼の手を自身の揺れる乳房に導く。

——あとは、あとは……リィギス様の服を脱がせ……て……。

心臓が爆発しそうなくらいに勢いよく脈打つ。

首筋に抱きついていた腕を緩め、彼の帯に手を伸ばした。これを解き、男性の肌を露わにして、身体を押しつけるようにして抱きつくのだ。

——帯……なにこれ……解けない……。

困った。男帯の解き方が分からない。いや、あの本に書いてあったはず。焦りのあまり何も思い出せない。

——解けない……どうしよう……。

途方に暮れ、イナは更に帯をまさぐろうとした。そのときだった。

「やめてくれ、抑えられなくなる」

リィギスが苦しげに言う。必死すぎて気づかなかったが、彼の腕はいつの間にかイナの裸の腰に回っていた。

イナは強くかぶりを振る。

「いいんです。ちゃんとやります、最後まで！」

「良くないよ、君は何も知らないのに」

「……っ……ほ、本で……読んだから……覚えました。私、何も知らなくて、あんな風に、毛布に隠れたりして……ご、ごめんな……さ……」

緊張と申し訳なさと恥ずかしさで、どっと涙が溢れた。だが泣いている場合ではないのだ。イナはしゃくり上げながら、必死に口を開く。

「あ、あとは、本のとおりに、私が、大きくなるまで、手でしま……」

諦めずにもう一度帯に手を伸ばした瞬間、イナの身体は寝台に押し倒された。

「……してくれなくていい、もうなっているから」

リィギスが大きな手でイナの手を摑み、下腹部に触れさせた。

「ね……？　僕は、これまでどんな女性に迫られても何も反応しなかったんだ。……でも君に口づけされただけで、こうなった」

呆然としたまま、イナは服の下で存在を主張するそれをそっと握る。

「あ、あの、これも本に、本に載っていました！　興奮すると大……あ、あの……」

言葉尻は口の中で弱々しく消えていく。これまでの人生で一番恥ずかしい時間だった。全身が音を立てて破裂しそうだ。

「そうだよ。色々と覚えてくれてありがとう」

耳まで赤くなり、リィギスが低い声で言う。

のし掛かってきたリィギスの顔がすぐそばに近づいた。

宝石よりもくっきりした青の瞳に、緊張に引きつったイナの顔が映る。

「嬉しい。イナが僕のことを思いやってくれて」

染み入るような優しい声に、再びイナの目から、呆れるほどの涙があふれ出す。

彼は、昨夜無礼な態度を取ったイナをまったく怒っていないのだ。

出会った頃から変わらず、いつもどんなときも優しい。悪いのはイナの方だったのに。

泣いているイナを宥めるように、リィギスが口づけをしてくれた。大きな身体に押し倒され、唇を塞がれて、身体中の力が抜けていく。

「僕はイナを抱きたい。黙っていたけど、本当はずっと前から抱きたかった。イナの中に入ってそこで果てたいんだ。……いい？」

唇を離したリィギスはそう言って半身を起こし、もどかしげに寝間着を脱ぎ捨てた。

イナは息を呑む。

初めて見るリィギスの裸身は、滑らかで、引き締まっていて、魂を奪われるほど美しかった。くっきりとした青い目に見据えられると、動けなくなる。

呪いの青という言葉が、イナの頭に浮かんだ。

確かに、ある意味呪いなのかもしれない。

こんなに青く美しい瞳を見たら、永遠に忘れられないだろうから……。

そう思いながら、イナは、本に書いてあった男性の大切な場所にそっと視線を移した。

とても大きいので、大丈夫だろうかと不安がよぎる。

真っ赤になって遠慮がちに視線を向けるイナに、彼が困ったように微笑みかけた。

「恥ずかしいな、そんなに見られたら」

「あ、ご、ごめんな……さい……」

「見えないようにしてしまおう」

リィギスが秀麗な頬を恥じらいに染め、イナの唇に優しく接吻した。だが、いつものようにはすぐに唇は離れない。

口づけたまま、リィギスの手が遠慮がちにイナの肌の上を這う。

素肌に触れられるのが恥ずかしくて、イナは身じろぎした。だが、初めは遠慮がちだったリィギスの指が、次第に熱を帯び始めた。

指が肩を辿り、乳房の膨らみにさしかかって、戸惑ったように止まる。

——リィギス様？

不思議に思ったとき、リィギスが思い切ったように、手をイナの腿に伸ばす。

同時に、唇が離れた。緊張のあまり、またしても無意識に息を止めていたイナは、涙目になって大きく息を吸った。

だが、次の瞬間凍り付く。

腿の辺りを摑まれ、脚を大きく開かされたからだ。

——な……！

絶句したイナは、慌てて本の内容を思い出す。大丈夫だ。こうやって身体を開いて、相手を受け入れるのが作法だと書かれていた。

——う、う、無理……見ないで、見ないでください……！

リィギスの視線を、言葉にできないほど恥ずかしい場所に感じる。手を伸ばして脚の間を隠そうとしたが、駄目だった。やんわりと取り払われ、顔がだんだん熱くなってくる。

イナは、恐る恐るリィギスに言った。

「そんなところ、ご覧になっては駄目です」

だが、リィギスは何も言わず、身を乗り出して、さらけ出された乳嘴に唇を押しつけた。

ずくりという疼きと共に、その場所が硬くとがっていたことに気づく。つんと立った蕾を、リィギスの唇が優しく食んだ。

「あ……っ！」

イナは思わず声を上げ、身体をよじる。二の腕がぶわっと粟立った。身体中の感覚が、口づけられた乳嘴に集中する。

リィギスは、唇にわずかに力を込めた。じんとした疼きが再び身体を駆け抜けた。イナは背を反らし、身をよじって、悪戯な唇を避けようとした。

だが、男の力は無慈悲だった。イナの抵抗では、リィギスの身体はまるで揺らがない。

「何でそんなところ、吸って……あぁぁっ……」

「君の肌は甘いんだな」

「あ、甘くないです、どうして」

「いや、甘いよ、甘くてどうにかなりそうだ」

そう言ったリィギスが、舌を乳房の下に這わせた。

――リィギス様、どうして、肌に味なんて……。

イナの肌が、身体中、羞恥に赤く染まっていく。舌の感触が、徐々に下の方へと移っていく。戸惑っていたイナははっとなって、頭を起こした。

「リィギス様、何を……」

イナの脚の間に割り込んだリィギスが、ありえない場所に唇を寄せる。

「いや……っ、駄目！」

しかし、巧みに押さえつけられたイナの脚に自由はない。むなしく脚を震わせたイナの茂みに、リィギスが口づけた。

「ひ……あ……何し……」

　生まれて初めての感覚に、ますます身体が震え出す。だが、逃げなければと思うのに、まるで力が入らない。このまま全部食べられてしまえと、心の中でもう一人のイナが囁きかけてくるかのようだ。

　舌先が茂みをかき分け、その奥を軽く舐めた。

　イナの腰がびくんと跳ね上がる。だがそれでは終わらなかった。舌はより奥へ、イナ自身もよく知らない裂け目へと伝い降りていく。

「いや……そんな場所……リィギス様……」

　不浄な場所を舌がかき分け、ぬかるんだ裂け目の奥へ割り込んだ。

　得体の知れない熱が下腹部にわだかまり、イナの息が荒くなってくる。

　頭を上げている力も出ない。イナは秘部を弄《もてあそ》ばれながら、呆然と天井を見上げていた。

　粘った水音を立てて、リィギスの舌はイナの蜜裂を押し開こうとする。そのたびに、乳嘴を吸われたときのような疼きが、下腹部に沸き起こった。

　甘く優しい舌使いに、イナは必死に声をこらえる。

　——本に……書いてなかった……舐めるなんて……どうしよう……。

　舌が柔らかな場所に触れるたびに、息が熱くなる。どんどん熱くなって燃えてしまいそうだ。身体中が汗ばみ、どうしていいのか分からない。

固まってしまったイナの脚の間から、ようやくリィギスがゆっくり顔を上げた。

「世界一可愛い味がした」

品のいい仕草で唇を拭い、リィギスがしみじみと呟く。絶対そんなはずはないのに、彼は何を言っているのだろう。

「……中に入りたい。我慢できない……ごめん……」

リィギスが、気もそぞろな口調で言った。あっと思う間もなく両脚を大きく開かされ、イナはますます身体を強ばらせる。

「痛かったら言って」

イナは声も出ないまま、こくこくと小刻みに頷いた。

リィギスはほっとしたように笑い、イナを潰さないようにそっと身を乗り出して、身体を重ねてきた。

磨き抜いた石のような美しい肌のぬくもりに、イナの身体からますます力が抜ける。なんて気持ちがいいのだろう。養育係の目を盗んで触ってみた高価な絹の布だって、こんなに優しい触り心地ではなかった。

愛しさに身体の奥がますます潤んでくる。

「こんなに好きになって、どうしていいのか分からないんだ……だけど、僕はイナにそばにいてほしい」

片手を己の半身に添え、もう片方の手でイナの手首を痛いくらいに握り、リィギスがごくりと喉を鳴らして、押し入ってきた。

無垢な狭い場所が、侵入者に怯えて必死に閉じようとする。けれど、リィギスは諦めなかった。大きな木の棒を押し込まれるような違和感に、イナは力一杯敷布を握りしめた。

——無理……入らないよ……リィギス様……！

イナは泣き言をこらえてぎゅっと目を瞑る。本に書いてあった『絶対に入るものなので騒がずに耐えること』という言葉だけが心の支えだ。

ぴたりと閉じていた蜜路が、抗いがたい力でこじ開けられていく。

「あ……あぁ……怖い……」

我慢していたのに、恐怖の言葉が漏れてしまう。リィギスがごめん、と呟いて、ますます奥へと割り入ってきた。

イナの抵抗とは裏腹に、肉杭は濡れた中をずぶずぶと沈んでいく。

「いや……お腹破れちゃう、あぁ……っ！」

「もう少しだから、ごめん……イナ……ごめん……」

リィギスの言葉にイナは必死に頷いた。押し込まれたリィギスのものがひどく熱い。もう少し耐えようと思ったとき、接合部にざらざらした感触を覚えた。

「全部入った」

イナを押しつぶさないように覆い被さったまま、リィギスがわずかに安堵した声で言った。イナはもう一度頷き、肌の色が変わるくらいの力で敷布を摑んでいた手を放し、そっとリィギスの背中に回した。

——広い、背中……。

熱塊を呑み込んではち切れそうな下腹部から意識を逸らそうと、イナは目を瞑る。

刹那、大変なことを思い出して、はっと目を開けた。

「あ、あの、赤ちゃんがお腹に生えてきたら、私、どうすれば」

本に書いてあったことが真実なら、この行為の果てに、イナは子供を宿す可能性があるのだ。そうなったらどうすればいいのだろう。

「子供は、すごく欲しい。君と作りたい」

リィギスが余裕のない声で呟く。恥ずかしくて顔を見られなかったイナは顔を上げて、青く美しい瞳を覗き込む。

彼の目には、胸をかきむしられるような切なげな光が浮かんでいた。

身体の痛みも忘れ、イナはひたすらリィギスの顔を見つめた。

——リィギス様は、ロロにあんなに優しいんだもの……赤ちゃんが生まれても、いっぱい優しくしてくださるわ……。

親を知らないイナには、リィギスが未来の我が子に向ける感情はよく分からない。

けれど、無垢なものを愛し守りたいという、彼の尊い気持ちは伝わってきた。

「もし子供が生まれたら、イナと二人でいっぱい可愛がって育てたいんだ」

イナを力一杯かき抱いて、リィギスが言った。押しつぶされそうになりながらイナは頷いた。

覆い被さったまま、リィギスが、緩やかに動き始める。きつく中を満たしていた肉槍が前後して、イナは身じろぎした。

「ごめん、我慢できない」

身体を起こしたリィギスが、イナの両脚を肩に担ぎ上げ、接合を深めた。イナのお腹は、息苦しいくらいにリィギスでいっぱいだ。

「動きたい、もっと動いてもいい？」

端整な顔を歪め、リィギスが言った。なすがままにされながらイナは頷いた。繋がり合った部分は、麻痺したように痛みが失せている。

ただ大きなものが、いやらしい音を立てて抜き差しされているのが分かった。そして、イナの身体は従順に貪欲に、彼の動きに応えていることも……。

不意にイナのお腹の中が、ぐねりとうねった。

生まれて初めて感じる異様な熱に、イナは身じろぎする。

「あ、い、いや、何これ……あ……」

こすり立てられるたびに、蜜窟がびくびくと震え出す。鈍痛ともかゆみともつかない刺激がイナの下腹部を翻弄して、身体中に広がった。

「やだ、やだ……これやめて、あぁ……」

身もだえしたいほどに身体の奥が疼く。

「やめられない、無理だ、ごめん、イナ」

両手を押さえつけられ、脚を肩に担ぎ上げられたまま、イナはひたすら貫かれ、揺さぶられる。ぐちゅぐちゅという蜜音が響くたびに、涙が溢れ、同時に接合部から熱い何かがしたたり落ちる。

——何で、こんなことが、気持ちいいの……？

リィギスの欲情を受け止めながら、イナはそっと唇を噛んだ。最奥をあぶる疼きは激しくなり、いつしかイナをまるごと呑み込もうとしている。

わけが分からないまま、イナはリィギスの腕を必死に握りしめた。

「やだぁ……お腹が、あぁぁっ」

「イナ……」

ため息のようにイナを呼び、リィギスが、剛直の根元をぐりぐりとこすりつけてくる。

「ひ、っ」

目の前がざあっと白くなった。担ぎ上げられた脚がわななき、無垢だった裂け目が喘ぐように蠢《うごめ》く。

私の身体はどうしてしまったのだろう。熱くて爆発しそうで、それなのに気持ちいい。

そう思いながら、イナは唇を噛んだ。

「ごめん、このまま中に……」

リィギスがイナを深く貫いたまま、動きを止めた。

ひくつく隘路の奥で、得体の知れない熱いものがじわじわと広がった。何が起きているのかまるで分からない。

イナの脚を肩から下ろし、リィギスが優しく抱きついてくる。恥じらいの極みで顔を覆ったイナの手をどかし、顔を覗き込んできた。

「……イナ、ありがとう」

繋がり合ったまま、リィギスが言った。

今までに聞いたことがないくらい甘い声に惹かれ、イナは汗と涙でぐちゃぐちゃの顔でリィギスを見上げた。

同じように汗に濡れたリィギスの笑顔は、綺麗だった。幸せな男の人はこんな顔をするのだなと、心から思える笑顔だった。

煌めくような笑みにつられて、イナはかすかに口元をほころばせる。

「イナのことが本当に大好きだ。一生、絶対に大事にするから」

一生、という言葉の意味は、イナとリィギスでは違う。

けれど、今はその言葉が嬉しくて、イナは素直に頷いた。

第五章

突然始まったリィギスとの蜜月は、甘く幸せに過ぎていった。

リィギスのもとに来て、十日ほど経っただろうか。

大神殿からは『そのままリィギス様のもとで過ごし、治療剤の製造が必要なときに、戻ってくるように』と指示があっただけだ。

王太子宮の人間は、皆イナに親切だった。侍女たちも、なにくれとなくイナの面倒を見てくれる。

今年で四十になるという侍女が、イナの長い髪を梳きながら言う。

「ほんと、綺麗な髪ですこと」

彼女の名前はサナリタ。サナリタの夫はバルシャと同郷で、彼とは親戚同士だ。その縁で、彼女と夫は、バルシャを弟のように可愛がっている。

「今日は、娘がバルシャ君のお菓子を取りに来るんですって。彼は護衛よりお菓子屋さんの方が向いていると思いませんこと？　ただお店には立たない方がいいですけどね」

いつもリィギスに小言を言っているバルシャを思い出し、イナは笑い声を上げた。

バルシャはリィギスと仲良しなのだ。リィギスのことが好きな人を見つけるたびに、イナはとても嬉しくなる。

「お客様がびっくりするわ」

「ええ、そうですとも。せっかくの男前なのに、あの子、いつも変なことばかり言って」

リィギス以外の人と笑い合うなんて、ここに来て初めて経験した。

喋るのが楽しいと思うのも、リィギス以外とは初めてだ。

——もしかしたら私、もともとはとてもお喋りな子供だったのかな。私、崖の上の小屋に行く前の、孤児院のことを覚えていないから……。

幼い頃の自分に思いを馳せるイナに、サナリタが言う。

「バルシャ君は、旧教徒は皆こういう性格だって言うんですよ？　うちの夫は違うのに。もう、本当におかしな子で。でも悪意がないから憎めませんわね」

——旧教徒……？　何かしら、それ。

初めて聞く言葉だった。

ふと、イナの髪を結い終えたサナリタが顔を上げる。どうやら誰かが訪れてきたようだ。

「そういえば、ナラド先生がお見えになるって……。イナ様、少々お待ちくださいませ」

——誰かしら……？　ナラド……？

イナは好奇心に駆られて、サナリタの後を追った。控えの間には侍女頭と、彼女の配下たち、それから、見たことのない痩せた男性が立っている。

年はサナリタよりも上のようだが、老け込んではいない。初めて見る顔だ。

顔立ちは整っているのに、白っぽい髪はボサボサで、寝癖も付いている。若い侍女が男性の後ろで寝癖に視線を送りながら、笑いをこらえているではないか。

白っぽい髪の男性は、杖を手に足を引きずりながらやってきて、イナに笑いかけた。

——足……痛いのかな？　大丈夫かな？

心配になったイナに、男性は明るく話しかけてくれた。

「こんにちは、イナ様。リィギス殿下に診察を命じられまして参りました」

ほっとするような、とても優しい声だった。彼の傍らには、いつも通り飄々とした表情のバルシャが腕組みをして佇んでいる。

——あれ……バルシャさん、リィギス様の護衛は……？

サナリタも同じことを思ったらしい。

「バルシャ君、リィギス様はどうなさったの？　なぜ貴方がおそばを離れているのです？」

「しばらく先生付の護衛になったのです。リィギス様には俺の部下たちが付いておりますので、ご心配なく」

いつもの彼らしくない、少し硬い声だった。

「あら、そうなの。ナラド先生、イナ様の診察、よろしくお願いいたします」

サナリタの言葉に、ナラドと呼ばれた男性が頷いた。

「はい、失礼いたします」

診察という言葉に、イナは身をすくめた。

——何か薬を飲まされて、体質が変わったら困る……！　製造者は、大神殿の処方した薬以外は飲めないのに！

イナは慌ててサナリタの背後に隠れ、弱々しく首を振った。

「い、今は元気です。治りました」

「痛いことは何もしませんよ。ちょっとだけ見せてくださいね」

言いながら、ナラドが不自由な足取りでイナに歩み寄ってくる。

だが、明るい笑顔だった彼の表情が、イナと間近に目があった途端に凍り付いた。

——ど、どうなさったの？

突然の変貌に、イナは怯えて後ずさる。ナラドはイナの顔を凝視したままだ。

「失礼、イナ様はどちらのご出身ですか？」

急に深刻そうになったナラドの様子に、サナリタが目を丸くしている。イナは、緊張で身を固くしたまま、おずおずと答える。

「私の出身……ですか……分かりません、孤児なので」

「孤児？　どちらの孤児院にいらっしゃったのです？」

——どうしてそんなことを聞くの。

困惑が頂点に達し、イナは不安な気持ちでナラドの灰色の目を見つめた。

「た、多分、王都の近くの……海の、近くかも……」

イナが孤児院から祭司長に引き取られたあと暮らしていた崖の上の小屋は、すぐそばが海だった。

祭司長も頻繁に『経過確認』にやってきたし、屋敷への移送にも、半日ほどしかかからなかった記憶がある。そう遠くはないはずだ。

「そ、そうですか。失礼、知り合いにそっくりで、驚いたもので……」

ナラドが言い訳のように呟いて、イナから目を逸らす。

彼の額には、汗の玉がいくつも浮かんでいた。しばし考え込んだ後、ナラドは笑みを浮かべ直し、イナの痩せ細った腕を取った。

「ちょっと、簡単に診察だけしましょうか」

イナは慌ててかぶりを振る。

「ごめんなさい、私、神様の教えで、勝手に薬を飲めないんです。祭司長様に許可を頂かないと駄目なんです」

「分かりました。では何か処方するときは、大神殿にお伺いを立てましょう」

どうやら、ナラドはイナに勝手に薬を飲ませたりはしないようだ。

ナラドはイナを座らせ、まぶたの裏や喉の奥などを確認し始めた。だが、突然お腹を押されて、イナは痛みに身体を引きつらせる。

「……ここが硬いのですが、心当たりは？　これまでに大きな病気をしましたか？」

イナのお腹を押しながら、ナラドが怖いほど真剣に尋ねてきた。イナは慌てて首を振る。

自分ではよく分からない。毒に慣らされきった身体が普通のはずがないからだ。

「だ、大丈夫です……昔から……です……」

「そうですか。昔からね……なるほど」

怖い顔のまま、ナラドが頷く。『製造者』として変えられた肉体のことに感づかれてしまったかと様子をうかがうが、彼の考えていることは分からなかった。

診察結果を冊子に書き留めているナラドを横目で眺めつつ、イナはそっと息を吐いた。

「イナ様、いかがされました？」

バルシャが、静かな声で話しかけてくる。

イナは、慌てて笑みを浮かべた。バルシャは変わり者だが、優しい人なのだと知っている。いつもリィギスを心配してくれて、信用できる人だからだ。

「ぼうっとしてごめんなさい。考え事をしていました」

イナは、まだ何かを書いているナラドに背を向け、バルシャに向き直った。

「あの、バルシャさんは、旧教徒……というものなのですか？」

「えっ？　あ、はい。そうです。サナリタさんに聞きましたか？」

驚いた様子のバルシャに頷き、イナは質問を続けた。

「私、旧教徒って知らなくって……あの……何ですか？　旧教徒って」

「ガシュトラに伝わる昔ながらの宗教の信徒ですよ。旧教は、大神殿の善なる神より更に古い神々を祀《まつ》っております。もう、由来も分からないくらい古い、土着の神様を信仰していると言えばよろしいでしょうか。皆、昔ながらの暮らしを重んじつつ、山や森の恵みで生きております。今の説明で、なんとなくご想像いただけますか？」

特に隠すことでもないらしく、バルシャはそう説明してくれた。

「善なる神以外に……神様がいるのですか……？」

そんな話は生まれて初めて聞いた。だが、サナリタもバルシャも、当たり前のような顔をしている。

「私の生まれた村では、そう信じられております。ですが今の私は一応、大神殿で信徒として登録済みです。王都で『旧教しか信じない』などと言い張ったら、仲間はずれにされて失業しますから。世渡りの術も必要ということです」

「そう……なのですか……」

イナが首をかしげたとき、ナラドが冊子を閉じ、立ち上がった。

「さて、終わりました。お待たせしましたバルシャ殿。リィギス様が出席される次の会議までに、もう少しリゴウ熱の調査範囲を広げるための予算案を……」

ナラドは深刻な様子で、何かを考え込んだまま、イナを振り返らなかった。連れ立って出て行くナラドとバルシャを、イナは何も言えずに見送った。

――バルシャさんの故郷は旧教の村……なのね……。

想像してみたが、彼らの村の事情は、イナにはよく分からなかった。

ナラドの診察が終わったその日の夜、イナはいつものように、リィギス宛てに書きためた手紙を読み返していた。

手紙の傍らには、不器用な形の手巾が何枚か置いてある。

裁縫をまったくしたことがないと言ったら、サナリタや他の侍女たちが教えてくれたのだ。貴婦人のたしなみの一つに裁縫があると、初めて知った。

――周りの形がガタガタになってしまったわ。リィギス様がお使いになるには不格好すぎるかも。

そう思いながら、イナは私物を入れる籠の中に、何枚かの手巾を畳んで戻す。

――さて、今日のお手紙を書いちゃおうっと。

森で待ち合わせをすることはなくなったが、イナはリィギスに手紙を書くのが好きだ。けれど手紙を書くのは、ただ好きだからという理由だけではない。

治療剤の製造のせいで突然消えてしまったときに、何も言い残せなかったら嫌だったからだ。悔いが残らないようにしたい。

――……それとも、何も書かない方がいいのかな。

迷いながらも、イナは今日も筆を走らせる。

『リィギス様　毎日　早くねてください』

『ロロが来たら　撫でてあげて』

『葉っぱ　香草　残さない方がいいです』

『花が綺麗　青い花が好き　毎日　水を　あげて』

書いていて、色気のない自分の文章に泣きたくなる。それにこんな言葉、わざわざリィギスに残して何になるのだろう……。

本当は分かっている。手紙を書きたいのは、消えたあとも彼の心に残りたいからなのだ。

――こういうのを、自己満足って言うんだろうな……。

『手巾　へたなので　見えないところで　広げる　お願いします』

そこまで書いてイナは筆を止めた。一日にたくさん書けないのは、だんだん気分が沈んで、涙が便せんに落ちてしまうからだ。

――いやだよ。私、本当は、自分の口で言いたいんだもの……これから先もずっと。

イナは瞬きをして涙をごまかし、書き終えた手紙を籠に入れて、寝台の下に押し込んだ。

この籠に入れた品物は勝手に見ないとリィギスが約束してくれた。だから安心して手紙や贈り物を入れておける。

手紙や手巾を隠し終えたとき、入り口に人の気配がした。

愛するリィギスが仕事を終えて戻ってきたのだ。イナの心がぱっと明るくなる。

イナは、護衛たちに見送られ扉を閉めたリィギスに駆け寄った。

「お帰りなさいませ、リィギス様」

「ただいま、イナ」

リィギスは晴れやかな笑顔だったが、さっきまで泣きそうだったイナの冴えない表情に気づいたのか、青い美しい瞳を翳らせた。

「どうした、元気がないようだけど」

イナは慌てて首を振り、にっこり笑ってみせる。笑顔に安心したのか、リィギスは背中に手を回してイナを抱き寄せた。

「ねえイナ、僕に〝私の旦那様〟って言ってみてくれないか？」

顔を寄せたリィギスが、真っ青な瞳に悪戯っ子のような光を浮かべた。

突然の言葉に、イナの顔は焼けるほど熱くなる。

「えっ、あっ、わ、わた、私の、旦那様……」

耳まで火照らせたイナに微笑みかけ、リィギスが身を屈めて、イナの唇に口づけた。

「ただいま、僕の可愛い奥様」

ただ呼び方を変えただけなのに、とても恥ずかしい。

奥様というのはリィギスとただ一人愛し合う相手なのだと聞いた。

特別扱いされて、嬉しくて照れ臭くてどんな顔をしていいのか分からない。

「今日はナラド先生にちゃんと診てもらえたか？」

イナは真っ赤な顔で頷く。

サナリタが『ナラド先生は、難しい資格を取った偉いお医者様なのですって。今はリィギス様のもとで、リゴウ熱の研究に力を貸してくれているそうですわ』と教えてくれた。

そんな立派な先生に、服毒のことを知られたらどうしよう、と戸惑うばかりだ。

だが、リィギスに余計なことを言うわけにはいかない。

「もう、元気になってきたので大丈夫です」

表情を曇らせたイナに、リィギスが首をかしげて尋ねた。

「そうは見えないよ。どうしたの？」

やはりリィギスには、イナのどんな異変もお見通しなのだ。イナは首を横に振って、もう一度笑みを浮かべた。

「もう体調を崩して心配を掛けないようにって、改めて思っただけです」

小声で答えると、真剣にイナの様子をうかがっていたリィギスが表情を緩ませた。

「ナラド先生に診察してもらうのを嫌がったんだって？　怖かったのか？」

「く、薬が……嫌いで……私……」

たちまち目を泳がせたイナを、リィギスが笑いながら抱き寄せる。

硬い身体に包み込まれ、イナの身体は火に当たったときのように熱くなった。

「女神様のように綺麗になったのに、まだ子供みたいなことを言うんだな」

長い指でイナの髪を梳きながら、リィギスが耳元に囁きかける。

「どうしてこんなに可愛い耳をしているの？」

「耳なんて、普通です！」

「可愛いよ、真っ白で、ちょっとからかうだけで真っ赤になって。花びらみたいで囓《かじ》りたくなってしまう」

リィギスが甘い声で独り言を言い、イナの耳を唇で軽く食んだ。

「あ……」

頬を染めて身体をよじると、リィギスの腕にますます力がこもる。

「髪の毛もなんて綺麗なんだ」

愛おしげに髪を梳きながら、リィギスが言う。

「だけど、最近の君はずいぶん痩せた気がする。ナラド先生に薬をもらったら、ちゃんと飲むこと。分かったね？」

――先生は、お薬を処方するときは大神殿に確認してくださるって言ったわ。だから、大丈夫よね。

イナは黙って、腕の中で頷き返す。

リィギスの大きな手が、背中からゆっくりと下に降りてきた。

薄い衣装越しに掌の熱を感じて、イナは思わず身じろぎする。

「……ッ、待って……あ……！」

お尻を軽く摑まれて、声を上げてしまった。

脚の間に、夜ごと刻み込まれる快楽が蘇る。

どろりとした甘い雫が、火照った奥からにじみ出した。

イナの膝からかくんと力が抜ける。

リィギスの腕にはますます力がこもり、イナの背から臀部にかけてを愛撫しながら、絡みつくように痩せた身体を捕らえた。

身体を反転させられ、舌に舌を絡められ、イナはつま先立ちで濃厚な口づけに応える。

——ああ、駄目、身体の中が、ゾクゾクして……。

息苦しいほどの口づけを受け、イナの思考に霞がかかってきた。

彼を知らない頃は、抱きしめられてもどきどきするだけだった。なのに今はもう、それ以上の、別のことを望むようになってきている。

「イナ、一緒にお風呂に入ろうか？」

「あ、あの……リィギス様……お風呂は一人で入れます……」

「そうなの？　君と一緒になってから、僕は一人では入れなくなったんだけど」

とんでもない言葉にイナは目を丸くする。再び口づけられて、もう抗えなくなった。

浴室に連れて行かれ、一糸纏わぬ姿にされたイナは、ぎくしゃくした口調で主張した。

「ふ、二人で入るのは……恥ずかしい……です……」

「君の身体を洗うのは僕の義務なんだ」

リィギスはイナと共に床に座り込み、背後から抱きついてきた。大きな手が、イナの脚をゆっくりと開かせる。

リィギスの手で開脚させられて、イナは慌てて膝頭を閉じた。恥ずかしいからだ。

「そんなこと、あの本には書いてありませんでした」

羞恥心に顔を赤くしながら答えると、リィギスが笑い出す。

身体の芯が熱くなる声だった。辞書でしか知らなかった『なまめかしい』という言葉は、リィギスの声を表す言葉なのかもしれないと思う。

「本に書いていなかった？　なら今僕が決めた。君の世話は僕が焼く。はい、これでいいね」

そう言いながら、リィギスが背後から楽しげに頬ずりしてくる。かすかな髭の感触と汗の匂いが、イナの肌を妖しく粟立たせた。

大きな手が乳房に触れ、愛おしむように包み込む。

「あ……」

敏感な先端に触れられて、思わず声が漏れる。

思わず腰を浮かしかけると、リィギスのもう片方の手が、イナの顔を傾かせた。

身を乗り出したリィギスが、イナの唇にそっと口づけをする。

「可愛い。唇も胸も可愛い。全部可愛い、イナ……」

指先が不器用にばら色の突起を撫でる。

「あ、待って……リィギス様……駄目……」

イナはリィギスの手を摑み、声を抑えて抗う。触れられるだけでどこもかしこも反応してしまって、恥ずかしくてたまらないからだ。

身体の奥がじくじくと熱くなってきた。同時に、リィギスの『異変』に気づく。

「あ、あの、あの……」

背後から抱かれたイナの腰の辺りに、さっきから熱い杭が触れている。本には『ずっと勃ったままだと男性は苦しいので、気遣いましょう』と書いてあったのに、イナはリィギスに愛撫される一方で、何もしてあげられていない。

戸惑うイナを抱えたまま、リィギスがイナの耳を軽く噛む。

軽い刺激なのに、イナはリィギスの腕の中で身じろぎした。

「リィギス様のが、大きくなっております……けど……」

「そうだね」

リィギスが華やかな笑い声を上げ、硬くとがり始めた乳嘴を二本の指先でつまむ。イナの身体が再びびくりと揺れた。同時に、膝を立てたまま開かせたイナの脚の中央に、もう一方の手が忍び込んでくる。

無防備な蜜口に触れられ、イナのつま先がぎゅっと丸まった。

「あ……あの……リィギス様……あぁ……」

乳嘴を刺激され、濡れ始めた柔らかな花をくちゅくちゅと弄ばれる。

「どこに触れても気持ちがいい。君は身体中が綺麗な花みたいだ」

うわごとめいたリィギスの声は、翳りのある熱を帯びていた。

長い指が、濡れた場所を音を立ててまさぐる。もう一つの手は揺れるイナの乳房を弄び、掌の中で感触を楽しむようにこね回した。

一つの動きごとに、リィギスの昂《たかぶ》りはますます熱くなり、硬くなって存在を主張する。

かすかに脈打っているのも感じ取れた。それが触れる腰の辺りは、火にあぶられたようだ。

「……っ……あまり、硬くなったら、入れる前に出てしまう……のでは……」

思わず率直に口にしたイナの首筋に、リィギスの滑らかな唇が吸い付く。

くすぐったさと心地よさに、イナは身じろぎした。

「リィギス様……？」

「言ったな？　確かに興奮しているけど、僕はまだ大丈夫。可愛い君をもっと気持ちよくしないといけないからね」

「ひ、ぅ……わ、分かりまし、あぁ……っ……」

イナの弱い場所を探り当てたいとばかりに、ぬかるみに沈む指が、襞のあわいを繰り返し行き来した。

「今度はこちらを向いて、僕の膝に乗ってくれる？」

耳に一度口づけたあと、リィギスが囁きかけてくる。身体が熱くて何も考えられない。

イナは素直に頷いて、一度彼の膝から下り、彼と向かい合った。

「おいで、イナ」

イナはもう一度頷いて、リィギスの首筋に手を回し、彼の膝の上に腰を下ろそうとした。

だがその途中、リィギスがイナの腰を両手で掴んで、動きを押しとどめた。

腰を支えられたまま、イナは中腰になる。

「イナが、自分で僕のを入れてくれるか？」

顔が、かあっと熱くなった。

汗と湯気で、長い髪が顔に貼り付いている。けれど、それを払う余裕もない。

「はい……リィギス様……」

イナは腰を浮かせたまま、勃ち上がった杭に優しく触れた。

恐る恐る腰を沈めていくと、濡れた裂け目に、硬くなった先端が当たる。

小さな場所が昂りを呑み込む。慎重に腰を沈めてみたものの、どこまで入るのだろうと不安になった。

――大丈夫、いつもしているもの……。

イナはリィギスの首にすがりつく腕に力を込め、リィギスを呑み込んでいく。

異物に身体をこじ開けられる違和感に、早くも息が乱れ始めた。

「あ……いつもと違う……硬……」

動きを止めた刹那、リィギスがイナの腰をぐいと下に引いた。中を貫いていた剛直が、一気にイナの一番奥を突き上げる。

驚いたイナは反射的に腰を浮かそうとした。だが、腰を摑む彼の手はイナの肌に吸い付いたように離れない。

「大丈夫、いつもと姿勢が違うからだよ」

イナの身体は、いつの間にかリィギスに抱きすくめられていた。

「あ、あの、でも、すごく、奥まで……っ……ん……」

抗う言葉は口づけでかき消える。抱き合った身体の間で、イナの柔らかな乳房が押しつぶされた。

「んっ、んぅ……っ……」

口づけされ、力強い腕で抱きしめられ、激しく身体が揺さぶられた。押し広げられた淫路がリィギス自身を食まされたまま繰り返しこすられる。

「ん……ふ、く……」

唇を合わせたままのイナの目に涙が滲む。割られた花芯からは蜜がしたたり落ちた。

「う、う、んぅ」

気づけばイナは、自ら腰を揺らしていた。貫かれた身体がゾクゾクして、動かずにはいられない。イナの長い髪は、いつしかリィギスの汗ばんだ肌にも貼り付いて絡まっていた。

自分たちが一糸纏わぬ姿で身体を交わしていることを生々しく実感する。

大好きなリィギス。ついこの間まで、いつ会えるか分からない人だった。なのに今は、身体の一番深い場所でリィギスを呑み込み、無我夢中ですがりついて絞り上げているのだ。

下腹部に蓄積した熱が、意志を持った生き物のように蠢き出す。

いつの間にか唇は離れ、イナの頭はリィギスの肩の辺りに抱え込まれていた。

「ああっ、リィギス様、あ」

繰り返される律動にイナの視界がガクガクと揺れる。顔を汚すのが汗なのか涎なのか、もう分からない。

獣のように激しく穿《うが》たれながら、イナは抑えがたく声を漏らした。

「や、やだ、私、また、びくびくって……あぁ……」

歯を食いしばって我慢しようとしたのに、イナの身体はあっさりと絶頂の波にさらわれる。されるがままに奥を繰り返し暴かれ責められて、身体中が震えた。

「中に出していい？」

かすれた声に、イナはこくこくと頷く。これまでよりも更に執拗に、貪り尽くすかのごとく、和毛《にこげ》同士が擦り合わされる。リィギスの呼吸が、森を駆け回っているときのように、激しく乱れ出す。乳房を押しつけてもたれかかったままのイナの身体の奥で、おびただしい濁りがはじけたのが分かった。

イナを抱きしめたまま、リィギスが乱れた髪に頬ずりをする。

「ああ、イナ、僕の可愛いイナ……」

上向かされたイナの唇に、リィギスの汗ばんだ唇が押しつけられた。

呑み込んだままの熱塊が、中でかすかに揺れて蠢く。その脈打つ感触に刺激され、イナの下腹部が再び咀嚼《そしゃく》するように波打った。

たくさんの子種を注がれたお腹の奥が、まだひくひくと収縮しているのが分かる。リィギスは名残惜しいとばかりに、もう一度イナの小さな顎をつまんで、口づけてきた。

優しく背中を撫でながら、リィギスが呟く。

「君のお腹に、早く僕たちの子供が来てくれないかな」

リィギスは微笑みながら、濡れて乱れたイナの顔から、そっと髪の毛を引き剝がしてくれる。ほんのわずかな仕草も、愛情に満ちていて、とても優しい。

こんなに優しい人が『お父様』になってくれたら、子供はどんなに幸せだろう。

——死ぬまでにリィギス様との子供が作れたらいいな……あと三年で間に合うのかな。

本にはなかなか子供ができない場合もあるし、薬を飲んでいたら駄目な場合もあると書いてあった。

——毒を飲んでいても、できるのかな、子供……。私だって今まで頑張ったんだから、神様がご褒美に子供をくれてもいいと思うのだけど……。

考えたが、自分にどこまで何ができるのか、まるで分からない。己の置かれた環境のいびつさに、イナは諦めと悲しみを覚えて、そっと目を閉じた。


翌朝、イナは広い寝台で目を覚ました。

リィギスはもう公務に出掛けたようだ。多分、イナがぐっすり眠っているから起こさないでくれたに違いない。

——お忙しいんだわ。明日は私が先に起きて、お見送りしなくちゃ。

袖に鼻先を寄せたら、リィギスのいい匂いがした。彼のぬくもりに包まれていると、悪い夢もほとんど見ない。

イナは顔を洗い、美しい花で飾られた露台に出た。

ここに来た日は何もなかったが、リィギスがその後すぐに花をたくさん運ばせたのだ。

イナが花が好きなことを覚えていて喜ばせるために、こんな風にしてくれた。

――私、森で珍しい花を見つけるたびに、大騒ぎしてリィギス様に報告していたから。

イナは、花の前に屈み、口元をほころばせた。透き通るような青い花。リィギスの目に似ている。

リィギスの瞳は、確かに悪神リゴウの肌の色と同じ青だ。けれど今では、その『呪いの青』は、愛しい人の目の色でしかなくなっている。

王太子宮の人々も、今ではリィギスを忌み嫌っていないようだ。

生まれたときに『呪われた子』と忌避され、十二歳まで国外に追放されていた彼は、自分の努力によってこの国での地位を築き直しつつある。

未だに貧しい暮らしを強いられている辺境地域の状況を改善しようと決めたのもリィギスだと聞いた。

ガシュトラ半島は、中央に巨大な山脈があって、行き来が不便な街も多い。

なので、まずは航路を再整備して、港とその周囲の街を開発する。その港を発展させ、海外の船舶も迎え入れるようにするらしい。

諸外国と活発な交流を持つのはもちろんのこと、自国の生活水準も引き上げたいというのがリィギスの当面の目標なのだ。

——アスカーナの言われるがままに動いているわけじゃない。リィギス様は、この国のことを深く考えておられるんだ……。

彼のことを知れば知るほど、素晴らしい人だと誇らしくなる。

リィギスのもとで過ごしたほんの短い間で、イナは色々なことを知った。

人間はイナが思っているよりもたくさんいる。

リィギスが、ガシュトラの民一人一人を大事な命と思い、執務に邁進していることも、だんだん分かってきた。

イナは彼らがリゴウ熱で命を奪われることがないよう、薬を作り続けねばならない。

リィギスが守ろうとしている世界を、同じように守らなくては。

だが、ずっとずっと遠い未来までは、リィギスと一緒に歩けないのだ。

——私、リィギス様を置いて、一人で天国に行きたくない。もし本当のことをリィギス様に申し上げて、私を助けてって頼んだら……。

考えかけて強くかぶりを振る。

イナが逃げたら、犠牲になるのはたくさんの人たちだ。

それだけではない。完全に毒に慣れていない製造者が、無理やり治療剤を作らされ、苦しむかもしれない。下手すれば、命を落とすかも……。

人々を苦しめてイナだけが逃げるなんて、善なる神は決して許してはくれないだろう。

――逃げちゃ駄目。製造者の仕事のことは、リィギス様にも内緒にしなきゃ。助けてくれようとするに決まってるもの……。

幸せそうなリィギスの笑顔が浮かび、胸が軋む。

ここに来るまでに、イナを人間扱いしてくれたのはリィギスだけだった。

他の人間は、イナを道具としか見てくれなかった。

あんなに優しい彼に、自分の『製造者』の仕事のことが知られたらどうしよう。それにもしも、『治療剤を作るために命を捧げてくれ』と、リィギスから言われたら。

イナは慌てて首を振った。

そんなことになったら、心が折れて、何も考えられなくなりそうだ。

やはりリィギスにだけは、自分の秘密を知られるわけにはいかない。彼にだけは『ガシュトラのために死んでくれ』と言われたくない。

ぼんやりと物思いにふけっていたイナは、犬の吠え声で我に返った。ロロの声のように聞こえ、思わず手すりに駆け寄る。

広い整えられた庭に、灰色の大きな犬の姿が見える。やはりロロだ。遊びに来たに違いない。でもどうやってイナがいる場所を探り当てたのだろうか。

慌てたように衛兵が駆け寄ってきて、ロロを追い払おうとした。

「うわ、でかいな……！　どこから入ったんだ、野良犬か？」

ロロは衛兵から逃げ回りながら、大きな声で吼えている。イナは手すりから身を乗り出し、声を張り上げた。

「待ってください、あの、知っている犬なんです……っ!」

驚いた様子の衛兵に、すぐに行くと告げて、イナは庭へと走った。

控えの間にいた侍女たちが、何事かとイナを追ってくる。

イナは背後を振り返り『庭に犬を見に行くだけなので、大丈夫です!』と叫んだ。

息を切らせて庭まで来ると、ロロは衛兵の傍らでお座りをして、尻尾を振っていた。

どうやら悪戯をせず大人しく待っていたらしい。

「この犬はイナ様の飼い犬ですか? いや、大きい犬でびっくりしました。危険な野犬かと思いまして……」

「ごめんなさい。私に会いに来ただけだと思います。昔から可愛がっているので、私が面倒を見ます。庭に来たら、私を呼んでください」

見知らぬ衛兵とハキハキ喋れるようになるとは、我ながら少々驚きだ。

そう思いながら、イナはロロの傍らにかがみ込み、頭を撫でた。

「どうやってここまで来たの?」

もちろんロロは答えない。目を細めて頭を撫でられていたロロが、不意に起き上がりタタッと走り出す。

「あ、ロロ!」

庭の奥へ駆け去ったロロが、桃色の花が付いた枝を咥えて戻ってきた。

「またお土産を持って来てくれたの？」

イナの問いに、ロロがブンブン尻尾を振りながらひと吼えする。相変わらずイナの言葉が分かっていて、返事をしてくれたように思えた。

「このお花、どこに咲いているの？」

ロロは座り込んで、耳の後ろを掻いている。のんびりした様子につられて笑ったとき、誰かが急ぎ近寄ってくる気配がした。

振り返ったイナの目に、ナラドの姿が飛び込んできた。後ろからバルシャが追ってくる。

「イ、イナ様、その犬……っ……」

杖を手に全力の速さで歩いてきたナラドが、息を切らして尋ねてくる。彼の血走った目は、ひたとロロに据えられていた。この前と同じような、異様に真剣な表情だ。温厚そうなナラドの変貌に怯みながら、イナは恐る恐る尋ねる。

「ナラド先生、この子がどうかなさいましたか？」

「あ、あの、この犬、イナ様が、飼って、いるん、ですか」

息が乱れてまともに喋れない様子だ。

灰色の目は、ロロの背中の渦模様を凝視している。

「いいえ、昔から私のところに遊びに来るんです」

イナが答えると同時に、ナラドが膝から崩れ落ちた。傍らで様子を見ていた衛兵が、ギョッとしたようにナラドに駆け寄る。

「どうなさいました！」

「い、いえ……あの……急に急ぎ足で歩いたので、こ、腰が抜けて……」

蒼白になったナラドが、大量に噴き出した汗を拭う。後を追ってきたバルシャがかがみ込み、彼を助け起こした。彼は今日もナラドの警護にあたっているのだろう。

ナラドは、助け起こされながらイナを見つめる。彼の目は、ロロと、イナが手にしている枝に釘付けになっていた。やはりただ事ではない様子だ。

「イナ様……あの、そ、その花をどこで？」

ナラドが言っているのは、ロロのお土産の枝のことだ。

「分かりません。いつもこの子が持ってくるんです。ね、ロロ」

ロロは、ナラドを見上げたまま尻尾を振っている。人なつっこい子なので、誰に対してもこんな感じなのだが、今日は特別に嬉しそうだ。

「ロ、ロロ……ですか……」

だが、ナラドの表情はまるで緩まない。凍り付いた真っ青な顔のままだ。

「そ、そうですか、その犬が、ロ、ロロ君が……どこで拾ってくるのかな。この辺りにも咲くものなんですね」

ナラドは額の汗を拭い、気を取り直したように愛想良く微笑む。イナは首をかしげ、ナラドに尋ねた。

「このお花をご存じなのですか？　なんという名前でしょうか？」

「ユーフェミア……です……」

言い終えたナラドがふらつきながら背を向け、不意に顔を覆った。

――泣いてる……？　どうなさったの？

驚くイナの前で、バルシャがナラドの背中を擦った。

「先生、お疲れなのでは？　次のお仕事の前に、少しお休みになっては……」

「い、いえ、大丈夫です。行きましょう」

ナラドは涙を拳で拭い、ふらふらと歩み去って行く。途中、青ざめた顔で何度もイナとロロを振り返る様子が妙に悲しげで、何だか心配になってしまった。

――ユーフェミアっていうんだ。それにしても、先生はどうなさったの？

ナラドとバルシャが建物の中に入っていったのを見送ったとき、お座りしていたロロが立ち上がり、ナラドたちと正反対の方へ走り去っていった。

「あ、待って、ロロ！」

だがロロは、イナに花の枝を渡しただけで満足だとばかりに、庭の外へ消えた。

衛兵が、遠慮がちにイナに話しかけてくる。

「あの大きな犬がまた来ても、追い払わないように通達しておきます。それにしても、イナ様にああやって花を届けに来るなんて、ずいぶんと賢い犬ですね」

「ありがとうございます。あの子はとてもお利口なので、悪さはしませんから」

衛兵の申し出にお礼を言い終え、イナはもう一度枝の花に視線を向ける。淡い桃色の花から、甘く爽やかな匂いが漂ってきた。

――ユーフェミアってどこに生えてるんだろう。ロロはどこからこれを？

しばらく考えたが、やはり心当たりがない。

――ユーフェミアの花って素敵な名前ね。ナラド先生は有名なお医者様だと聞くし、なんでもご存じなんだわ。

イナは自分にそう言い聞かせ、もう一度枝を確かめる。

「このお庭って、禁域の森以外の場所にも繋がっているのでしょうか？」

「ええ、壁や垣根で隔てられてはおりますが、大神殿の敷地とも続いていますよ」

衛兵の答えにイナは考え込む。宮殿か大神殿のどこかに、ロロにお花を渡してくれる人が居るのかもしれない。けれどそれが誰なのかは、簡単には分かりそうにないと思った。

第六章

イナは、リィギスの腕の中で夢を見ていた。

赤ちゃんのイナが、大きな犬にじゃれつかれている。びっくりして床に転がると、優しい声と共に抱き上げられた。

『まあロロ、駄目よ、——を突き飛ばしては』

女性に抱き上げられたイナは、その胸にぎゅっとしがみつく。

おかあさん、だいすき。満たされた気持ちで笑みを浮かべると、鮮やかな緑の目をした女の人が笑いかけてくれた。

初めて夢の中で見る顔。声の主はこんな顔をしていたのかと今更驚いてしまう。髪は金色で、イナよりも濃い色合いだ。

——あれ……この夢……初めて見る……。

眠りに沈むイナの心に、かすかな違和感が沸き起こる。

『何だか変な音がしなかったか？　誰か来たのかな』

男の人の低い声が聞こえた。聞いたことのある声にも思えるが、自信がない。イナを抱っこしている女性が、男性の方を振り返る。

『村で誰か具合が悪くなったのかしら』

そのとき、突然、硝子《ガラス》が割れるような音が聞こえた。

犬の鋭い吼え声と、悲鳴のような甲高い鳴き声が響く。

イナの視界がめちゃくちゃに揺れる。抱っこしてくれていた女の人が、床に倒れ込んで動かなくなる。庇うように抱かれたままイナは泣き叫んだ。

――怖い……怖い……！

イナの小さな身体は、女の人の腕からひょいと持ち上げられ、乱暴な腕に抱え込まれた。目の前に赤黒い染みがどんどん広がっていく。

――怖い！

泣き叫ぶイナを抱えた男が言った。

『撤収だ、家全体に火を付けろ。博士の論文をどこにも残すな。異教徒の女も博士と一緒に燃やしてしまえ』

泣き叫んで暴れるイナを押さえつけ、男は続けた。

『このガキは被検体として捧げよう』

――い……いや……！

がたがたと身体が震え出して、イナは目を覚ました。

――な、何、今の……！

こんな夢、今まで一度も見たことがなかった。

「イナ……?」

傍らのリィギスが目を開けて、イナの背中を擦ってくれる。変な夢だった。だが、夢だと分かってほっとする。

「大丈夫です、変な夢を見ただけです」

「バルシャに悪夢封じのお茶を淹《い》れてもらおうか」

眠そうな声でリィギスが言う。バルシャはガシュトラの昔ながらの知恵に詳しくて、王太子付の厨房長ですら知らない薬草の知識も持っているらしい。

「ええ、ありがとうございます、今度お願いしてみます……お休みなさいませ」

あまりリィギスの眠りを妨げてはいけないと、イナは静かに告げる。リィギスが安心したように息を吐き、イナの髪を撫でて眠そうな声で言った。

「お休み、イナ」

リィギスが再び健やかな寝息を立て始める。イナも誘われるようにそっと目を閉じた。

翌朝、執務に向かうリィギスを送り出したあと、イナは王太子宮の応接間に向かった。祭司長が面会に来ると聞いていたからだ。多忙な彼は、朝早くしかここに来られなかったのだろう。

――あまり会いたくない……。

沈む気持ちを叱咤し、イナは一人椅子に腰掛けて祭司長の訪れを待った。

侍女も衛兵も、誰も付き添わないようにと頼んだ。大神殿の機密に関する会話をするかもしれないので誰も立ち会わせることができないからだ。

最近、薬の製法を門外不出としている理由を、なんとなく推察できるようになった。

今までは、神事だから、薬を作る者は悪神の怒りを買い、誰よりも呪われるから、だから神殿の中に留めておかねばならないのだと素直に信じていたが、そうではないのだ。

おそらくは、人の命を救う薬が、あのような凄惨な方法で作られているなんて言えないからだろう。

いくら疫病の治療に不可欠だからといって、幼い子供を何人も……。あんな真似は、たとえ薬の製造のためだとしても許せない、と声を上げる人間はきっといるはずだ。

ここに来て知り合ったサナリタやバルシャ、その他の侍女や衛兵たちの顔が浮かぶ。

彼らは『自分たちが死なずに済むのであれば、子供を犠牲にして薬を作ってください』なんて、絶対に言わないだろう。

外の人間の多くは、優しい心を持っている。そして大神殿の行いは、その優しい心に背きすぎているのだ。

イナはドレスの膝をぎゅっと握りしめた。

外の人たちの優しさを知った今、薬の製造にまつわる真実を一人で抱えるのがとても辛い。昔も辛かったけれど比較にならない。

――私、最近、誰かが私を助けてくれるかもしれないって、期待してしまうようになった。私が助かったって、何の解決にもならないのに。治療剤は必要だし、こんな仕事を、他の子にはさせたくない。だから、限界まで私が頑張らなければいけないのに……。

心の痛みをやり過ごすイナの耳に、数人の足音が届く。

警護兵の先触れと共に、多くの金細工で身を飾った祭司長の姿が現れた。

イナは慌てて立ち上がり、平伏する。どれほど心を許せない相手であろうと、幼い頃から祭司長には屈服するよう教え込まれている。今も身体が勝手に動いた。

「顔を上げていいよ」

優しげだが傲岸な声に、イナはゆっくりと顔を上げた。

ダマンが目配せをすると同時に、付き従う人々が応接室から消える。人がいなくなるのを見計らったダマンが、口を開いた。

「殿下と楽しくやっているところ申し訳ないんだけど、また例の仕事を頼める？」

イナはわずかに肩を揺らし、再び深々と平伏した。

「か、かしこまりました」

喉を締め上げられたように感じて、うまく喋れない。リィギスのところに来てから、知らない人ともすらすら話せるようになったはずなのに。

――祭司長様が、怖い……やっぱり……。

顔を上げないイナに、ダマンは言った。

「今回の大禊はつつがなく過ぎるはずだ。人々の信心が深ければね。昔の大禊の年のようなことにはならないはずだよ」

過去の大禊の年には、リゴウ熱で一万人近い人間が亡くなったこともあると聞く。ガシュトラの人口は百万人もいない。百人に一人が死ぬのは、未曾有《みぞう》の災禍と言っていい。

それほどの規模の大流行は近年は起きていないのだ。

だが気は抜けない。リゴウ熱の発生が報告されない年はない。大禊の年ほどではないにしても、いつ誰がかかるか分からない病なのだから。

「国王陛下が、今回の大禊の年を、そのように予言されたから……ですよね……」

「そうだよ」

あっさりと肯定され、イナの心に次々に反論が沸き起こる。

疫病がいつどこで大流行するかなんて断言できるはずがないのに、言い切っていいのだろうか。

リィギスは、父である国王の予言は幻覚のようなものだろうと言っている。少なくとも施政者は、そんなあやふやな思いつきで物事を決めるべきではないと。

――いけない……祭司長様に反抗的な態度を取ったりしては。

伏せたままのイナに、再びダマンの声が掛かる。

「じゃあおいで」

呼びかけられてイナは慌てて顔を上げた。

ダマンと会話をする機会は少ない。薬の製造を始める前に、ダマンにこれだけは聞いておかねば。

「あ、あの、私……この仕事を続けていて、死ぬまでに子供を産めますか？」

イナの唐突な問いに、祭司長は眉を上げた。

小さく唇を噛んだイナを見下ろしたまま、祭司長がおかしげに肩を揺らす。

「無理だよ」

あっさりと言い切られ、イナの身体が凍り付いた。

――ああ、やっぱり……。

覚悟はしていたが、端的で残酷な答えが、イナを打ちのめす。

ダマンの声音には、思いやりも同情の欠片も感じられなかった。

表情を強ばらせるイナに、ダマンはせせら笑うような口調で続ける。

「君は妊娠できないよ。長期の服毒で内臓を変質させているから、身体にそんな機能自体が残っていないはずだ。……悲しい？」

「え……？」

「君は今、悲しいの？」

凍えるような冷たい声に、イナは動けなくなる。

ひどくこの場にそぐわない、不気味な質問だった。悲しいのか、なんて……。

何も言えなくなったイナに飽きたように、ダマンは肩をすくめる。

「まあいいや。気が向いたら教えてね」

イナは、意図がよく分からないダマンの質問に曖昧に頷き、唇を噛みしめた。

――やっぱり……子供、無理なんだ……。

薄々は分かっていたけれど、自分には大神殿の道具としての人生しかなかったのだ。

――あんなに望んでいらっしゃるのに……リィギス様に、なんて謝れば……。

目の前に薄い涙の膜が張る。

あと数年、生きているうちに子供を産みたかった。その子をリィギスと二人で育てる時間が少しでも欲しかった。彼の願いを、一つでも多く叶えたかったのに。

リィギスの大事な夢を潰してしまうことが、イナの心をひどく軋ませた。

「あ、の……薬の製造は、リィギス様にお手紙を書いてからでも、いいですか……」

「手紙？　うん、いいね。彼の心が動けば、その分面白くなる」

ダマンがイナを振り返り、口元をほころばせる。一見明るく見えるが、酷薄な笑みだ。

「面白いって……何がですか……？」

「君の運命を知らないリィギス殿下が面白いと言ったんだ。僕がずっと見たかったものに、今度こそ会えるかもしれない」

「な、何を……おっしゃって……」

ダマンの笑みを見ていたら、足が震え始めた。

自分は何かを大きく間違えてしまったのではないかと思う。リィギスのもとに上がったのは、彼と愛し合ったのは、自分の『運命』をリィギスに黙っていたことは、本当に正しかったのだろうか。

――でも、私、リィギス様にまで国のために死んでくれって言われたら……。

イナの目に涙が滲む。

「お、お手紙は、やはりやめます。薬を作って、なるべく急いでここに戻ります」

リィギスだけは傷つけたくない。だから今回の製造も頑張って耐えて、ちょっと顔色が悪いくらいの状態で帰ってこよう。

――絶対にまだ死にたくない……リィギス様と離れたくないもの……。

頑張れるはずだ。そう思うイナに、祭司長が再び薄く笑いかけた。

「分かったよ、おいで」

❀

多忙な一日を終え、私室に戻ったリィギスに告げられたのは、意外な言葉だった。

「イナ様は大神殿の神事のお手伝いに参られましたが……明日も夜明け前からお忙しいそうで、祭司長様のお屋敷にお泊まりになると」

何の不審も抱いていない顔で侍女が言う。嫌な感じがした。イナをあそこに居させたくないから、リィギスは無理を通して彼女をそばに迎えたのだ。大神殿にもしばらくは神事の手伝いを休ませてほしいと申し入れをしたはずなのに。

「今日は帰らない？　そんな話、僕は聞いていないけど」

リィギスの胸に言葉にならない不安があふれ出す。

この時間に大神殿に押しかけて、騒ぎになったらまずいのは承知だ。

しかし、イナのことは放置できない。『王太子は心配性だ』と笑われて終わるならそれでいい。何かあって後悔するよりずっといい。

……そう決めた刹那、見えない細い手に、背中を押されたような気がした。

「迎えに行く」

「リィギス様？」

侍女の驚きの声にも構わず、リィギスはきびすを返す。普段であれば『もう遅い時間だから』と咎めるはずのバルシャは、何も言わずにリィギスの後を追ってきた。

「大神殿正門ではなく、通用門から参りましょう。出入り業者用の門がございます」

バルシャの助言に、リィギスは足を急がせながら頷く。

いかな大神殿でも、王太子の寵姫におかしな真似はしないはずだ。

分かっているのに、この不安は一体何なのだろう。

大神殿の通用門の兵を振り切り、祭司長の屋敷に駆け込んだリィギスたちを迎えたのは、神職らしき数人の女性だった。

「イナをお迎えにいらしたとか」

表情を変えずに、一番年長の女性が言う。薄気味悪さを感じながら、リィギスは頷いた。

「ええ、心配で。イナはずっと体調がよくないのです。明日の早朝の神事とやらは休ませていただけませんか」

女たちは顔を見合わせ、どんよりとした視線を交わした。

リィギスの胸の中で違和感が膨らんでいく。イナの話も、リィギスとの会話もしたくないと言わんばかりの態度だ。

「……こちらでございます」

女たちは、足音もなく歩いて行く。リィギスを振り返りもせず、明かりの乏しい屋敷の奥へ滑るように消えていく。

「リィギス様は、私の後ろを」

バルシャが声を抑えて囁きかけ、女たちの後を追って歩き出す。リィギスも、バルシャに続いた。

どのくらい歩いただろうか。王太子を案内するにふさわしいとは思えない薄汚れた一角で、女たちは足を止めた。

「その奥の部屋に寝かせています。どうぞ」

年長の女が示したのは、物置としか思えないような、ごちゃごちゃと品物が積まれた、廊下の奥の部屋だった。

リィギスは躊躇いなく教えられた部屋の扉を開け、その場に立ちすくんだ。

嫌な予感が黴《かび》のように心を覆い尽くしていく。

──イナ……！

「……イナ」

床の上に転がされているイナは、ただ眠っているように見えた。

口元を汚す赤い血さえなければ。

胸元は、血のついた手でかきむしったらしく、いくつも乾いた血の指紋が残っている。もがき苦しんだのか、美しい髪がぐしゃぐしゃに乱れている。

肘の辺りまで真っ青に染まった手が、力なく投げ出されていた。

──なん……だ……？　この腕の色は……！

異様な青。自分の目と同じ呪いの青だ。

リィギスは、よろめく足取りでイナに歩み寄り、小さな顔を指先で拭った。ひどく冷たい。生きているのかも分からない。イナはぴくりとも動かない。

何も言わず、リィギスはイナの痩せた身体を抱え上げた。連れて帰らなくては……とにかく、一刻も早く。

「では、私どもは失礼いたします」

背後から、女たちの平坦な声が聞こえる。バルシャが何かを叫ぶ声も。

リィギスはイナの身体を抱いて、王太子宮に向かって無我夢中で走り出した。

そこからの記憶は途切れ途切れだ。

王太子宮の医務室に運び込んだ後も、イナは真っ白な顔で、ぴくりとも動かなかった。

何度呼びかけても目を開けない。息をしているのかも定かではない。心臓の音は聞こえたが、それだけだ。

医者を呼べというリィギスの命令に応じ、バルシャがナラドを引きずってきてくれた。

横たえられたイナの様子に、ナラドが一瞬凍り付く。薄い唇を動かし、彼は誰かの名前を呼んだ。だが、その声は小さすぎてリィギスには届かなかった。

すぐに我に返ったナラドが、別人のように厳しい声でリィギスに尋ねてきた。

「イナ様は、何か飲まれたのですか？」

「分からない」

書かれている文字をただ読み上げるような声が出た。同時に、頭がガンガンと痛くなってくる。気が遠くなりかけたリィギスの肩を揺すり、ナラドが怒鳴り声を上げる。

「しっかりなさい！　大神殿で一体何が起きたのです、吐血の原因に心当たりは」

尋ねかけたナラドが、イナの青く染まった腕を凝視する。しばらくその腕を見つめていた彼は、助手に早口で命令した。

「ニルブ系の解毒剤を持って来てください。分かる人、すぐ行って！」

立ち尽くすリィギスを置き去りにして、周囲が慌ただしく動き始める。

「聞こえますか、腕に針を刺しますよ」

もちろんイナはぴくりとも反応しない。放心状態のリィギスに、アスカーナから付いてきたという、ナラドの助手の一人が遠慮がちに声を掛けた。

「申し訳ありませんが、殿下はお外でお待ちくださいませ」

部屋の外に押し出され、リィギスはぼんやりと私室の扉を見つめた。

もう大丈夫です、といつもの明るい声で部屋から出てくるイナを想像しようとした。だが、まるでその様子が浮かばない。手足の震えが抑えられない。周りの音も聞こえない。

「リィギス様、明日は通商会議の山場です。少しお休みください」

「ここで……待たせてくれ……」

バルシャはため息をつき、鎮静効果のあるお茶を淹れてくると行って、どこかへ去って行く。残されたリィギスは、呆然とイナが居る部屋の扉を見つめ続けた。


愛しい恋人の命が危険に晒されていても、王太子の仕事はなくならない。

頭のどこかでもう許してくれと思いながら、リィギスは弁論の場に立った。

最近試験運営中の王都第一国際港に領事館を設けたい、という他国からの要望を、どの順序で処理するのか、という話だ。

どの国を優先しても、他の国からは苦情が来る。順当にいけば、最もリィギスと縁の深いアスカーナを一番にすべきだが、その場合、国内の『王太子はアスカーナの傀儡《かいらい》』という悪評を高めてしまう可能性がある。

決定に責任を負うのは、リィギス一人だ。

大神殿は、外交戦略は王太子が勝手に決めている、という姿勢を崩さないし、貴族たちはただ自分らの口の中においしい餌を放り込まれるのを待っているだけだ。

どれほど希望的観測を持ちたくとも、リィギスは気づいている。

ガシュトラの貴族たちは、貴族に生まれたから貴族なだけで、地位に伴う義務の果たし方など知らないのだ。だから必死なリィギスを見ても何も感じないのだ、と。

この国では、アスカーナ王国ほどには貴族階級に権力は集中していない。貴族の大半は、自分たちのことを、ただ裕福なだけの特権階級だと思っている。

一方で、他国の大使や交渉役は腹に一物ある手練ればかりだ。

老練な彼らはリィギスの隙を虎視眈々《こしたんたん》と狙っている。

何らかの口実を見つけて、ガシュトラをおのが属国とせんと企むものばかりだ。それはアスカーナの祖父や伯父も変わらない。

他国の思惑は『海運貿易の要衝ガシュタン半島を、自国の支配下に置きたい』ということだけなのだから。

リィギスの味方と呼べるものはいない。ガシュトラに居るのは、泥粘土のように頼りない、力のない、ただぼんやりといい思いをしたいと思っているでくの坊だけ……。

――くそ……。

リィギスは普段であれば思い浮かべることも憚《はばか》る品のない言葉を心の中で吐き捨てる。

こうしている間にも、ナラドの使いの者が不吉な知らせを持ってきたらと、不安で仕方がないのに。

「リィギス様、アスカーナの大使にお返事を」

質問を無視しかけていたことに気づき、リィギスは冷や汗で濡れた顔を上げた。

「失礼いたしました。経済特区に関してですが、現在は商用区域を拡張して、海運商会向けに優先譲渡を計画しています」

精神の平衡《へいこう》が保てなくなりそうだ。

ゆっくりと限界が近づいてきているのが分かる。

だが、リィギスにはせねばならないことがある。

命を削ってでも、ガシュトラを国際国家として育て上げねばならないのだ。唯々諾々《いいだくだく》とアスカーナに従う売国奴になんて決してならない。王族としての義務を果たさなければ。

――なぜだろう。なぜ、ガシュトラの教育は、支配者層にすら『未来を描く』ことを教えていないのだろう……。

皮肉ではなく、心からそう思う。なぜ、こんな国を作ったのだろう。なぜリィギスたちの祖先は、自分たちの国がこんな国になることを選んだのだろう。

誰も何もできない。眠り続けることを選んだガシュトラ王国。

——だからこそ、僕は、呼ばれた……あの声は、昔から僕を……。

そこまで考えた瞬間、激しい目眩に襲われる。

『リィギス、貴方は、ガシュトラの王さま』

幻聴のような女の声が響き、強い頭痛が走った。この声はまだ消えないのだろうか。

大人になったら、ぴたりと聞こえなくなるはずだと期待していたのに……。

思わず額を押さえたリィギスの肩を、背後に立っていたバルシャがそっと摑んだ。

「大丈夫ですか」

「あ、ああ、すまない」

リィギスはすぐに我に返り、なるべく平静に近い声を出した。

外交の席で『王太子には持病があるかもしれない』なんて噂を立てられたら、たまったものではない。リィギスは気力を振り絞って背筋を正し、腹に力を入れ直した。

ああ、どうか、イナにまつわる恐ろしい知らせが届きませんように。震える思いで祈りながら、リィギスは青ざめた顔に、愛想の良い笑みを浮かべ直した。


イナの急変の知らせは届かなかった。それだけがリィギスの救いだった。

夜半、ようやく執務を終えたリィギスは、最後の気力を振り絞って私室に戻る。

イナは、リィギスの寝台に痩せた身体を横たえたままだ。

長いまつげの影が、真っ白な顔に落ちている。

リィギスが珍しいものを見つけて渡すたび、イナは不思議そうに覗き込んできた。

俯いた顔に、今と同じようにまつげの影が落ち、それがなんとも愛らしい風情で、とても好きだった。

——目を、開けてくれ……。

ほぼ一昼夜眠らずに、イナの治療を続けてくれたナラドは、イナは毒を飲まされたのだろうと診断した。

何の毒物かは推定できるが、採取した血液を分析しなければ正しい答えは分からないこと、定期的に解毒剤の皮下注射をする以外に対策がないことも教えてくれた。

——毒に打ち勝っているのが奇跡です、か……。

見れば、今日は、胸がかすかに上下している。

良くなっているわけではなく、最悪を脱しただけの予断を許さない状況だと分かっている。今も一時間おきにナラドや助手が様子を確認し、必要な治療を行っていることも。イナがこのまま息を止めても不思議はないことも。

——大神殿から連れ出したのに、なぜなんだ。

イナの小さな白い顔を見ていると、なぜ、なぜ、なぜと、同じ言葉しか出てこない。

大神殿はイナに何をしたのだろう。彼女はなぜ、命の危険に晒されるほどの毒を飲まされ、あんな物置に放置されていたのだろう。

　絹布にくるんで風にさえ晒したくないほど大事なイナが、死にかけたまま手当てもされずに床に転がされていた。どんなに苦しかっただろう。あの光景を思い出すたびに、髪をかきむしって叫びたくなる。『大神殿には絶対に行くな』とイナに強く言い聞かせればよかった。己を責め、無意識に握りしめた拳は、爪で破られ乾いた血で染まっていた。

　イナが何をしたと言うのだ。小柄で非力なイナには、人を叩いて怪我をさせることすらできないだろうに……。

　だが今のリィギスには、誰がイナを傷つけたのかと、大神殿に怒鳴り込む気力も、意味ありげな女たちの言葉を問いただす気力もなかった。

　ただイナが目を覚ましてくれますようにと、祈り続けることしかできない。

「イナ、聞こえるか、僕だ」

　冷たい額を撫でたが、イナはぴくりとも動かなかった。

「起きてくれ、目を開けて」

　こんなに愛らしいイナが、大好きな森の散歩もできず、あんなに可愛がっていたロロも撫でてやれないまま、冷たくなってしまうなんてありえない。

　リィギスだって、もっと色々なことをしてあげる予定だった。休暇が取れたら、イナが見たことがないという港町に連れて行ったり、イナの小さい手に合うような指輪を作ったり、他にも、イナが楽しんでくれそうなことを、山ほど計画していた。

イナがいなければできないことばかりなのに……。

気づけば、壊れたように涙が溢れていた。

どうしてイナがこんな目に遭うのだろう。自分が毒を飲まされれば良かった。身体が大きい自分なら耐えられたかもしれないのに。

毛布の中から青く染まったままのイナの手を出して、そっと握った。とても冷たい。脚の辺りに温石《おんじゃく》を入れて温めているようだが、手の指先に温度はない。

助かってほしい。

けれどリィギスには祈る神がいない。握り返してもくれない小さな手を己の額に押し当て、リィギスは歯を食いしばる。

——そういえば、イナはあの籠に何を隠していたんだろう。

リィギスはふと、イナが私物を入れ、寝台の下に押し込んでいる籠の存在を思い出した。

あの中に、彼女の容態がおかしくなった原因の手がかりが隠されていないだろうか。大神殿の神事について記した書類や、飲んだ毒の手がかりが。

籠の中身は、勝手に見ない約束をした。素直なイナは、リィギスは籠を覗かないと信じている。

躊躇したが、リィギスは覚悟を決めた。イナの手を毛布の中に戻し、籠を引っ張り出す。

——もし目が覚めたら、僕のことを怒るだろうな……。

籠に掛けてある布は、イナのお気に入りの薄い桃色の小花模様だった。

彼女がサナリタに『お好きな柄をいかが？』と選ばせてもらった端切れだ。

好きな布を選ぶ経験は初めてだったらしく、満足げに籠に掛けたり、外したりを繰り返していた。あの可愛らしい仕草を思い出したら、また涙が溢れた。

イナには、穏やかに幸せに暮らしてもらうつもりだった。楽しいことをたくさん経験して、毎日笑っていてもらうはずだった。

「ごめん、イナ、中身を見るよ」

イナに声を掛けながら、リィギスは布を外す。中に入っていたのは、大量の封筒と、折りたたんだよれよれの布たちだった。

——手紙？　誰かとやりとりしていたのか？

宛名がない封筒の中を覗く。それぞれの封筒に一枚ずつ紙が入っている。

『リィギス様　毎日　早くねてください』

『ロロが来たら　撫でてあげて』

『葉っぱ　香草　残さない方がいいです』

『花が綺麗　青い花が好き　毎日　水を　あげて』

『手巾　つくった　汗を拭いてください　どうぞ』

イナは、禁域の森で待ち合わせをするまで、まともに文章を書いたことがなかったと聞いている。喋るのも神事の関係で制限されていたと。

でもイナが何を書きたかったかは、苦しいくらいはっきり分かる。

リィギスは、強く拳を握りしめた。

『御本をおいて早くお休みください』

『ロロ、最近お庭に来るんです。時間があったらリィギス様も撫でてあげてください』

『香草はお嫌いなんですか？　でも身体にいいと聞いたので、残さず召し上がって』

『私はやっぱり、露台に運んでいただいた中で、この青いお花が好きです。もし私が忘れていたら、お水を上げてくださいませ』

すべての言葉が優しく涼やかなイナの声で蘇る。

普段、彼女が自分に掛けてくれている言葉ばかりだ。この不揃いな大きさの可愛らしい布たちも、リィギスへの贈り物らしい。

涙が流れ続け、喉を伝い落ちて服を濡らしていた。

こんなに泣いたのはいつ以来だろう。分からない。涙が流れるごとに、どんどん世界が色あせていく。

どんなに血を吐く思いで『王太子の責務』という名の断崖を這い上がっても、イナがいなくなったら、意味がないのだ。

リィギスの努力は、王太子としての自分をガシュトラに刻み込むためのものだった。

忌み嫌われ、のけ者にされるだけの人間で終わりたくなかったから、自分の居るべき場所を取り戻したかったから、努力を積み重ねてきた。

けれど、イナが居なかったら、リィギスは断崖から滑落《かつらく》する。

王太子として認められても、イナがいないなら、もう意味がないからだ。

――君は誰に何をされたんだ、どうして、毒なんて……！

虚脱《きょだつ》したように俯いたリィギスの目に、また、イナの大事な籠が映る。紙や布の奥に、小さな遮光瓶が転がっていた。手紙の下に隠れていたようだ。

リィギスは無表情に手を伸ばし、その瓶を検《あらた》めた。

中に入っている液体の量がずいぶん中途半端だ。予備と書かれた紙が貼られている。蓋を取ると、光の加減で唇の跡が浮かび上がった。

イナが飲んだのだろうか。そう思った瞬間、リィギスは弾かれたように立ち上がり、部屋を飛び出した。

ナラドは医務室で居眠りしていた。疲れ切った顔で、リィギスが入ってきたことにも気づかず寝入っている。

机の上に、赤ん坊を抱いた女性の絵が置いてあった。

ガシュトラ人に多い、明るい金色の髪と緑の目の女性だ。赤ん坊は淡い金髪に、女性より明るい緑の目だった。

絵は掌くらいの大きさで、かなり古びている。眠る前に彼が眺めていたのだろう。

――先生は奥様を事故で亡くされたんだったか。もしかして、お子さんも居たのか？

ナラドの過去が己の境遇と重なって、胸が軋むように痛んだ。妻を亡くした苦しみを、ナラドはどうやって乗り越えたのだろう。いや、乗り越えられないまま、今も『医学を役立てる』という義務だけを理由に生きているのかもしれない。

——僕には……そんな風に生きるなんて、多分できない……。

リィギスは、疲れ切ったように眠っているナラドを、申し訳ない気持ちで揺さぶり起こす。彼は驚いたように目を開け、しっかりした口調で言った。

「どうしました？　イナ様に何か？」

「これ……イナが飲んだのかもしれない。瓶の口に唇の跡が残っているように見える」

リィギスの言葉に、ナラドが深刻な顔になる。

「失礼、お借りして調べます」

「何か心当たりがあるか？」

青ざめたリィギスに、ナラドが白衣を羽織りながら答えた。

「イナ様が服用されたのはニルブ系の毒だと仮定していたのですが、確認してみます。申し訳ありません、しばらく時間をください」

立ち上がるナラドを見送ったリィギスは、ふと気づいた。

あの青く染まった腕を見て、ナラドは即座に毒の名前を類推した。優秀な医者なのは知っているが、なぜあれほど毒に詳しいのだろう。

——あとで聞けばいいか。今はイナのところに戻ろう。

乾きかけた目元を拭い、リィギスは医務室を出た。イナに寄り添っていないと、消えてしまいそうで不安だった。

第七章

イナが昏睡状態に陥って、二日が経った。

枕辺に寄り添っていたリィギスは、執務と付き添いの疲労で、いつの間にか気を失ってしまったようだった。そして気づくと、夢の中にいた。

リィギスは森の中の一軒家の前に佇んでいる。

ずいぶんと目線が低いのが不思議だが、間違いなく自分の足で立っている……いや、手をついて、這うような姿勢になっている。しかし、その姿勢にまったく違和感を覚えないのが不思議だった。

辺りには薄桃色の花が咲く低木が、垣根を作っていた。どこかで見たことがある、美しく優しい色合いの花だ。

リィギスは顔を上げる。目の前の小屋から聞こえてくるのは、押し殺したような悲鳴、そして、暴力を振るう誰かが立てる忌まわしい音。何が行われているのか考えたくもないと思ったとき、声なき声がリィギスの頭蓋《ずがい》に響き渡る。

『たすける！　たすける！』

リィギスは、小屋に飛び込んだ。二人倒れているのが見える。もうピクリとも動かない。リィギスは四本の脚で勢いよく跳躍《ちょうやく》し、小屋の中で兇刃《きょうじん》を振るう男たちの一人の足に嚙みついた。食いちぎってやる、許さない、と声なき声が怒りを滲ませる。

――あれ……僕は……人間ではなくなっているのか……？

一方のリィギスは、足に嚙みつきながらも当惑していた。

どう考えても、自分が大きな犬になっていると気づいたからだ。

『ゆるさない、ゆるさない、とうさん、とうさん、かあさん、かあさん……』

声なき声が泣き叫ぶような悲鳴を上げた。リィギスの心も、その声が宿した悲しみに共鳴する。リィギスは……いや、大きな犬は、思い切り蹴《け》られてもなお、正体不明の襲撃者に襲いかかった。

『ゆるさない、ゆるさない……』

だが、凶行に慣れた複数の男たちに、犬の身体は蹴り飛ばされた。

床に叩きつけられたとき、白い髪の青年と、金の髪の若い女性が見えた。二人とも、同じように床に転がっている。辺りは血まみれだ。

一瞬、男性の方がナラドに似て見えて、リィギスはぎょっとなる。だが年齢は、彼よりもずっと若い。

――な、なんだ、これは……なんて残酷な夢なんだ。

そう思いながら、リィギスはぐったりと目を閉じた。その刹那、声なき声が振り絞るように呟いた。

『ユーフェ……ユーフェ……かえせ！　ユーフェ……』

叩きつけられた衝撃で、犬の身体は動かない。

外から赤ん坊の泣き叫ぶ声がした。恐怖と絶望に染まった泣き声だ。夢の出来事なのに心が痛い。

『撤収だ、家全体に火を付けろ。博士の論文をどこにも残すな。異教徒の女も博士と一緒に燃やしてしまえ』

『このガキは被検体として捧げよう』

小屋の外から声が聞こえ、焦げ臭い匂いが辺りに満ちる。

心の痛みにリィギスは目を瞑る。たとえリィギスの頭がひねり出した夢なのだとしても、目の前で起きた惨劇《さんげき》はあまりに残酷だったからだ。

『ロロは……まけない。ロロは、つよい……ロロは……もりの、まもりて……』

声なき声が、振り絞るように叫ぶ。

——え……っ……ロロ……？

夢の中で、思考が混乱しているのだろうか。なぜロロの名前が出てきたのだろう。

『ユーフェは、ロロの、いもうと。まもりての、いもうと！　かえせ！』

力強い誇《ほこ》らかな叫びと同時に、強烈な森の匂いが犬の身体を包み込んだ。

犬の目が細く開く。同時にリィギスの視界も回復した。惨劇の果てに燃え上がる小屋の中、『彼』は再び四本の脚で立ち上がった。

『ユーフェ……ユーフェ、ロロのいもうと、かえせ……！』

声なき声がうめくように呟くのと同時に、リィギスは四本の脚で走り出した。

背後で、急げ、火を消せ、早く先生たちの手当てをしなければ、という声が聞こえたが、振り返らなかった。

犬はどんどん走って行く。森は暗くなり、辺りは何も見えなくなる。やがて真っ暗な中に、座り込んでいる男の姿が見えた。

ぼさぼさの茶色い髪で、顔は見えない。

一人の女が、その男を背後から抱きしめ、寄り添っている。

見知らぬ女だった。黒い髪に白い肌。驚いたことに女の身体は半透明だ。座り込んでいる男には、自分を抱く女の姿が見えていないのかもしれない。

一方、男の方には見覚えがあるような気がした。だが、顔が見えなくて、もう少しで誰なのか分かりそうなのに、分からなかった。

『私はここにいるの。森と共にある』

女の声には、聞き覚えがあった。

リィギスが森のことを思うとき、語りかけてくる女の声だ。

――この声は、僕の想像が生み出した、幻の声のはずだ。

リィギスは、寄り添う二人を見守ったまま立ち尽くす。

森そのものが語りかけてくるような、しんしんと響く声で、女は腕の中の、振り返らない男に告げた。

『私は、森になって、そばにいる』

透けた女の腕は、真っ青に染まっていた。その青は、イナの腕を染め、いつの間にか消えていた青色と……リィギスの瞳と、同じ色だった。


朦朧《もうろう》としていたリィギスは、やがて、明るい朝の光で目覚めた。

——変な夢だった……なぜ、僕が犬……いや、ロロになりきっていたのかな?

そこまで考えて、リィギスははっとなる。

——いや、それどころじゃない、イナ!

慌てて顔を上げると、目の前には、変わらず白い顔のままのイナが横たわっていた。自分の背中には、毛布が掛けられている。おそらく夜中に回診に来たナラドの助手が、起こさずに寝かせておいてくれたのだろう。

リィギスは立ち上がり、イナの顔を覗き込んだ。希望を持てるような変化はない。だが、悪化もしていないと思いたかった。

イナの白い額を撫で、リィギスはため息をつく。

寄りかかっていたせいでずれてしまったイナの毛布をかけ直そうと、リィギスは手を伸ばした。そのとき、イナの足の辺りに薄桃色の花のついた小枝が落ちていることに気づく。その先には、一本のユーフェミアが生けられた花瓶があった。主枝はそこそこ大ぶりで、小枝が何本も分かれて無数の桃色の花を付けている。

『ロロのお土産です』

イナがよくこれと同じ小枝を手に微笑んでいたことを思い出す。ロロが森から拾ってきた枝だろうと思っていたが、未だに森で見かけたことがない……。

そこまで考え、リィギスは手を止めた。

今見た不思議な夢の中に出てきた惨劇の起きた小屋。

あの小屋の周りでそよいでいたのは、この花だった。

手に取った花の枝から、はらはらと小さな花びらがこぼれる。軽く儚い桃色の破片が、イナの長いまつげの上にふわりと舞い降りた。

――……これ、昨日ロロが持ってきてくれたのを、誰かが生けてくれたんだっけ。

ロロもかわいそうだ。大好きなイナに会えなくて、撫でてもらえない。寂しい思いをしているに違いない。

甘く優しい香りが辺りに漂う。リィギスは、イナの顔に落ちた花びらを拾うために手を伸ばした。指先が小さな顔に触れたとき、ふと、イナのまつげがかすかに震えた。

人形のように何の反応も示さなかったイナが、何かに耐えるように眉根を寄せ、ぷいと反対側を向く。

見たものが信じられず、リィギスはしばらく何もできなかった。

「イナ？」

リィギスの呼びかけが聞こえたのか、イナが横を向いたまま弱々しく咳《せ》き込む。苦しげに咳き込んでいるイナの背中を撫でたとき、今度はイナがこちら向きに寝返りを打った。

――自力で……動いた？

「イナ、イナ！」

身体を揺すり、名前を呼ぶと、イナの細い眉がピクリと動いた。側臥位《そくがい》になったイナは突如手を伸ばし、リィギスの腕をぎゅっと摑んだ。

イナの目がゆっくりと開く。紫色になった目元がかすかに痙攣した。

「聞こえるか、イナ」

イナはリィギスの問いに答えるようにかすかに唇を動かした。うつろに左右に揺れていた明るい緑の目が、不意に焦点を結んだ。

苦しげに肩で息を始めたイナの肩を支えたまま、リィギスは枕辺の呼び鈴を思い切り鳴らした。大きな音にびくりとしたように、イナは顔を上げてリィギスを見つめた。

「リ……ギス……様……？」

かすれて別人のような声だったが、イナは間違いなくリィギスの名前を呼んだ。

「何で、私、ここに……祭司長様の、お屋敷では……」

「僕たちの部屋だ。君を迎えに行ったのは覚えているか？」

リィギスの言葉の意味は通じているらしい。それに、自分が祭司長の屋敷にいたことも覚えているようだ。イナが戸惑ったように唇を噛んだとき、部屋の扉が勢いよく叩かれた。

「どうしました、リィギス様！　イナ様は大丈夫ですか！」

ナラドの声にリィギスは立ち上がる。イナは、自分がなぜここにいるのか分からない、と言わんばかりに、唇を噛んだままだった。

❀

イナが目覚めてから二日ほどが過ぎた。ようやく自力で起き上がれるまでに回復した。ナラドや彼の助手が、イナの治療に手を尽くしてくれたからだ。

部屋の中には、ロロが届けてくれたというユーフェミアの花の甘い香りが漂っている。一日一本くらいずつ咥えてきて、衛兵の前に置いていったらしい。きっとロロも、イナが姿を見せなくて心配していたに違いない。

ため息をついて、イナは腕を伸ばした。青い色はほぼ抜けている。

ナラドの調合した解毒薬は効果があったようで、身体の回復はめざましい。水や粥《かゆ》も口にできる。なのに、毒の後遺症なのか、全身の疼痛が治まらない。

「解毒薬は要りません、大丈夫です」

注射を片手にやってきたナラドの助手に、イナは首を振ってみせた。

イナは寝台の中で転がり回り、何とか全身の疼痛をやり過ごしていた。痛み止めは効かない。今回は毒の副作用が強いだけだ。そう自分を励ましているものの、なかなか良くならない。早く元気になってリィギスを安心させたいのに。

「宗教的な理由があるのは分かりますけど……。ナラド先生も寝ずに貴女の飲んだ毒の中和剤を作ってくださったのです。この国には該当する薬が売っていないからって」

助手の言葉に、イナは申し訳ない気持ちでいっぱいになった。

ナラドだってリィギスに指示された仕事がたくさんあって、大変だったはずなのに。

いや、それを言うならイナの様子を高頻度で定期的に見に来てくれる助手の皆もだ。

色々な人がイナを助けるために、申し訳ないくらい奔走してくれている。

「で、でも、本当に、大丈夫だから……う……」

再び痛みの波が来て、イナは歯を食いしばった。

ナラドは、イナの身体に蓄積された毒を完全に除去できるまで治療を続け、その後は毒で傷ついた身体を治していこう、と言ってくれた。

あの毒が、間違って飲んでしまったものならそれでいい。

けれど、そうではないのだ。イナは、リゴウ熱の治療剤を作るために、毒に冒され続けるこの身体でなければならないのだから。

「やっぱり我慢できないくらい痛いんでしょう。ナラド先生もリィギス様も、眠れないほど心配しておいでです。我慢はやめましょう、お薬は怖くありません、眠っている間に投与したお薬も、イナ様にはちゃんと効いているのです」

　イナは身体中に力を入れたまま歯を食いしばり、首を振った。

「そ、そんなに、痛くない……お願い、やめて……」

　頑固すぎるイナの前で、助手が疲れたようにため息をついた。

「これ以上悪化するようなら、リィギス様に貴女を押さえつけるのを手伝っていただきますからね、分かりましたか」

「治り……ます……いつも大丈夫……だから……」

「いつも？　いつも飲んでいるのですか、やっぱり！　イナ様は、ご自分が何を飲んでいるのか分かっていますか？」

　ナラドの診察で長年中毒だったとまで知られてしまっては、ごまかしようがない。

　イナは涙目になり、ぎゅっと目を瞑って丸くなった。

「はい。ですが、いいのです。神事の一環なのです」

　脂汗を指先で拭い、イナはか細い声で答えた。

　ダマンに連絡を取り、解毒されそうだと報告した方がいいのだろうか。

　イナのまぶたの裏に、リゴウ熱で死んだとされる人々の骸の山が浮かんだ。

　――治療剤の製造から、逃げるわけにはいかないもの……。

　実際に、かの病にかかった母を看護したというサナリタも、恐ろしそうに教えてくれた。

『ありえないほどの高熱が下がらず、幻覚を見てずっと震え続けているのです。治療剤がなければ死んでいたでしょう』と。

――私、どうして、急にこんなにひどい中毒症状を起こしたんだろう。

苦しい息の下、イナは考える。そういえば水盤の薬剤の色が、いつもと少し違っていた気がする。薬の濃度が高かったのだろうか。

――聞いても、教えてもらえないわよね。私の仕事は、生産計画に従って薬を製造することだけだもの。

身体中の痛みをごまかそうと、イナは毛布の下でますます丸くなる。

痛み止めが効く症状なら良かったのに。身体中が痛すぎて眠れない。イナは毛布の下で、歯を食いしばった。

この苦しみが緩和されても、また次の製造が待っているのだ。そう思ったら、苦しみ以外の涙が、イナの目の端をこぼれ落ちた。

「……ナ、イナ」

どのくらい眠っていたのだろう。

深刻そうなリィギスの声に呼ばれ、イナはうっすらと目を開けた。

身体が痛い。覚醒と同時に思ったのはそれだけだ。

――全然治らない……どうしよう……。

「大丈夫か、うめいていたけれど」

寝台の傍らにはリィギスが腰を下ろしている。彼の顔もずいぶんやつれ果てて、イナと同じ病人のようだ。

しつこい痛みに困り果てつつも、イナはなるべくリィギスに心配を掛けないよう、ゆっくりと起き上がった。

「大丈夫です、すみません、うたた寝していました」

「……これ、ナラド先生が注射が好きじゃないならって、飲み薬を作ってくれたよ」

リィギスが差し出したのは、小さな瓶だった。

解毒されては駄目なのだ。イナは慌てて首を振る。

昨日まではほとんど抵抗できなくて、一方的に注射されていたが、今朝からはどんな投薬も拒んでいる。

「このお薬は大神殿の教えで飲めないのです。神事に影響があるので……。ありがとうございます、もうお薬は勿体ないので、作らないでください」

リィギスは何も答えない。強い疲れを滲ませる彼の顔からは、ほとんど表情が読み取れない。元が整いすぎた顔の分、無表情だと何を考えているのかよく分からない。怒っているのか、疲れているのか……。

しかし、起き上がっていると疼痛が増した。イナは膝を抱えるようにうずくまり、痛みをこらえる。痛みというのは本当に、じわじわと気力をむしばんでいく。

「リィギス様はもうお休みください。寝台を一人でお借りしてごめんなさい」

黙りこくっていたリィギスは、無表情にイナに言い聞かせた。

「薬を飲んでくれ」

「私は、飲みません！」

リィギスが重苦しいため息をつく。だが、どんなに頼まれても解毒剤は飲めない。

この身体は毒に慣らされている。

自力で動けるまでに回復したのだから、あとは何とかなるはずだ。

イナは頑ななリィギスに申し訳なく思いつつ、顔を背けようとした。

「リィギス様も早くお休みになってください。私は大丈夫ですか……」

そのとき、言いかけたイナの唇が、リィギスの唇に塞がれた。

得体の知れない味の液体が口の中に流れ込んでくる。

あの薬を口移しで飲まされたのだ、と気づく。

振りほどこうにも、頭の後ろを押さえつけられていて動けない。リィギスの舌がイナの歯の間に差し込まれて、口を閉じて防ぐこともできなかった。

思い切り噛んだらリィギスが怪我をしてしまう。抗えないまま、イナは流し込まれた薬を飲み込んだ。

——どうしよう……吐き出さなくちゃ……。

だがリィギスの唇は離れない。必死で胸を突き放そうとしても、乱暴なくらいの力で頭を固定されていて振りほどけないのだ。

「ん……う……」

イナは懸命にリィギスの胸を叩いた。何の効果もない。どうしようもないと気づいたイナの目尻から、涙がぼろぼろとこぼれ落ちた。

——だめ、この薬……飲んじゃ駄目なのに……。

リィギスに唇を奪われ、乱暴に押さえつけられたまま、イナは泣いた。泣きじゃくるイナの様子に気づいたのか、ようやく顔を離し、形の良い唇を拭った。

「毎回こうやって飲ませてあげる」

「どうして！　嫌って言ったのに！」

無理やり薬を飲まされたことが悲しくて、イナは強い口調で言い返す。

「私には大事な神事があるから、薬は飲めないと言ったのに！」

イナの背後には、骸の山が積み重なっている。イナが治療剤を作らなかったら死んでしまう人たち。それだけではない。製造者になれと薬を飲まされ、そのまま死んでしまった子供たちも、腕を青く染めて死んでいった代々の製造者たちも……。

一人だけ逃げるなんて許さない。

目だけを見開いた骸たちが、イナにそう囁きかけてくる気がした。

「神事は、絶対……優先で……私の命より大事なんです」

「君の命より大事な神事なんてない」

リィギスの声も冷たく強ばり、余裕が感じられなかった。どうしようもないほど心配を掛けてしまったことは痛いくらい分かる。

――でも……リィギス様は、私が毒を飲まねばならない理由をご存じないから、そんな風に言ってくださるんだわ。私が毒を飲むのをやめたら、リゴウ熱の治療剤もなくなるって知ったら？　それでも、そんな風におっしゃってくれる？　……多分、言わないよね？

考えるだけで、再び嗚咽が込み上げてきた。

リィギスの口から『国のために死んでくれ』と言われるのだけは嫌だ。そんなことになったら、きっと、心まで死んでしまう……。

「いいえ、神事の方が大事です」

そう言って、イナは顔を覆った。これ以上余計なことを言わせないでほしい。治療剤を作りながら、一日でも長くリィギスのそばにいることが最善の選択なのだから。

「……どうして……僕を……て……」

リィギスが、小さな小さな、聞こえないほどの声で呟く。

顔を覆っていたイナは、リィギスの口調に違和感を覚えて手を離し、ゆっくりとリィギスを見上げる。

リィギスは、抜け殻のような顔でイナを見つめていた。宝石のような青い目に、ぱきんと亀裂が入ったように見えてイナは息を呑む。

――リィギス……様……？

「……よ」

リィギスが再び、聞こえないくらい小さな声で何かを口にした。

「いいよ、分かった」

優しいリィギスとも思えない冷たい声音に、イナは動けなくなる。

「イナの好きにしていいよ」

そう言って、リィギスは作り物のように真っ青な目をわずかに細めた。

「そういえば、イナ」

薄い唇は、イナに飲ませた薬で、ほんのり茶色く汚れていた。形の良い唇をほとんど動かさずに、リィギスが抑揚のない声で続ける。

「君が神事のために飲んでいた薬は、ニルブの実の種から抽出した毒なんだよね？」

異様な雰囲気に息を呑む。確かに、飲まされている毒はそんな名前だった。拳を握りしめたイナを青い目で見据えたまま、彼ははっきりと言った。

「君があの毒で死んだら、僕も飲むよ。ニルブの毒はナラド先生が君の薬を作るために大量に取り寄せた。それをくすねてきて、持ち歩いているんだ」

いつもイナが渡される遮光瓶とそっくりな瓶を、リィギスが懐から取り出した。

「成人男子の致死量は、この瓶の十分の一。一気に飲めば、すぐに君の後を追える」

リィギスの声が、イナが渡した手紙を読み上げるときのような明るさを帯びた。楽しげに目を細めて、彼は茶色の小瓶を振ってみせる。

「な……なにを……駄目……」

「一緒に死ねれば何の問題もないね。同じ死に方なら、イナと同じ苦しさも味わえる。僕は君のいない世界で一人にならずに済む」

「駄目、それ……本当に危ない……駄目……」

イナは痛む身体を叱咤《しった》して、寝台の上で中腰になり、リィギスが握る瓶を取り上げようと手を伸ばす。

「駄目、お願い、それで遊ばないで」

「遊んでいるのは君の方だろう、何が神事だ？　僕の大事な身体を勝手に傷つけて」

「違います、遊んでない、本当に大事な神事なんです……あぁ……っ……」

瓶を取り上げようとした腕を軽々とねじり上げられ、イナは寝台の上にあっさり組み伏せられた。

リィギスは片腕しか使っていない。もう片方の手はあの瓶を持ったままだ。どうして同じ薬を飲むなんて言うのだろう……イナの目から、再び涙があふれ出す。

「泣かなくていい。大丈夫だ、そんなに行きたければ神事とやらに行けばいい。僕はすぐに後を追うから安心してくれ」

「リィギス様には、王太子様のお仕事があるでしょう！」

悲鳴のようなイナの声を、リィギスが笑って遮った。

「どんな責務も、僕が死ねばそこで終わりだ」

知的で明瞭なリィギスの声が、得体の知れない空虚な響きを帯びる。青い瞳に走った亀裂が、ますます大きくなったように見えた。

「僕は、イナがいない世界では生きていけない」

リィギスがゆっくりとイナにのし掛かりながら、優しく笑う。

「イナが僕に幸せを教えてくれた。そのおかげで、僕は君なしで生きられなくなった。イナがいなくなったら、僕の命も終わりにする」

リィギスがそう言って、笑ったまま、はっきりと言った。

「僕は、この国に生きる一つ一つの尊い命を見捨てて、君と共に死ぬことを選んだんだ。そんな人間には、もう、王太子の資格なんてない」

リィギスの整いすぎた顔が、少しずつ近づいてくる。黄金の髪がはらりとこぼれて、星のように輝いた。青い目が冴え冴えとした光を宿して、イナの怯えた顔を映す。

「リィギス様が、おっしゃっていることは、変です」

イナは震える声で抵抗した。

「そうだね……そうか、変か……あははっ」

リィギスが弾けるように笑い出す。

心から楽しそうな笑い声に、イナの震えが止まらなくなった。怖いほど長い間一人で笑い続けたリィギスが、不意に笑いを収める。

「……この国で王太子として認められるために、僕も僕なりにもがき苦しんできたんだ。

だけど、イナが死んでしまうなら一緒に死ぬよ。これまでの努力なんか惜しくもなんともない。ガシュトラ王国の民だって見捨てて、君とあの世に行く。……どうして僕は、こんな男になってしまったんだろう？　もう、王太子失格だね」

ニルブの毒瓶を枕元に置いたリィギスが、空いた手でイナの顔を愛おしげに撫でた。

「……神事って何？　その身体は僕のものなのに、どうして勝手に毒なんて飲んだの？」

震えを治められないまま、イナは必死で考えた。

好きな人にだけは『国のために命を捧げろ』と言われたくなかったのだ。だからこそ、イナは本当のことをリィギスには言えなかった。

――い、今から……本当のことを申し上げたら……自分も毒を飲むなんていう恐ろしい発言を撤回してくださるかしら……。

いや、おそらくは何もかもが手遅れだ。

リィギスの『イナが死んだら、僕も毒を飲む』という決意は揺るぎそうもない。イナが死ねば、リィギスも後を追ってくる。たとえリィギスの口から『国のために死んでくれ』と命じられたとしても、だ。

「神事の説明は……私には難しくて……ん、く……」

再びイナの唇が塞がれる。大きな手で腰の辺りを撫でられたときに、身体の痛みが消えていることに気づいた。また痛み出すかもしれないが、ナラドが作ってくれた薬はとても良く効いているのだ。

「じゃあいいよ、神事の説明は祭司長に聞く。薬は、僕が毎晩飲ませてあげる」

唇を離したリィギスが、蕩けるように優しい声で言った。

イナの服の裾からリィギスの手が滑り込んで、はかされていた靴下や下着をゆっくりと剝ぎ取った。

「イナは僕だけの女の子だよね？　他の人間になんか、二度と触らせない。一人で大神殿に行かせたからあんなことになったんだ。僕が愚かだった」

淡々とした口調とは裏腹に、下肢の素肌に触れる指は執拗で熱い。

リィギスはニルブの毒瓶を懐にしまい、寝台に投げ出されていたイナの薬を拾って、掌に取った。

「この解毒薬は粘膜から吸収されるそうだ。今日の分は、さっき飲んだ量じゃ全然足りないから……」

リィギスはようやくイナの手首を押さえつける手を離した。両膝でイナの寝間着の裾を押さえつけたまま、掌に解毒薬をとくとくと注ぐ。

それを二本の指に塗りたくり、リィギスは膝をずらして、いきなりイナの片足を持ち上げた。何も穿いていない、恥ずかしい場所が丸出しにされる。

「い、いやぁ、いや！　何をなさるの、リィギ……あぁ……っ！」

片足を身体につくほど屈曲させられ、逃れることもできない。晒された和毛の奥が夜気に晒され、冷やされて収縮する。

「上からも下からも、毎晩僕がちゃんと薬をあげるからね」

リィギスの青い目に炯々《けいけい》とした光が宿る。

逃げようとジタバタしていたイナは、動きを止めた。

リィギスがとてつもなく怒っていることが分かったからだ。人格を失うほどの怒りに駆られると、人は怒鳴らないし、激しないのかもしれない。

「リ……リィギス……様……？」

「裾を自分で持って」

イナは小刻みに震えながら、操られるように寝間着の裾を握る。

「もっとまくってくれないか？」

「や、やだ……恥ずかしい……」

涙を滲ませたイナの脚を押さえつけたまま、リィギスは濡れた裂け目に視線を据える。

「可愛いね」

言いながら、薬で濡れた指先で、蜜裂をつるりと撫でる。

イナは服の裾をまくり上げたままびくりと身体を波打たせた。

「君は僕よりも神事が大事なのかもしれない。だけど、僕は本当にイナが好きなんだ。イナのためなら、命も誇りも全部捨てられる」

「ん、あ……っ……」

揃えた二本の指が、閉じた蜜路にずぶずぶと沈んでいく。

「あ、あぁ……何で、指……」

「中まで全部可愛い、こんなに音を立てて絡みついて吸い付いて……ほら、もっと薬を呑んでくれ、イナ」

日に日に巧みになっていく指先が、イナの反応を引き出すように、いやらしい音を立てて膣内をかき回した。

「ひぅっ……やん、やぁ……っ……」

弄ばれるごとに、イナの奥から熱い雫がにじみ出してくる。

きっと弄られている場所は、はしたなく濡れて、リィギスの指を食んでいるに違いない。浅ましいくらい感じているさまを、すべてリィギスの目で見られているなんて。

「や、やぁ……もういや見ないで、お願い、見ないでぇ……」

「ほら、イナ、もっとちゃんと僕の指をしゃぶって。薬を全部吸い取るんだ」

「ほんとに、やだぁ、あぁんっ」

お腹側のざらざらした場所を中から執拗にこすられ、目の前に火花が散る。

イナは快感から逃れようと、曲げられていない方の、投げ出した右足で敷布を蹴った。

「だめぇ、やめて、あぁ、あぁぁっ」

ぐちゅぐちゅと音を立てて抜き差しされながら、イナは強く首を振った。

「薬、駄目っ、あ……駄目……は、う……」

「何が駄目なの？　こんなに上手にしゃぶっているのに……僕の指を」

長い指が根元まで沈み、ますます激しくイナの中を蹂躙《じゅうりん》する。

「中がうねってる。吸い込まれそうだ」

「やめて……お願い、抜いて……抜いて……あぁぁ……」

「君が僕の指をしゃぶり尽くすまで抜かないよ。毎晩こうやって呑ませてあげる。イナには早く元気になってほしいからね」

ぬるついた粘膜が、リィギスの指に絡みつき、泣きたくなるほど恥ずかしい音を立てる。

「抜いてって……言ったのに……っ……」

泣いているのか甘えているのか分からない、気の抜けた声が出る。

淫らに開いた両脚を震わせ、指を抜いてと懇願するイナを見下ろし、リィギスが低い声で言った。

「僕を置いていくのは許さない」

「あ、リ、リィギス……さま……あぅっ……」

快感に立ち上がった小さな粒を親指で押しつぶされ、濁った雫があふれ出す。

「絶対に許さない。僕を裏切って死んだりしたら、死の世界の果てまで追いかける」

イナの目から、快楽によるものではない涙があふれ出した。

——どうし……よう……。

どうして、リィギスは一緒に死ぬなどと言うのだろう。イナは死ぬために育てられた。

それで良かったのに。

「まだ薬が足りないかな」

リィギスは、脚を押さえつける手を放し、解毒薬の瓶を手に取って、指をくわえ込んだままのイナの秘部にしたたらせた。

「外側にも塗ってあげるね。こんな風に赤くなって、びしょ濡れになってる可愛いところ全部に」

親指が花芽を執拗にこする。薬を擦り込まれているのだと分かったが、蕩かされた身体にはまともに力が入らない。

「あ、ああ……あぁ……ん……っ……」

イナはリィギスの指を食い締めながら、むなしく敷布を蹴った。もう彼を突き放す気力もない。身体中汗だくで、おかしくなりそうだった。

「薬、薬は……駄目なの……あ！」

「まだ言うのか。いいよ、どんなに抗っても、僕が薬を飲ませるから」

ひときわ強い力で花芽を潰された刹那、イナの下腹部が激しく波打った。

「い……っ……」

蜜窟がリィギスの指を強く締め上げながら痙攣する。

こんな風に指で果てさせられるとは思わなかった。息が熱くて何も考えられない。唇を噛んだイナの中から、ようやくリィギスの指が抜け落ちた。

同時に、熱い蜜がどぷりとあふれ出して、伝い落ちていく。

リィギスは、指を汚したまま身を乗り出し、激しく息を乱すイナの顔を覗き込んだ。

「勝手に天国になんか行かせないよ」

「あ……」

何も言えなくなって、イナは歯を食いしばった。

「僕のこと、嫌いになった？」

薄く笑うリィギスに、イナは何も言えずに、かすかに首を振った。

薬を作らなければ皆が死んでしまうのに。イナだけが製造者の運命から逃げるなんて許されないのに。リィギスに蹂躙《じゅうりん》されても、イナの身体は喜びに乱れるだけだった。

ずっとリィギスと愛し合っていたい。そう思うと同時に、心の一部にいびつな安心感を覚える。

イナも、リィギスと同じだ。使命よりリィギスの方が大事で、他のものは後回しになりつつある。

それがイナの偽らざる本音なのだ。

いっそこのまま、激怒したリィギスが何もかも引きずり出してくれないだろうか。大神殿が隠してきた治療剤の秘密も、全部、白日の下に晒されてしまえばいい。

そして、すべてを明らかにしたリィギスが、イナには薬を作らせないと宣言してくれればいいのに……。もしそうなったら、何も知らずに平和に暮らしている人々は、一体どんな反応を示すのだろう。

イナを殺してでも薬を作れと、リィギスに怒りをぶつけるのだろうか。

——ああ、私は……なんて愚かなの。リィギス様が、民を見捨てるようなことをおっしゃるはずはないのに。

あられもない姿のまま、イナはぎゅっと目を瞑った。大人しくなったイナの態度に満足したのか、リィギスがイナの肌と同じくらい火照った唇を額に押しつけてきた。

「今日はもうお休み。また明日の朝、薬をあげるからね」

優しい艶やかな声は、いつものリィギスと同じだ。だが、その声は、紛れもなく歪みを帯びていた。

明るい朝の光が、分厚い窓覆いの布越しに差し込んでくる。閉め切った部屋の中には、寝台の軋む音だけが響いていた。

和毛に繰り返しぶちまけられた解毒薬が、リィギスの肉槍でイナの中に押し込まれ、ぐちゅぐちゅと攪拌《かくはん》される。

犯されているわけではない。

リィギスに『イナの一番奥に薬を入れてあげるね』と囁かれて、抗わなかっただけだ。何をされるのかは言われなくても分かったし、それでいいと思った。

寝間着を着たまま、下着だけを脱がされ、イナはリィギスの首筋にすがりついていた。接合部から生々しい咀嚼《そしゃく》音が絶えることはない。

「い、いや、……私、また、私……あぁ……」

目が覚めてからずっと繰り返し抱かれ続けている。

下着を穿くことは許されず、繰り返し奥を貫かれて、もう身体中どろどろだ。

病み上がりの身体が、興奮で燃え上がるほど熱い。イナは、咥え込んだ長大なものを食い締めながら、無意識に腰を揺らした。

「苦しい？」

一瞬だけ我に返ったようにリィギスが尋ねてくる。

イナは、きっぱり首を振った。

「あ……平気……ん……っ……」

濡れそぼって汚れた秘部が擦り合わされるたび、びくびくと膣襞が脈打つ。

何度も何度も絶頂を味わわされて、もう汗だくだ。でも、リィギスの身体に組み敷かれたら、嫌とは言えなかった。

「僕がもっともっと君を愛して、神事なんてどうでもよくなるようにしないといけなかったんだ。ごめんね。解毒薬は、僕が責任を持って飲ませてあげないと……」

「も、もう薬は、いらな……、あぁ……っ」

火照ったイナの中を、リィギスの肉槍がわざとらしくゆっくりとかき回した。

下腹部の収縮感に襲われて、イナは痩せた足をリィギスの腰に絡める。抑えがたい絶頂の波が、イナを呑み込もうとすぐそこまで迫っている。

「あぁ、あ……またいっちゃう、また、ひい……っ」

のたうつイナの身体を組み敷き、ぐぷぐぷと淫らな音を立て、激しく突き上げながら、リィギスが優しい声で言った。

「こんなに子種まみれの身体では、大神殿には行けないね」

これまで注ぎ込んだ白濁の存在を強調するように、リィギスが、雄の欲と蜜がしたたる場所を指ですくい上げる。しなやかな指先から、とろりとした雫がこぼれた。

「ほら、僕たち二人ともこんなにぐしょぐしょだ。僕は気持ちいいよ。君もだよね、イナ」

イナは涙と涎に濡れた顔で、繰り返し頷いた。

「はい、私……私も、ああ、ん……っ……」

「こんないやらしい身体の女の子には、神事なんてできないね」

毒の昏睡から目覚めて以降、リィギスが少しずつおかしくなっているのは分かっている。

彼の言うとおり、イナはリィギスを一人残して、治療剤作りに殉《じゅん》じるつもりだった。そのせいで、彼はイナを抱き潰してもやまないほどの怒りを抱え込んでしまったのだ。執拗に粘膜に解毒剤を擦り込み、口移しに飲ませながら、リィギスは嘆き、怒っていた。

——だから、私は……。

どうすればいいのだろう。それ以上考えられない。

身体の奥を貫く悦楽が、イナから思考を奪い去って返してくれない。

びくびくと隘路を痙攣させるイナの唇に、リィギスが口づけた。解毒薬の味がする。

リィギスは舌先でイナの唇を舐め、おいしいと呟いた。

「ああ、感じているんだね、可愛い。ここをこんなに硬くして……」

劣情の雫で汚れた指先で、リィギスがイナの乳房の先端をまさぐった。中に咥え込まされた熱塊は未だに硬く反り返ったままだ。

まだこの甘く苦しい罰の時間は終わらないのだ。リィギスの果てなき性に狂わされ、イナの吐息も不慣れな欲望に曇り始める。

「これ、私への……お仕置き……？」

かすれた声で呟いたイナの言葉を、リィギスが、華やかな彼らしい声で肯定した。

「そうだよ。神事より僕を選ぶまでやめない。今日の夜も、明日の朝も、こうやって薬を飲ませてあげるからね」

愛しい男の声がイナの敏感な場所を震わせる。

再び高まる深部の疼きに、イナの膝頭がくたりと開いた。

「分かり……ました……」

口づけられ、イナは目を閉じる。

リィギスの顔は笑っているが、イナの目には、彼が泣いているように見えて仕方がなかった。

このまま気を失うまで抱かれ続けよう。そう思いながら、イナはリィギスの塩辛い唇を舐め返した。

第八章

イナに『薬をあげる』朝の時間を終え、リィギスは身支度を整えて私室を出た。

――僕が見ていないところで、イナが危ない目に遭わないようにしなければ。

今日からは、ナラドにも彼の助手にも部屋に入るなと命令しよう。

誰も信用できない。

イナが勝手に連れ出されて、また神事に参加したら困る。絶対に閉じ込めておかなくてはならない。もう二度と自分のそばから離しては駄目だ。

解毒薬は、昼間にイナのところに戻って、自分で飲ませればいい。イナはどこにも行かせない。誰にも渡さない。閉じ込めておかなかったから危ない目に遭ったのだ。彼女がいなかったら、自分も生きていけない。イナを、どこにも行かせない……。

頭がぼんやりして、歪んだ考えばかりが次々に浮かぶ。過剰な性愛のせいで、何もかもがすり切れ、ぼろぼろに朽ちていくのが分かる。

まずは大神殿に、イナがなぜこんな状況になったのかを確認しなければ。リィギスは、陛下に向かおうとした。

「おはようございます、ちょっとつまめるものを用意いたしました。さ、どうぞ」

不意に男の声がして、食べ物の匂いが漂ってきた。

「昨日から何も召し上がっていないと聞きましたぞ」

「……バルシャか」

リィギスはのろのろと振り返った。彼の顔を見るのが久しぶりに思える。

怒りに任せてイナを犯したのは昨夜が初めてだったのに、とても遠くに来てしまったように感じた。

「昨日の昼から何も召し上がっておられませんね」

穏やかに言いながら、バルシャが片手に持った盆を差し出す。その上には、茶色い薄焼きパンで肉を巻いたものが載っていた。お茶も添えてある。

「要らない、食べたくない」

首を振ったリィギスの前で、盆を持ったままバルシャが微笑んだ。

「召し上がらないと頭が回りませんぞ」

「いや、いい。もう行く」

リィギスは冷たく言って、バルシャに背を向けた。

これまでのリィギスなら『バルシャも忙しい中気を遣ってくれたんだ、立ったまま食べてしまおう』と思っただろう。けれど、今はただうっとうしいと思うだけだ。そんな自分にうっすら嫌悪感を覚える。

「まあ、仕方がないです、ええ」

唐突にバルシャが言う。妙に慈愛に満ちた口調に違和感を覚え、リィギスは振り返った。

「何が仕方ないんだ？」

「童貞を捨てたばかりの時期は、可愛い恋人のことしか考えられません。飯も喉を通らず何もかもが上の空。男とはそういうものです」

自信に満ちた口調で言われ、リィギスは絶句した。

「……な、何を……捨て……えっ？」

冷や水をぶっかけられたような気持ちになり、リィギスは立ちすくむ。

こんなにあられもない言葉を面と向かって吐かれたことがなかったからだ。彼は何を言っているのか。

「最初は誰もが童貞なのです。王太子殿下でも同じこと……というわけで」

呆然としているリィギスに、バルシャがにっこりと笑いかけた。

「どうぞ、立ったままで申し訳ありませんが、これを食べてお力を付けてください」

「あ、あ、ありがとう」

話の内容が衝撃的すぎて、遙か空まで吹っ飛ばされた気分だ。

リィギスは呆然としたまま、反射的にバルシャの作ってくれた軽食を口に入れた。

——あ、旨い……。

忙しすぎるリィギスにバルシャが作ってくれるいつもの一品だ。しばらく噛んでいるうちに、ぼんやりした頭がはっきりしてくる。

「イナ様がご無事でようございました」

バルシャの言葉に、リィギスの目頭がかすかに熱くなる。

彼の言うとおりだ。地獄の果てまで追いかけるほど惚れた相手が、生きていてくれて良かったのに、自分は違うことにこだわっている。そのことにも思い至った。

「お花も宝石も、これから山ほど贈って差し上げられますな」

「これから、贈る……？　イナに……？」

「さようでございますとも。まだまだイナ様とお過ごしになる未来はございます。生きておいでで良かった。命があれば何とかなる。イナ様のことは、これからまた皆で大切にお守りいたしましょう。そのためにはリィギス様が強く元気でいなければ」

リィギスは、何も言わずに視線を逸らした。

――でも、イナは僕を置いて死のうとしたんだ、僕をこの世界に一人残して。

駄々っ子のような自分が、悲鳴を上げて苦悶にのたうつ。軽食を手に持ったまま、リィギスは小さな震える声で答えた。

「僕は……頭がどうにかなりそうなくらい悔しいんだ。あの薬を、イナが自分の意志で飲んでいたって聞いて……。僕がどんなに大事にしてきたつもりでも、イナには、全然通じていなかったのかなって……」

どうしてバルシャにこんな話をしているのだろう。感情の乱れを抑えようと歯を食いしばったリィギスに、バルシャが明るい声で言った。

「それはもう、仕方ないのでは。イナ様は、幼い頃から神事は絶対と教え込まれておいでてでしょうからね。毒を飲めと言われたら、飲まざるをえない事情があったのでしょう。リィギス様を裏切りたかったわけではないのでは？」

リィギスは、ぼんやりとバルシャの言葉を咀嚼する。

――僕を裏切りたかったわけでは……ない……？

確かにそうかもしれない。イナは〝神事が大事だ〟と言い張っているだけだ。リィギスを置いていっても構わないだなんて、つゆほども思っていないのかもしれない。

「ガシュトラ大神殿の教えは、そういうもの。幼子にさえいびつな思想を叩き込み、他のことを考えられないように育てるのです」

「……イナもきっと、そうやって育ったんだろうな」

二人で逢うようになってからも、イナはしばらく、たどたどしい会話しかできなかったし、字もまともに書けなかった。彼女がいびつな育てられ方をしたのは分かっている。

「しかし、誰が何を助言してくれようが、やっぱりおなごが可愛くて何も考えられない。男というのは、所詮《しょせん》そんなもの……皆同じですぞ、リィギス様。それでよろしい」

妙に自信に満ちたバルシャの言葉が、ほんの少しだけおかしかった。

彼は何があっても己を貫く変わり者だが、悩み事ばかりのリィギスを沼から引っ張り上げてくれる。ここに来たばかりの頃もそうだった。

『十五歳までは、王子様であろうと皆子供！　大人の言うことを聞きなさい』と謎の持論を振りかざし、どこに逃げても追ってきた。足が異様に速くて、いつも逃げられなかったことを思い出す。

けれど、この変わり者に世話を焼かれて、孤独なリィギスは嬉しかったのだ。

懐かしく思いながら、もう一つ皿の上のパンを手に取る。

思えば、どれだけまともに飲み食いせずに過ごしていたのだろう。

同時に、バルシャに感謝した。呪いの青と呼ばれたリィギスを恐れず、昔からのんびりと世話を焼いてくれるのは彼くらいだ。

バルシャの言うとおり、イナは生きている。身体に血が巡るのと同時に、ほんのわずかに、希望の光のようなものが見えた気がした。

「ありがとう、おいしいよ」

「まだまだ、午後からは国際港に関する会議が控えておりますぞ。戦うならば食って笑ってから。腹ぺこで戦に挑んだら、勝てる勝負もほぼ負けます」

確かにそのとおりだ。咀嚼するごとに、だんだん頭が明晰《めいせき》になってくる。

これまでの人生で、理性と思考だけがリィギスの友だった。

その友は、長年連れ添った分とても頑固で、何度かなぐり捨てても、リィギスの心にしっかりと戻ってくるのだ。こんなものさえなかったらと、何度そう思っても。

――馬鹿なことを考えず、イナをちゃんとナラド先生に診せなくては。

心のどこかで『イナは誰にも触らせない』と悲鳴が上がる。

リィギスは、かろうじて取り戻した理性でその声をねじ伏せた。

――本当に、馬鹿だ。イナを犯し続けて、薬だけ飲ませて、まともな治療もさせずに閉じ込めるなんて虐待だ。まだ毒も完全に抜けていない弱った身体なのに。

だが、そこまで考えて、リィギスは軽食を食べる手を止めた。

熾火《おきび》のような狂気が、かろうじて取り戻された理性に勢いよく燃え移る。

イナはどこにも行かせない、誰にも触らせない。失うくらいなら、一緒に死ぬ。

悲鳴のような己の本音にリィギスは歯を食いしばった。

狂気の声に身を任せれば、イナを苦しめ続けてしまうのに。

……本当は、イナには笑ってほしいんだ。楽しく、幸せに暮らしてほしい。

リィギスは、何をなげうってもいいくらい、イナが好きだ。ロロを撫でながら上げる可愛い笑い声も、傍らで寝息を立てている様子も、何もかもが心から愛おしい。

彼女がそばにいるだけで、いつも心から癒やされていたのに……。

――なのになぜ、僕に黙って危険な目に遭っていたんだ。イナは分かっていないんだ、僕にとって君がどれほど大事か。……なぜ分かってくれない？　何が足りなかった？　君を安全な場所に閉じ込めておかなかった僕が間違っていたのか？

理性を圧し、何もかも燃えてしまえとわめく狂気が再び顔を覗かせる。

――神事より、僕を選んでくれ。どうか、神事より僕を……いや、そうではない。イナが二度と大神殿に行かなくて済むよう、交渉を纏めるのが先……。

まだ頭がクラクラする。バルシャの言うとおりだ。しっかりと食わねば、自分とすらまともに戦えない。

そのとき、通用門の方から、足早に衛兵の一人が駆けつけてくるのが見えた。

「護衛隊長、大神殿から王太子宮の食客を引き取ってくれと連絡があったのですが」

当惑しきった表情に、リィギスは思わずバルシャと顔を見合わせた。

「食客とは誰のことでしょうか？」

バルシャの問いに、衛兵は困惑顔のまま答えた。

「あの、疫病対策室の室長殿が、どうしても祭司長に聞きたいことがあると、頑《がん》として通用門の前をどかないそうで」

——ナラド先生が……なぜ？

首をかしげたとき、バルシャの表情に違和感を覚えた。彼がなぜか、哀しそうな表情を浮かべていたからだ。

「どうした、バルシャ」

驚いて尋ねたリィギスに、バルシャは尋常でなく沈み込んだ顔のまま答えた。

「俺は、先生をお迎えに上がります。リィギス様……あの……ナラド先生は……俺たちの村のものがついた嘘のせいで……いえ……とにかくお迎えを」

口ごもりながら、バルシャが視線をさまよわせる。常に言いたいことをはっきり言うバルシャらしくない。

いぶかしげなリィギスに、バルシャは深々と頭を下げた。

「では俺は先生をお迎えに、失礼」

「待て、僕も行く」

何だか妙に気になる。逃げるように駆け去ろうとするバルシャを、リィギスは慌てて追いかけようとした。刹那、ぐらりと目が回った。

歪んだ視界が突如真っ暗に変わる。目をこらすと、そこには夜の森が広がっていた。

圧倒的な緑の匂いが漂ってくる。その匂いはひどく陰鬱で、リィギスの知る禁域の森の空気より、遥かに重くよどんでいる。

ぐにゃぐにゃうねる光景の中で、二人の男女が寄り添っていた。

――……なぜ、幻覚まで見えるようになったんだ？　幻聴は成長すれば治ると、アスカーナの医者が言っていたのに、今までよりも悪化していないか……？

リィギスの胸を、冷たい汗が伝い落ちた。

黒い髪の女は、背後から、うずくまる男を抱きしめていた。女の華奢な腕も、涙に濡れた顔も、半透明だ。向こう側が透けて見える。

『私は、森になって、そばにいる』

――なんだ、これは……！

女の声に、リィギスの困惑が頂点に達する。溜まりに溜まった疲労がこんな幻覚を見せるのだろうか。頭を強く振ると、まぶしい光が世界を引き裂いた。

身体中に嫌な汗をかいている。リィギスは肩で息をしながら、顔を伝う汗を拭った。

バルシャの後を追い、リィギスは大神殿の通用門前にたどり着いた。

地面に男性がうずくまっていた。杖がすぐそばに落ちている。ナラドだ。

門番はナラドを助けようともせず、それぞれの持ち場に佇んでいる。

異様な光景に、通りすがりの人々が怯えたように視線を投げかける。だが、ナラドを助けようとした通行人に、門番は『触るな』と一喝《いっかつ》した。

足の悪い彼を助け起こしもせず、何をしているのだろう。

リィギスは怒りを覚え、バルシャと共に急いでナラドに駆け寄った。

「先生、どうなさったのです！」

リィギスを一喝しようとした門番が、見覚えのある『呪いの青』の目に気づいたのか、慌てたように後ずさる。

「あ……ああ、申し訳ない、騒ぎを起こしてしまって……」

彼の顔はおびただしい涙で濡れていた。ナラドは、リィギスの手をそっと振り払い、杖にすがって門番のところに歩み寄っていこうとする。

事故の後遺症で長く歩けない彼は、足取りが危うかった。

バルシャとリィギスはほぼ同時に手を伸ばし、両方から彼の腕を摑んで引き留めた。

「何をなさっているのですか、一度戻りましょう」

ナラドは王太子宮の職員だ。大神殿で騒ぎを起こされても困る。心の中でそう考えつつ、リィギスはできるだけ優しく言った。様子もおかしいし放っておけるものではない。

「なぜ、ユーフェにあんな真似をしたのか、大神殿のものから聞き出さなくては。なぜニルブの毒をあのように投与して……〝あの製法〟を続けているのであれば、神に背く所業だ」

リィギスの言葉に答えず、ナラドは独りごつ。彼の灰色の目は、大神殿の門の奥を睨んでいる。

——ニルブの毒を投与……それに、あの製法とは……？

イナの話かと思ったが、ナラドが口にした名前は違う。ユーフェとは誰なのだろう。

「先生、何をおっしゃっているのですか」

ナラドは振り絞るような声で呟いた。

「私のユーフェミアは、まだ一歳だったのです」

事情は分からないが、悲しみに胸を突き刺されるような声だった。言葉を失ったリィギスを見つめ、ナラドがかすれた声で続ける。

「あの子は父の顔など覚えていない。親の私が命に代えても捜してやらねば。そう思って、アスカーナでの教職を辞して、ガシュトラに戻って参ったのです」

再びナラドの目から涙が溢れた。

——娘……？

リィギスの脳裏に、ナラドの机の上に置かれていた小さな絵が浮かんだ。

金の髪の女性が抱いていた小さな赤ん坊。掌くらいの大きさの絵は不鮮明で、顔立ちまではっきり分からなかったが、やはりあの子は、ナラドの娘だったのだろうか。

「失礼、立ち入ったことを伺うが、お嬢様になにかあったのですか？」

ナラドが、視線をリィギスに移す。探るようなまなざしに、リィギスは当惑を覚えた。まるでリィギスが『隠し事』をしているのではないかと言わんばかりの視線だった。口をつぐんだリィギスに、ナラドが我に返ったように、静かに謝罪の言葉を告げた。

「申し訳ありません、リィギス様。わけの分からないことを申し上げて。何も確証がないことで恐縮ですが、私は、このガシュトラの王都で、生き別れの娘を……おそらく、見つけたのです……ですが……ああ……」

ナラドが激したように両手で顔を覆う。肩を震わせるナラドを、リィギスは何も言えずに見守った。

戸惑いながらも、リィギスはナラドを落ち着かせようと、できるだけ静かに声を掛ける。

「お話は王太子宮に戻って伺います。お嬢様の件、僕にできることがあれば協力しますから。少し休憩しませんか、ナラド先生」

ナラドを気遣いつつ促したリィギスは、妙な気配に気づいて、反対の肩を支えているバルシャに視線をやった。

目が真っ赤だ。流れる涙を手の甲で拭っている。

初めてバルシャの涙を見た。リィギスは、驚きと共に問いかけた。

「どうしたんだ、バルシャ、君まで泣いたりして」

バルシャは涙を流したまま、ナラドの背に手を回した。

「ナラド先生、全部、村の人間が悪かったんです。俺の祖父が言い出したこととはいえ、あのような嘘は間違っていた。皆、先生の気持ちを分かっていなかったんだ」

ナラドは足を止め、震える手で目元を拭い、ようやくしっかりしてきた口調で言った。

「……いや、バルシャ殿。君たちは正しかった。大神殿に奪われた子供は取り返せない。取り戻しに行けば私の命が危ない。だから、身体の自由を失った私に『襲撃の後、妻もユーフェミアも助からなかった』と伝えた。それで良かったんだよ」

——襲撃……？

その言葉を聞いた途端、リィギスの脳裏におかしな夢の記憶が蘇る。

——夢の中で、僕の視点が、犬のものになっていて……。

犬になったリィギスの目の前で、ナラドに似た青年と、その妻とおぼしき女性が血の海に倒れていた。彼らのいた小屋には、最後に火が放たれた。外から聞こえてきた赤ん坊の泣き声を追って、犬は立ち上がり、走り出して……。

——そういえば、あの犬は、自分をロロと……かえせ、ユーフェ……と……。いや、あれは僕の頭が作り出した、ただの夢だ。僕は、何も〝見て〟いない……。

リィギスの脳裏に、覇気のない父王の姿が浮かぶ。ガシュトラの王は〝過去や未来、本来見えないものを見る力〟を持つと言われるが、リィギスはそんな世迷い言は一切信じていない。自分にそんな力があるとも決して思わない。

この世界に神はいない。強いて言うなら、科学がこれからの人類の神だ。代々のガシュトラ王が継ぐという得体の知れない力など、絶対にリィギスには受け継がれていない。

――あの夢は、僕の妄想だ。先生の話と共通点があるのも偶然に決まっている！

歯を食いしばるリィギスの前で、バルシャが口を開いた。その声に我に返ったリィギスは、慌てて顔を上げた。

「だからといって……自分が老いたから、死ぬ前に本当のことを言っておきたいなんて。我がじじいながら最悪です。親父とお袋とばあさんの目を盗んで、先生に謝罪の手紙を送っていたなんて」

バルシャの言葉に、ナラドがきっぱりと首を横に振る。

「いや、バルシャ殿、それもまた天の采配《さいはい》だった。個人的に進めていた研究も、ちょうど区切りが付いたところだったのだから」

――個人的に進めていた研究？　何の話だろう？

話の核が見えないまま、リィギスが詳細な事情を尋ねようとしたときだった。

不意に、背後から声が掛かる。

「あれ、帰るの？　怒鳴り込んできた人が居るって聞いて、久しぶりにわくわくしながら出てきたのに……皆、まだまだ話し足りないんじゃないの？」

門のところに立っていたのは、祭司長ダマンだった。貼り付けたような薄笑いが気に障る。相変わらず表情の読めない不気味な男だ。警戒心を漲《みなぎ》らせるリィギスをよそに、ダマンは明るい声で続ける。

「リィギス殿下も、お帰りになりますか。寵姫様に、大神殿の人間が毒を飲ませ続けた理由を知りたくはないと。……まあ、別に構いませんが」

絶句していたリィギスが支えているナラドの身体が震え出した。

リィギスは、ナラドの身体から伝わってきた激しい怒りに、目を瞠《みは》る。

――ナラド先生、どうなさったんだ、一体……。

「博士もですよ。ようやく見つけた大事な娘が、毒で身体をめちゃくちゃにされていて、死の危機に瀕《ひん》している。だから大神殿に苦情を言いに来たのでしょう？」

薄く笑っていたダマンの口調が、突如がらりと変わった。リィギスの全身に鳥肌が立つ。

「二人とも、どのくらい悲しかったの？　僕より悲しいのかな？」

この場にそぐわない問いに、警戒心が極限にまで高まる。

ダマンは何を言っているのだろう。怒りや侮蔑よりも先に、不気味さと恐怖感だけが募っていく。ナラドを支えたまま、リィギスはダマンの表情を必死でうかがう。

「皆、こっちにおいでよ。もう少し話をしよう。僕は昔から、君たち人間の『悲しみ』の話を聞くのが大好きなんだよ」

異様な力に溢れた緑の目に見据えられ、リィギスは息を呑む。祭司長は普段から快活で若々しく、得体の知れない男だった。

　だが今の彼の存在感は何かが違う。

　気を許したら、頭から食われて骨も残らないのではないか。

　心の片隅でそう感じながら、リィギスは口を開いた。

「僕は思わせぶりな会話は苦手だな」

「へえ、殿下は相変わらず気がお強いことだ。僕だったら、父親に『自分の息子が国を滅ぼす』なんて言われたら、二度と故郷には戻ってこないかもしれない。君は、父親に存在すらも拒絶されて悲しくなかったの？」

　心の底から不思議そうな声音が不気味だ。物静かな笑みを浮かべた顔の中で、爛々と輝く緑の目だけが、別人のもののように浮いて見える。

「いいや、僕は神も呪いも信じない。父は若くして王位を継ぎ、精神的に追い詰められて、誤った発言をしたのだろう。そのことで父を責める気はない」

「立派だね、さすがはアスカーナ王の薫陶《くんとう》を受けただけはある」

　ダマンは笑いながら顎をしゃくり、低い声で告げた。

「どうぞ。今日は特別に、僕の部屋に案内してあげよう」

　ダマンが言い終わらないうちに、ナラドから離れたバルシャが、リィギスの前に立ちはだかる。リィギスを庇うように片手を伸ばして、低い声で言った。

「お下がりください、リィギス様」

警戒心を剝き出しにしたバルシャの様子に、ダマンが苦笑する。

「大丈夫だよ、護衛隊長殿。僕にはリィギス殿下を捻り潰すような腕力なんてない。剣を持った君が本気で飛びかかってきたら敵わないよ」

「……嘘をつけ」

バルシャが唸るように言い返す。こんなに警戒心も露わな彼の声を聞くのは初めてだ。

リィギスは息を吞み、口をつぐんだままダマンの挙動をうかがった。

肩をすくめたダマンは、会話に飽きたようにリィギスたちに背を向ける。

歩き出した彼は、一度振り返って吐き捨てるように言った。

「来ないの？　まあ、どっちでもいいけど。後で訪ねてきても、もう相手してあげないよ」

躊躇した後、リィギスはバルシャの手を下げさせて言った。

「僕は祭司長と話をしてくる。君たちは戻っていい」

「俺は一緒に参ります、あのお方は危険だ」

即答したバルシャに続いて、杖にすがったナラドも頷いた。

「私もお供させてください、リィギス様」


ダマンに案内された部屋は、一度屋敷を抜け、長い回廊で繫がれた、離れのような建物だった。離れの庭の大半は、広がった禁域の森に繋がり、森の一部と化している。

辺り一面に、桃色の美しい花が咲き乱れていた。

——これは、ユーフェミアの……花……？

イナの好きな、ロロのお土産の花だ。いつの間にか王太子宮に届けられていた花束を思い出し、リィギスは言葉を失う。

この花が、ダマンの暮らしている離れに咲き乱れているなんて。

ナラドは、食い入るように桃色の花を見つめている。

ダマンはつまらなそうに言った。

「珍しい？　ユーフェミアは旧教徒の村の周辺には自生しているだろう？　改良したら低地でも咲くようになったんだ。普通は高山地域にしか咲かないけどね」

ダマンの説明を、リィギスは意外に思った。彼がわざわざ改良までしてこの花をここに植えた理由は何なのだろう。

そのとき、短い犬の吼え声が聞こえた。聞き慣れた声にリィギスは足を止める。

「……ロロ？」

ユーフェミアの木の陰から飛び出してきたのは、ロロだった。口にユーフェミアの枝を咥え、ぶんぶん尻尾を振っている。

背中に目を走らせると、白い渦模様が見える。やはり間違いなくロロだ。

ロロはダマンの周囲をぐるぐる回り、枝を咥えたままナラドに歩み寄った。

嬉しそうに尻尾を振り、枝を咥えてナラドを見上げている。ナラドは杖をついていない方の手を伸ばし、その枝を受け取った。

「ロ……ロロ……本当にロロなのか……？　なぜ、君がここに？　生きていたら、ずいぶんなおじいさんだろう、君は」

言いながら、ナラドがロロの頭を繰り返し撫でる。ロロは尻尾を振りながら、撫でてもらっている頭をナラドの手にこすりつけた。

「その犬は、森の精気を取り込んで長命化した個体だよ。珍しく迷い込んできたから、観察ついでにここで寝起きさせている。……長生きの獣は、昔は大陸部にもたくさんいた。ガシュタン半島では、今もそう珍しくないって聞いたけど」

そう言って、ダマンは建物の中に入っていく。

――バルシャが話してくれたな。故郷の森には百歳の鹿がいたって。もちろん本当に百年も生きてはいないだろうけど、突出して長命な獣は実在するのかもしれない。もしかして、ロロもその仲間なのか？

不思議な気持ちでロロの背中の渦巻きを見つめつつ、リィギスはナラドを支え、ダマンの後に続いて離れに入った。ロロは嬉しそうにふさふさの尾を振って、ナラドの顔を見上げながら付いてくる。イナと歩いているときの仕草にそっくりだ。

ダマンの部屋に入ると、まず無数の遮光硝子の瓶が目に付いた。使い方の分からない器具も大量に並んでいる。硝子瓶は密封されて整然と並び、壁の装飾のように見えた。

「ナラド博士って、君だよね？」

杖を手にしたナラドを一瞥し、ダマンが、壁の書架から分厚い書類の束を取り出した。

「十六年前は、リゴウ熱の病原を報告してくれてありがとう。この論文かな……内容はだいたい合っていたよ。だから大神殿の上層部は、君を殺そうとしたんじゃないかな。この調査結果が表に出たら、大神殿の存続が危うくなるからね」

ダマンの口調は傍観者そのものだ。

他人事のような口調にリィギスの違和感が増す。

ガシュトラ大神殿は多数の神職者によって運営される組織だ。しかし祭司長ダマンの許可がなければ、大きな決定はしないはず。

ダマンの突き放したような口調は、大神殿の計画、判断、すべてに関わっている男のものとは思えなかった。

「僕は何百年も前から、大神殿の幹部が決めたことに対しては全部賛成しているんだ。子供を使って人体実験をしたいと報告されたときも、敵性分子を殺害したいと言われたときも、『責任は取るから好きにしろ』って答えてきた」

——何百年……？　何を言っているんだ、祭司長は……。

ダマンは冊子を卓の上にドサリと放り出し、冷たい声音で付け加える。

「僕が責任を取ってあげると言うだけで、人間はどんどん残酷なことを考える。だけど、僕は君たちを止めない。君たちの選択を見届けると決めているからね」

そう言って、突然ダマンが衣装の胸を開き、引き締まった胸板を晒した。指さした肌には、二つの星形の焼き印が押されていた。

大陸にも、ガシュトラの禁域にも残る、古代人の残した星の文様だ。星の中には様々な模様が描き込まれており、同じ文様が複数の時代にまたがって発見されることはない。

歴史学者は、星の文様は、時代を特定するための大きな手がかりだという。その星が、ダマンの心臓の上辺りに、くっきりと残されている。

「見たことある？　まあ、世界中の墓石に似たようなものが遺されているから、見たことある人も居るんじゃないかな。この左の文様は僕の名前。これでダマンと読むんだよ」

ダマンは次に右の星を指して、からかうように尋ねてきた。

「これはなんて読むか分かる？　リゴウって読むんだ。聞いたことのある名前だろう」

ダマンは一体何の芝居を始めたのかと、リィギスは必死で様子をうかがう。

――こんな……思わせぶりな言葉に耳を貸すのは……時間の無駄だ。

そう思うのに、頭の中でがんがんと警鐘が鳴り響く。この男にすべて喋らせろ、と直感がリィギスに警告する。

「僕、ザグド人なんだよ。生まれたのは八百年くらい前。大陸部で起きた迫害を逃れて、生き延びた仲間たちと、疫病の大地と呼ばれていたこの半島に逃げてきたのが、五百年くらい前かな……？　驚かないで。ザグド人からすれば二千年くらい生きるのは当たり前なんだ。むしろ人間の方が怖い。……人間って、虫みたいにすぐ死ぬからね」

言い終えたダマンに見据えられ、リィギスの背筋に悪寒が走った。

「見たことあるはずだ、悪神リゴウを善なる神が討ち滅ぼした宗教画を。悪しき女神は、剣とか槍とか矢とか、色々なもので串刺しにされているだろう。僕たちザグド人はみんな、ああやって殺されたんだ。人間よりも力が強いから。肉体が頑強だから。未来や過去を透視する力を持つから。だから確実に殺せるように、百人がかりで襲いかかってきた」

何も言えないリィギスの表情が面白いのか、ダマンは笑顔を絶やさずに続ける。

「僕らがどれほど融和を申し出て、人間の暮らしを助けても、最後には裏切られた。人間と違う力を持っていた僕たちは化け物だからね。ザグド人は滅多に子を産まない、簡単に絶滅させられる。そう言って何の容赦もなく襲ってきた」

ダマンが指先で、胸のあたりに刻まれた星の印をなぞる。

「僕の仲間もみんな、そうやって殺されてしまったんだ」

衣装をはだけたまま、ダマンがリィギスに歩み寄り、じっと顔を覗き込んできた。

「だけど、僕だけ生かされた。ザグドの中で一番弱くて、扱いやすかった僕だけ生かしておいて、生体標本として地下牢に閉じ込めたんだ。僕が持っていたザグド人の知恵を、すべて搾り取る目的もあったのかもね」

緑の瞳は、まったく動かずに、リィギスの青い瞳を見つめている。

「だけど、老いずに死なない〝化け物〟って、人間にとっては怖いみたいだね。時が経つにつれ、皆、僕にひれ伏すようになった。化け物の僕に教えを請い、僕に判断を委ね、どうか正しき神の道をお示しくださいと跪《ひざまず》くようになったんだよ。僕は何もしていない、ただ、何をしても僕が責任を取ってあげると答え続けただけだ。人々の思想を統制するためにガシュトラに新しい偽の神を祀る大神殿を作りたいと言われたときも、快く〝統治のための助言〟を約束した」

ダマンのまなざしの不気味さに、リィギスは歯を食いしばる。

「もう一つ教えてあげる。ガシュトラ王家の人間は、疫病の女神、悪神とおとしめられたザグドの巫女、リゴウの子孫なんだ。国王に継がれる尊い予知の力も、彼女から奪ったものさ。人間は、ザグドの知恵を与えた僕らを裏切った。山を下りてはいけないと警告し続けた僕たちを裏切ったんだ。ザグド人はただ、この森の片隅で生きることを許してほしいと願っただけなのに」

気づけば、頭をわしづかみにされたかのように動けない。リィギスはひたすら、ダマンの語る異常な『物語』に聞き入っていた。

「〝人間が異能の血を得たら、疫病の大地でも生き抜く力が手に入る〟……男たちはそう言って、リゴウの手足の腱《けん》を切り、代わる代わる孕むまで犯した。何の罪もない彼女を蹂躙し尽くして、生まれた子の中で、最も異能の力が強い子を王にしたんだ」

この男の妄言に呑まれてはいけない。そう思いながら、リィギスは眉間にしわを刻み、短く言い捨てた。

「話としては面白いが、それは幻想譚《たん》として、書にでも纏めたらどうだろうか」

だが、リィギスの皮肉を無視してダマンは続けた。

「そして、ガシュトラの歴代の王は、リゴウから奪った巫覡《ふげき》の力で未来を見て、この大地には絶望しかないことを知る。なぜ自分たちが疫病に打ち勝てないのかを理解するからだ。ザグド人は何度も警告した。平野部を去り山岳地帯に逃げなければ、ガシュタン半島では生きていけないって。それを聞かずにザグド人を踏みにじったのは、君たちだよ」

リィギスの脳裏に父の無気力な目が蘇る。

――そんな力、存在しない……。馬鹿らしい、耳を貸すな、リィギス……。

「数千年前、海底にあったこの平野部は、巨大な地下水源の全体が病原体に冒されているんだ。病原体は二十年に一度、示し合わせたように活動最盛期を迎える。宿主として適合する人間の体内で爆発的に増殖し、宿主を殺してなお、更に増殖しようとする。大禊の年は、ただでさえ手に負えないリゴウ熱が、最悪の殺し屋に変貌するときだ」

ダマンが言葉を切ったとき、ナラドが身じろぎした。気分が優れないのかと尋ねようとしたとき、ダマンが笑みを浮かべてナラドに尋ねた。

「ねえナラド博士。この世界には、ガシュトラ半島の平野部と同じように、古代の病原体に暴露している場所があるんだろう？　そういう地域は、君たちの医療技術を以てしても、病原体を根絶できず、居住禁止区域として管理されているんだよね」

「……ええ。他の地域で確認されている風土病は、リゴウ熱とはやや性質の違う病ですが、いずれも同じく、悪性の感冒に区分されています。そのような地域は、大陸の島嶼《とうしょ》部や海岸地域に偏在しています」

色の失せた顔色で、ナラドが頷く。再び唇を開く。

足そうに喉を鳴らし、再び唇を開く。

「リゴウ熱は、博打のようなものなんだ。病原体に負ける身体でなければ、リゴウ熱に罹患しない可能性も充分にある。製造方法が限られているとはいえ、治療剤もあるしね。だから君たちのご先祖は『自分はリゴウ熱では死なない』方に賭けて、山に逃げずにここに王国を作った。ザグド人から奪った知恵も力もあるからさ」

「私のほうからも伺わせてください、祭司長殿。貴方たちは、ニルブの毒を服用させた人間に、薬を作らせているのですか」

ナラドが低い声で尋ねた。薄笑いを浮かべたままのダマンに、ナラドが怒りに震える声で続けろ。

「もしそうであれば、人道に悖る行いです。あの製法を堂々と実践しているなんて、一体、何百年前の話だ……。ニルブの毒を使った悪性感冒の治療剤の製造は、とうに大陸部では禁止されている。見つかり次第、命じた人間は重い処罰を受けるのです。たとえ王族や高位の宗教者であってもだ！」

だが、ナラドの厳しい弾劾の声も、ダマンにはまるで通じた様子がない。

「ガシュトラは、大陸連合に加盟していないだろう。だから、かつてザグド人が作ってくれた薬を、今でも真似して作っているだけさ。……確かに博士の言うとおり残酷かもしれない、人間はニルブの毒ですぐ死ぬからね。リゴウ熱の治療剤は、本来、肉体の頑強なザグドの民にしか作れない薬なんだから」

疫学を専攻し、世界的な学者として名を馳せたナラドには、ダマンの言葉の意味がすべて理解できたのだろう。青ざめた顔には、強い非難の色が浮かんでいる。

「何を……馬鹿なことを……！」

「正義のお医者様は、何度殺されても蘇るのかな。だからそうやって、ガシュトラ大神殿に喧嘩を売りにきたの？」

不意に、ダマンの声が嘲笑に歪んだ。

唇を嚙みしめるナラドの顔を、瞬き一つしない緑の目で覗き込み、ダマンは優しくすら聞こえる声で言った。

「今、その治療剤を命がけで作ってくれているのが、殿下の恋人。博士の命より大事なユーフェミア嬢だ。もちろん、ニルブの毒で身体を壊している彼女はもうすぐ死ぬ」

リィギスの心臓が、嫌な音を立てて鳴り出す。

――治療剤を作っているのが、イナ……？　どういうことだ、イナが博士のお嬢さんの、ユーフェミア、なのか……？

神事のために毒を飲まねばと、意地になって治療を拒むイナの姿が思い出された。

――イナが、毒を飲まされていたのは、リゴウ熱の治療剤を作るためなのか。

理解し始めたと同時に、足が震え出す。

——どうして……あんなに非力で優しいイナが……何をした……！

怒りでも、これほどまでに身体が震えるのだと、今日初めて知った。

無垢そのものだったイナが、なぜそんな目に遭わされるのか。

イナと出会ったとき、彼女は裸足で、小さな足は傷だらけだった。靴を履かせてあげたら喜んで無邪気に笑ってくれて……。

人とまともに喋ることもできない彼女が、ひどく気の毒だった。

あの扱いですら未だに許せないのに、リィギスの知らないところでイナがもっと手ひどく、取り返しが付かないほどに踏みにじられていたなんて。

——ふざけ……るな……！

リィギスの愛しい宝は、毒に冒されて死んでいかねばならないほどの罪なんて、一度も犯していないはずだ。

再会したとき、小さな靴を脱いで『ずっと大事にしていたけど、呪われなかった』と見せてくれた仕草が再び思い出された。

多分リィギスは、あの瞬間から、彼女を守りたいと思っていたのだ。それなのに。

「被検体番号五は従順だよ。『私が薬を作らなければ、皆が死ぬことは分かっています』だって。健気だね。大半の人間からは、感謝すらされずに死んでいくのに」

立ち尽くすリィギスを見据えて、ダマンは言った。

「この前、治療剤の製造担当官が言ったんだ。今年は大禊の年だし、治療剤の備蓄を増やすために、高濃度の原薬を製造しておきたいってね。僕はいつものとおり、君がいいと思うならそうしたら、と答えた。製造する治療剤の濃度を無理に上げれば、被検体番号五が死ぬ可能性は高かったけれどね」

「被検体番号五、というのはイナのことだな」

喉が苦しくて、うまく声が出なかった。唇を震わせるリィギスの問いに、ダマンは笑いを収めてはっきりと答えた。

「そうだよ。あの子は四歳の頃から毒を飲んで、内臓を変質させている。今はイナだけが、ニルブの毒を飲んで、身体から治療剤になる成分を絞り出せるんだ。二十歳過ぎまで生きられたら御の字だって教えたけれど、最後まで頑張って治療剤を作ると言ってるよ」

リィギスの掌に、爪が食い込んだ。

彼女は、この国の犠牲になることだけを教えられて生きてきた。だからリィギスが半狂乱になって責めなじっても、解毒薬は飲まないとしか言わなかったのだ。

――ごめん、イナ……僕はなんてことを。君の苦しみを、知らなくて……。

足に力が入らず、そのまま崩れ落ちそうだった。

「ここに並んでいる瓶は、歴代製造者の亡骸から採取した血液を、特殊な薬剤で保存処理したものだ。治療剤の製造者が死に絶えたときは、これらの『遺産』を使って間に合わせの治療剤を少量作れる。どう？　全部君たち人間が、勝手に作った仕組みだ。少なくともこの瓶の百倍以上の数の子供が、治療剤のために殺されているんだよ」

ダマンは開いた胸襟をたぐり、衣装の乱れを直してリィギスに歩み寄った。

リィギスは、顔を上げてダマンと見つめ合う。

「……なぜ、この話を、今僕にしたんだ？」

「さあ、何でだろう。そろそろガシュトラが限界だからかな？　博士、君はこの国から逃げ出した後も研究をやめなかったんだろう？　リゴウ熱の治療剤を持ち帰って分析し、ありとあらゆる証拠を集めて大陸連合に渡したはずだ。ガシュトラ王国は未だに人道に悖る行いを続けている、大陸連合の介入が必要だって。……侵攻の口実をくれてやったんだよね？」

ナラドは何も答えない。ダマンはその様子に納得したように、大きく息をついた。

「父の愛ってすごいな。博士はそんなにガシュトラ大神殿が憎かったんだ。大概は、殺されかけた人って、怯えて何もしなくなるようだけど」

ダマンの言葉が終わると同時に、再び、目の前がぐらりと揺れた。

リィギスは額を押さえる。

目を開けると、辺りは真っ暗だった。

——落ち着け、目眩のせいで視界がはっきりしないだけだ。

だが、突如現れた闇の中、ダマンだけは変わらず、リィギスの目の前で薄笑いを浮かべて佇んでいた。彼に視線を向けたリィギスは次の瞬間、驚愕に身をすくませた。

ダマンの腕に、半透明の女がすがりついていたからだ。

乱れた黒い髪に金色の目。ダマンを抱きしめる腕は、呪いの青に染まっていた。

——誰だ……いつの間に……？

女の異様な姿に、リィギスは息を呑む。半透明の女の背中にはおびただしい数の剣が突き刺さり、纏っている衣装が真っ赤な血に染まっていたからだ。

これは、生きている人間ではない。リィギスの二の腕がぶわりと粟立つ。

『処刑される日、私は、ダマンに何かしたらこの国を呪ってやると叫びました』

聞き覚えのある、低く柔らかな女の声。幻の森を思い浮かべるとき、いつもリィギスに語りかけてきたあの『幻聴』の声だ。

金色の目が、ゆっくりとリィギスを見つめる。動けないリィギスをぼんやりと見つめたまま、彼女は静かな口調で続けた。

『ザグド人は必要以上に恐れられていた。だから呪いの言葉を残して死んだ私は、悪の神、疫病の神と呼ばれるようになった。疫病の薬を作って渡していた私が、なぜ……。けれどもう、何と呼ばれても構わない。私はただ、ダマンに生きていてほしかった』

女の言葉が終わると同時に、金色の目からつうっと涙が伝い落ちた。

お前は誰だ、と問いたいのに、声が出ない。息がひどく苦しい。

肩で息をし始めたリィギスの様子に、ダマンが不審げな表情を浮かべた。

「どうしたの」

ダマンの声と共に、闇も女の姿もかき消える。

――いつもの幻覚だ、落ち着け……。見えないはずのものが見えるなんてありえない。

リィギスは歯を食いしばり、力を振り絞って答えた。

「君の話はよく分かった。大変面白く拝聴させていただいた。どうもありがとう」

「いえいえ、どういたしまして」

せせら笑うダマンに背を向け、リィギスはゆっくりと部屋を出る。

無言で様子を見守っていたバルシャが、ナラドの肩を抱いてあとを付いてきた。

足早に大神殿の敷地を抜け、王宮の正門をくぐった辺りで、不意にナラドがリィギスを呼び止めた。

「リィギス様、先ほど祭司長が言っていたことは、本当です」

ゆっくりと振り返ったリィギスに、ナラドが爛々と輝く目で告げた。

「私は、大陸連合の本部に、ガシュトラ王国の非人道的行為に関する証拠品を提出しております。私が半年以内に連絡を取らねば、本部勤めの知人がその証拠を開封し、議長に届け出てくれる手はずになっています」

ナラドは言葉を切り、涙で赤く腫れた目元に、再び涙を滲ませる。

「本当は、私の手で大神殿に復讐したかった。ですがそんな力は、もうこの身体にはありません。ですので、もっと力のある者に、私に代わって制裁を加えてもらいます。疫病の対処方法を助言しただけで、なぜ罪のない妻まで巻き込まれて死なねばならなかったのか。私は、この国が好きでした。愛する妻を育んでくれた、美しい森の王国だと……」

声を震わせたナラドは、手の甲で涙を拭って続けた。

「大陸連合がガシュトラに侵攻したら、おそらくこの国の治安は悪化する。大陸連合は、大陸諸国の同意形成機関ですが、その意思は統一されていない。どの国もガシュタン半島を欲しいと言い、制圧権の取り合いになるでしょう。下手をすれば、大陸連合の決定を無視して乗り込んでくる国だって現れかねない。……ガシュタン半島のあちこちに、世界各国が進出し睨み合う、政情不安定な軍事拠点が設けられるでしょう」

ナラドの言うとおりだ。

大陸連合が『ガシュトラを制圧するべきだ』と判断を下した場合、ここにやってくる支配者は選べない。どの国が大陸連合の争議を制し、ガシュトラに乗り込んでくるのか分からないのだ。下手をすれば、別の国が牽制のために軍隊を派遣して来かねない。

ガシュトラで暮らす人々の平穏など、大国間のいがみ合いのもとに簡単に踏みにじられるに違いない。

おいしい肉を奪い合う巨大な肉食獣たちの姿が、リィギスの脳裏に浮かぶ。

……それならば、アスカーナ一国に統治を委ねる方がまだましだ。

大陸連合でも筆頭格の国力を誇るアスカーナなら、ガシュトラ国民と大陸諸国、いずれの言い分にも耳を貸しつつ、うまくおいしいところをつまんでいくに違いない。

アスカーナ王家は、過去にフェレナ王女をガシュトラ王に嫁がせていて、他国を表向き納得させるだけの政略的な土壌作りも済んでいる。

もちろん、いずれの国がここにやってきても、ガシュトラという国は、この世から消滅する。

だが、アスカーナに統治権を委譲すれば、人々の暮らしだけはまだ守られるだろう。祖父や伯父は、住民を適度に富ませ、争わずに利潤を回収する手腕に長けている。

『アスカーナの中興の祖』と称えられる祖父、そして祖父に生き写しと囁かれる伯父の老獪さは、彼らに育てられたリィギスが一番よく知っている。

生きたまま血しぶきを上げ、むさぼり食われるか、美しく丁寧に料理され、上品に食べ尽くされるか。

ナラドの言葉は、ガシュトラ王国の殺し方を選べと迫られたも同様の問いだった。

——アスカーナに国を売り渡すことも一国の王太子として最善の選択肢ではない。分かっているが……今、それ以上にましな選択肢は、ない……。

汗を滲ませるリィギスに、ナラドが静かな声で告げた。

「私は、大神殿さえ制裁を受ければなんでもいい。制裁の手段はリィギス様がお選びください。ガシュトラ大神殿を誅《ちゅう》するとお約束いただけるならば、あの証拠品は取り下げます」

立ち尽くすリィギスに、ナラドはかすかに微笑みかけた。

「王太子宮の誰もが、ユーフェミアは……いえ、イナ様は貴方に大切にされ、毎日とても幸せそうだと教えてくれました。リィギス様はよその娘になど目もくれず、イナ様だけを誠実に愛しておられると。……それに、死にかけたイナ様を運んでこられた貴方のご様子は、あの子に地獄の苦しみを強いた施政者のものではなかった。リィギス様が大神殿の所業をご存じなかったのならば、許します。貴方に最後の選択を委ねるのは、あの子の味方でいてくださったことへのお礼です」

❀

――もう夕方……。ずいぶん、寝ていたみたい。身体も、全然痛くない……私の身体の中の毒は、今どうなっているのかな。

イナは、一回り痩せた身体を確かめながら、のろのろと身を清め終えた。

――そういえば、さっきナラド先生のお弟子さんに、血を抜かれたわ。リィギス様、私を閉じ込めるのは、おやめになったのかな、それなら、良かった……。

そう思いつつ、濡れた肌を撫でまわす。

治療剤の製造の後遺症による疼痛は、ほとんど残っていないようだ。

代わりに、胸にもお腹にも唇で吸われた紫の痕がたくさん散っている。すべてリィギスに刻まれた情事の名残だ。

明け方の激しい交わりを思い出した刹那、脚の間から、散々に注がれた欲の名残がしたたり落ちてきた。

「あ……」

中を滑り落ちる粘液質な感触に、イナの秘部がぴくりと震えた。

リィギスに教え込まれた快感は、ふとした場面でイナの身体に鮮やかに蘇る。

今だって、白濁の残滓《ざんし》を吐き出した蜜口は、行為の余韻にぴくぴくと蠢いている。

意識がすり切れかけてもなお、昂りでイナの身体を貫き続けたリィギス。淫らな記憶に

イナの身体が燃え上がる。

リィギスの言うとおり、イナはもう、神事のことを考えられない身体になってしまったのかもしれない。

これまで繰り返し叩き込まれた教えが、すぐには浮かんでこない。

――私はリゴウ熱の治療剤の製造をやめられない。命をかけて、薬を作る。

まるで、人の書いた本を読み上げるように、イナはいつもの言葉を繰り返す。

心の隅に『私はリィギス様に捕まったの。外に出られないから仕方がないの』と呟く自分がいることが、とてつもなく怖かった。

――リィギス様も薬の製造もどちらも大事で、選べない……。

心で呟いたとき、心の隅のもう一人のイナが、『嘘つき』と囁きかけてきた。

イナは身体を拭きながら唇を噛む。そう、嘘つきだ。イナの本音は一つしかない。

――違う。私はリィギス様が何よりも大事。リィギス様のそばを離れたくない。

自分は愚か者だとつくづく思った。大切なものは、人々の命ではなく、リィギス一人だ

なんて。

　ぼろぼろと涙がこぼれる。

　イナの後ろには、たくさんの骸が積み上がっていて、彼らのためにも自分の責務は裏切れないのだ。分かっていても、イナは日々愚かになっていく。幸福を知って愚かになった。今流している涙だって、リィギスを思う自分勝手な涙だ。

　やはり、恋をするべきではなかった。自分の意思など持つべきではなかった。

　リィギスが薄笑いを浮かべて取り出したニルブの毒のことを思い出す。もしものことがあれば、リィギスはあの薬を飲んで、自分の後を追ってくるのだろう。絶対にそんなことをさせては駄目なのに。

　――お願い、飲まないでリィギス様。その毒は危険なの、苦しいの。絶対に駄目……！

　ぎゅっと閉じた目から、更なる涙があふれ出した。

　――私が責務を捨てて、リィギス様を選べばいい。そうすればリィギス様は、もうあんな悲しいことはおっしゃらない。毒を飲むなんて愚かな考えは改めてくださるわ。製造者の仕事から逃げた咎は、私だけのものにすればいい……。

　足を震わせながら強くそう思ったとき、浴室の外に人の気配を感じた。

　はっとなったイナは、一糸纏わぬ姿で振り返る。侍女が何か届けに来たのだろうか。

「どなた？」

「僕だ」

返ってきたのは、リィギスの声だった。いつもなら嬉しいはずなのに、お帰りなさいの言葉さえ出てこない。

イナは何も言えないまま、濡れた布を摑んで立ちすくむ。

――どうしよう、リィギス様がお戻りに……。

息もつけぬほど抱かれ続けたことを思い出し、イナの身体はますます強ばっていった。イナを強引に抱いたリィギスは、身体中で泣き噎《むせ》んでいるようだった。毎日幸せそうに笑ってくれたリィギスを、めちゃくちゃに傷つけたのはイナなのだ。

――私は、リィギス様に……幸せに笑って生きていてほしい……。

やはり、どんなに愚かでも、無数の骸に恨まれたとしても、己の責務は裏切ろう。握りしめたイナの拳が罪悪感に震えた。

「疲れているところをごめん、あとで話があるから、少しだけ時間をくれる？」

今までと同じ優しいリィギスの声に、イナはびくりと肩を揺らす。

「は、はい、今伺います」

イナは棚から大きな布を取り、身体に巻き付けて、脱衣所の扉から顔を出した。

「お帰りなさいませ」

いつもと同じような、自然な声が出てほっとする。だがリィギスは、イナの普通の様子に驚いたようだ。

「イナ……あの……」

リィギスの顔には疲労が滲んでいた。

元が怖いほどに美しい分、やつれて凄艶《せいえん》さが増している。

憔悴したリィギスを目にして、改めて自分の愚かさを見せつけられている気がした。

イナは大きな間違いを犯したのだ。自分の苦しみしか見えていなかった。近い将来、彼を一人で置いていく人生なんて、絶対に選んではいけなかった。

「あの……私……」

イナは布が落ちないように手で押さえつつ、周囲を見回す。

積み重なった無数の怨念や、リゴウ熱に対する責任を負うのは自分一人でいい。全部イナの咎だ。

その覚悟で、製造者としての責務を捨て、リィギスとずっと一緒に居ると誓おう。もしもリィギスがリゴウ熱に倒れたら……そのときは、彼を看取って、イナもそのあとを追いかければいい。

——け、決意したんだから、まずは行動で見せなくては……。

イナは寝台の傍らに置かれた解毒薬の瓶を手に取って、一気に飲んだ。無我夢中で顎を反らして残りのひとしずくまで飲み込む。

だが、いつもよりものけぞって必死に飲んだので、手元がおろそかになり、巻いていた布が足元に落ちた。その拍子に、空になった瓶が落ちて転がっていく。

「きゃぁぁっ！」

いきなりリィギスの前で肌を晒してしまい、イナは悲鳴を上げて両腕で身体を隠す。

――どうして私は、こんな大事なときにおかしな失敗をしてしまうの！

首筋まで真っ赤になりながら、イナは慌てて布を拾い上げ、抱きしめて身体を隠した。巻き直す余裕もない。

疲れ切ったリィギスの顔に、唖然とした表情が広がっていく。

――違います、脱ぎたかったわけではないのです、リィギス様……。

急いで、神事には参加しないと誓わなくては。解毒薬も今のように自分で飲むと。リィギスを愛しているから、裏切るようなことはしないと約束をしなければ。

それにしてもリィギスの視線が痛い。イナは焦りに焦って、リィギスの青い目を見つめながら口を開いた。

「あ、あ、あの、私、リィギス様を愛しています」

焦りすぎて、一番言いたいことしか口から出てこなかった。

――違う。もう、いや……！

素っ裸で布を抱いたままのイナは、真っ赤になったまま俯いた。

「だから、ナラド先生のお薬を毎日飲みます、神事には、行きません……」

か細い声で呟いて、イナは涙の溜まった目で瞬きした。こんな話し方では、怒っているリィギスに聞いてもらえたか分からない。

せっかく彼が話を聞いてくれそうだったのに。

恐ろしい沈黙が辺りに満ちる。リィギスの顔が見られない。

「あの……リィギス様を愛しています。貴方に、毒を飲んでほしくありません。だから、神事には行きません……薬も飲む約束を……」

回らない頭で考えても、上手い言葉が出てこない。口調まで昔のようにぎこちなくなってきた。

また、長い沈黙が落ちる。

俯いていたイナは妙な気配を感じ、そろそろと顔を上げた。

リィギスは、長身を揺らし、顔を長い指で隠して、声もなく笑っていた。肩を震わせる彼を、イナは何も言えずに見守る。

「……まったく、君は僕をこれでもかと振り回してくれるね」

「ごめん……なさい……」

しばらく笑っていたリィギスが、しなやかな指で目元を拭う。

「楽しいな」

唐突な言葉に、イナは目を丸くする。

「君は自由で可愛くて、おしとやかに見えるのにちょっぴりお転婆で、一緒に居て本当に楽しい。だから無邪気で何の嘘もない子なんだって信じていた。……どうしてリゴウ熱の治療剤の製造者であることを、一度も話してくれなかったんだ？」

知られてはいけない言葉が、リィギスの口から飛び出してきて、イナは凍り付いた。

「あ、あの、リィギス様、どうして……それ……を……」

なぜ、国王にしか知らせないはずの大神殿の機密事項を、彼が知っているのか。

「本当なんだ、やっぱり」

リィギスが、悲しげに笑った。

かまをかけられたのだと気づき、イナの身体がますます強ばる。

リィギスは腕を伸ばして、湯冷めし始めたイナの身体をそっと抱きしめた。優しい抱擁に、イナの身体が震え出す。

「毎日辛いのに、明るく無邪気にしていてくれたのは、僕のためだったんだな。その方が、僕が喜ぶから。そうなんだろう、イナ」

歯の根が合わないほど震えが強まった。一番知られたくなかったことを知られてしまったのだ。これから何を言われるのだろう。

恐れていた言葉……リゴウ熱の治療剤のためなら、君が犠牲になるのも仕方ない、という残酷な言葉を言われるのか。それとも、一緒に死ぬから許してくれとでも……。

──嫌だ……それだけはどうしても嫌……聞きたくない、リィギス様の声で……。

歯を食いしばったイナの前で、リィギスは薄い唇を開いた。

「苦しませてしまって、ごめんね」

だが、リィギスの口から出たのは、思いもしない言葉だった。

「ずっと一緒に居たのに、君を一人にしてごめん。何も気づかなかった僕は馬鹿だ」

疲労と悲しみの滲む声で、リィギスが静かに言う。

違います、と言おうと口を開けたが、声が出なかった。自分でも驚くほどの涙が、唐突に両目からあふれ出したからだ。

嗚咽をかみ殺すイナを抱きしめたまま、リィギスは続けた。

「許してくれ。イナが苦しむ世界は全部なくなるようにする。だから、これからもずっと、僕だけのそばに居て」

熱い両腕に閉じ込められ、イナは必死に言葉を絞り出そうとした。

「私、本当はリゴウ熱の薬を作らないといけないんです。でも、私……」

震え声のイナの言葉を、リィギスの静かな声が遮る。

「作らなくていい。リゴウ熱の治療剤は、製造中止にする。あとは王家と大神殿の問題だ。イナは何の責任もない。僕たちの面倒を、ただ押しつけられただけなんだから」

リィギスの言葉が、にわかには信じられなかった。

あの薬がなくなったらこの国の皆がどうなるのか、嫌と言うほど叩き込まれた。薬の製造がどれほどの犠牲の上に成り立っているのかも、誰よりも知っている。

——本当は、本当は、駄目なんです……。私だけ、助かるなんて……。

そこまで考えたとき、イナが必死で積み上げてきた『製造者』としての自分が、一気にガラガラと崩れ落ちた。涙が滝のようにあふれ出した。

もういやだったんです。くるしかったんです。どうしていっしょにいられないの、って、ずっとおもっていたんです。

イナの心の底から、絞り出すような声が聞こえた。

「リ……、リ、ィ……」

しゃくり上げながら名前を呼ぼうとしても、それすらできない。こんなに激しく泣くのは、いつ以来だろう。

何もかも投げ出して手放しで泣くのは物心ついて以来のことだ。

――ずっと嫌だった。私が薬を作るのも、これから先、何も知らない子供が作らされるのも全部嫌だった……！

ずっと抱え込んでいた秘密が、奔流のようにイナの自制心を押し流す。

「ちっ……小さい子は、おやつだと渡されて……飲むんです……毒を……！　私も、そうでした、これから、製造者候補になる、子も、きっとおやつをもらえると……」

リィギスは何も言わずに、イナの話を聞いている。形の良い唇を噛みしめ、痛みをこらえるような顔で、頷いてくれた。

イナは涙を拭うのも忘れ、泣きじゃくりながら続けた。

「た、たくさんの人が、困るのは……知っています……でも、本当に、やめてくださるんですね。あの薬を、作るのを……」

この国が哀しい亡骸の山の上に築かれたものだということを、リィギスはとうとう知ってしまったのだ。

治療剤の真実は、知るだけで人を不幸にしてしまう。国王だけが独占的に知らされる理由も、残酷すぎるからなのだろう。

リィギスの心の内を思うと、苦しくてたまらない。

「ああ、やめる」

明瞭なリィギスの答えに、イナは安堵で膝から崩れ落ちそうになった。

もうあんな陰惨なことは行われない。たくさんの子供たちが、何も分からないまま殺されることはなくなるのだ。

「ただし、治療剤の製造をやめさせたら、僕は今よりも国の皆から嫌われる。それでもイナは、僕を見捨てずにいてくれる？」

いつものように、イナは何度も頷く。涙でぐちゃぐちゃになった顔を上げ、イナは泣きすぎてひび割れた声で言った。

「私は、好きだから！」

ひどい声だ。愛の言葉を紡ぐ声じゃない。

そう思いながら、イナは繰り返す。

「私は、リィギス様が大好きだから！」

感情が昂りすぎて、声が裏返った。やはり自分にはしっとりとした美しい恋の表現など無理なのだ。イナは諦めて、リィギスの真っ青な瞳を見つめた。

「ありがとう」

リィギスの美しい顔は、何かがそぎ落とされたかのようにさっぱりしていて、どこか悲しげだった。

突然、背負っていた荷を取り上げられて、身体の軽さに目が回りそうだ。

言葉が出なかった頃の癖で何度も頷きながら、イナは言った。

「私は好きだから！　だから、一緒にいます！」

しわがれかけた声で言うと、イナを抱く腕の力が強くなる。

――製造者の中で、私だけ生き延びて、恨まれて、罰が当たってもいい。リィギス様が笑ってくれるならそれでいい！

これまで感じたことがないほどの、強い決意が湧き上がる。

自分で未来を決められるのだと分かった瞬間、イナの心に生まれたのはたった一つの思いだけだった。

「私が一緒に居ます。絶対リィギス様を一人にしない」

イナは腕の中で背伸びをして、両腕でリィギスの痩せた頬を包み込んだ。身体を隠すために抱いていた布が、パサリと音を立てて床に広がった。

「イナ……」

しゃくり上げながらも、イナは更に背伸びをして、引き寄せたリィギスの唇に自分の唇を押しつけた。

乾いた唇を、リィギスにいつもされるように舐める。だが、リィギスは少し戸惑っているようだ。今朝は、怖くなるくらい激しく執拗にイナを求めてきたのに。

「あ、あ、あの……イナ……」

リィギスの端麗な顔が、イナの小さな掌の中で見る見る真っ赤になっていく。

イナの知っている優しいリィギスの表情が、悲しみにひび割れていた真っ青な双眸に戻ってきていた。

「その格好は、ちょっと僕には刺激が強すぎる、服を着て」

イナは、リィギスの言葉にはっと我に返る。無我夢中で気付かなかったが、今、何も着ていないのだ。抱いていた布は離れた場所に落ちていた。

――でも、いい。構わない。

リィギスの目を見つめたまま、イナはそろそろと引き締まった身体に手を這わせる。

「イっ……イナ……何を……」

いつもの場所は、熱く硬くなっていた。イナは羞恥心をこらえ、言葉を続けた。

「私、リィギス様が大好き。ずっと一緒に居るって決めました。だからもう、毒を飲んで死ぬなんておっしゃらないで。私が貴方をどれくらい好きでいるか、教えるから……」

服の上から優しく擦ると、リィギスがごくりと息を呑む。

「お……っ、女の子が……自分からそんな場所に触れては駄目だ」

遠慮がちな穏やかな声も、イナが愛するリィギスのものだった。

リィギスはどんなときも優しい。こんなに優しい彼に、これからどれほどの苦しみが待っているのだろう。

　──リゴウ熱の治療剤が作られなくなったら、きっと、みんな、リィギス様を悪者だって言うよね。でも、誰に責められても、私は最後までリィギス様を好きでいる。絶対に最後まで守る……。

　リィギスに抱かれるときは、いつも彼の気持ちが伝わってきた。

　大事にしてくれる優しい想いだけではなく、絶対に一人になりたくないという悲しい気持ちも、全部、何もかも。

　だからイナも自分から彼を愛して、自分の気持ちを全部伝えたい。これからもずっと一緒に居るのは、イナの意志だ。

　無知だった初夜は帯を外せず、焦って途中で号泣したが、あの失敗を取り戻そう。イナはリィギスの胸から離れて膝立ちになり、引き締まった腰を留める帯を解き、下衣の前をそろそろと開く。彼は抗わずに、イナのすることを凝視していた。

　下着の中から、昂った彼自身が力強く跳ね出してくる。目の前に現れた長大な肉槍に両手を添え、イナは先端に優しく口づけた。

　──大丈夫、気持ちよくして差し上げられる。リィギス様に教えていただいたから。

　舌先をくびれた場所に這わせ、血管が浮いた茎の部分に、繰り返し口づけをした。リィギスの息が荒くなり、手の中の杭がびくびくと蠢く。

　どんどん熱くなる肉槍にもう一度口づけて、次は、雁首のところに舌を這わせた。滑らかな頭の部分を舐め上げると、リィギスの身体がびくんと揺れた。

「……っ、あ、イナ……っ、待って」

耐えがたいとばかりに、リィギスの大きな手がイナの頭を包み込む。イナは構わずに、くびれた部分を繰り返し舌先で舐めて、優しく接吻した。

掌の中でひくん、ひくん、と上下するリィギスが愛おしくてたまらない。

先端ににじみ出した雫も舐めて、再び、裏側の凸凹《でこぼこ》した部分を繰り返し舌で擦る。

――こんなに逞しいのに、びくびく震えて、可愛い……。

イナの頭に触れるリィギスの手が不自然なほどに強ばった。

「だめだ……もう……イナ……」

苦しげな呟きと共に、イナの両脇がひょいと抱え上げられる。

イナは、脱衣所の壁際に置いてあった低い木箱の上に、立ったままのせられてしまった。

ちょうどリィギスと同じくらいの目の高さになる。

反り返る分身にもう一度手を伸ばし、握りしめた刹那、リィギスが身体を押しつけてきた。どくどくと激しい心臓の音が伝わってきた。

壁とリィギスの長身に挟まれ、イナは肉杭を掌で擦り、不器用に愛撫しながら言った。

「もっと口でしたいです、リィギス様の」

「僕は、君の中に入りたいんだ……っ」

うめくような余裕のない声で、リィギスがイナの片脚を持ち上げる。

剝き出しの下腹部に、熱く反り返ったリィギスの杭が触れた。

イナの身体に、じっとりと汗が滲む。肌に触れる肉杭は、イナの肌を焼くほどの熱を帯びていて、リィギスの感じている欲情の強さをはっきりと伝えてくる。

「あ……あの……っ」

戸惑いに身体中が熱くなる。自分の大胆な振る舞いも忘れ、イナは肌を桃色に染めて身じろぎした。

「こんなことをされたら我慢できないよ。ここで続きをしていいか？」

秘裂に昂りをこすりつけられ、花唇が疼いた。

「君の中に入ってもいいよね？」

飢えを滲ませる声音に、蜜口から物欲しげな雫がにじみ出す。

イナはリィギスの肩に手をかけ、片足のまま自分の身体を支え直す。同時に、イナの身体に、鋼の硬度を帯びた熱杭が勢いよく押し込まれた。

「あ」

肩にしがみついたまま、イナは身を固くした。柔らかく無防備な粘膜が、愛しい雄を受け入れてうねるのが分かる。

ずぶずぶと沈んでいく肉杭が、蜜の溢れる壁でこすれて、淫靡な水音を立てた。

「……っ、あ、は……」

静かな部屋の中に響く絡みつくような恥ずかしい音は、イナが夢中で彼を貪る音なのだ。

そう思ったら、リィギスの服にこすられた胸の先端が硬くとがり始めた。

予想以上の快楽に、もう、足に力が入らなくなる。

「待って、リィギス様、あぁ」

「何を待つの、やめられるわけないだろう」

リィギスの腕は、揺らがずにイナを支えたままだ、イナの無抵抗な裸体を抱え、まだ足りないとばかりに、更に奥を力強く突き上げる。

「ん、っ、んあ……っ……」

上下に身体が揺れるたびに、服で乳房を擦られて、身もだえしたくなるほどの刺激を覚える。ぬるぬるになった隘路から、律動ごとに蜜がしたたり落ちるのも分かる。

「あっ、あぁんっ、立って、したら、すぐ……んん……っ……」

「立ってしたら、すぐに……どうなるの？」

ちょっぴり意地悪な声でリィギスが尋ねてきた。

言葉が終わると同時に、恥骨で敏感な場所をぐりぐりと責められる。

「あっ、あぁ、だめ、ひぁ」

イナは無我夢中でリィギスの肩を掴んだ。あふれ出した蜜はお尻を伝い、ポタポタとたれ落ちていく。

「すぐに気持ちが良くなる？」

愛しい男の甘い声に、下腹部がわなないた。

「ん……っ、そう、すぐ、すぐ……っ、あぁんっ」

再び力強く結合部をこすり合わされて、イナは呑み込んだ熱杭をぎゅうっと締め上げる。蜜裂が、喘ぐように開閉を始めた。

下腹部をのたりのたりと行き来していた官能の波が、静かに、嵐の前触れのように高まり始める。

「あ……あ……動かないで……」

上下に揺さぶられながら、イナは懇願した。

「無理だよ……僕だって、どうにかなりそうなくらい、いいのに」

苦しげに答えたリィギスが、イナの耳をかぷりと噛んだ。ただそれだけの刺激で、イナの中がびくんと引き絞られる。

「や、あ、意地悪……あぁぁ」

身体中を震わせながら、イナはリィギスにしがみつく指に力を込めた。

ぐちゅぐちゅと番《つが》い合う音がますます激しくなる。敏感になった襞が、杭の表面に浮いた血管に刺激され、甘い炎が身体中に燃え広がった。

「君は気持ちいい？」

リィギスがかすれた声で尋ねてきた。

「そ、そんなの、言わなくても、あぁんっ」

「……言ってほしいな」

「だって私、私、こんなに、自分で動いて、ああ、もうやだぁ」

再びわざとらしく恥骨をこすり合わされ、イナは半泣きになって腰を揺らす。無我夢中で雄を貪りながら、いやいやと首を振る。

「気持ちいいのか、ちゃんと教えて」

「……ッ……う……気持ちいい……っ……」

答えたと同時に、イナの身体がよりしっかりと抱え直された。結合が深まり、リィギスをくわえ込んだ場所が抑えがたく蠢動する。

「僕もだよ、イナ。頭がどうにかなりそうなくらい、いい」

荒い息交じりの声でリィギスが言う。

「だめだ、もう、全部イナの中に出したい」

力一杯抱き合ったまま、イナは頷いた。目の前がくらくらする。散々に責められた身体が絶頂に震え出す。

「……ください……」

涙交じりの声でねだった言葉に重なるように、おびただしい熱が奥深い場所で弾けた。最後のひとしずくまで絞り出そうとするように、熱杭がイナの中でのたうち震える。

獣じみた欲望と、焼け付くほどの愛情を注ぎ込まれながら、イナはリィギスの肩に頭をこすりつけた。

――私は、まだ生きるんだ。

生まれて初めて、イナは行き止まりのない未来を見た。未来とは、何があるのかまったく分からない、無限の広がりであることも知った。

──私が、ずっと、リィギス様を守る。

「ごめん……夢中になりすぎた」

リィギスが我に返ったように、慎重にイナの足を下ろし、結合を解いてくれた。恥じらうように慌てて衣装を整え、壁に寄りかかって立っていたイナをそっと抱きしめる。

「イナ、もう一度、浴室に付き合ってくれる？」

リィギスの言葉に、イナは頷いた。

自分だけが製造者の運命から解放された罪悪感は、永遠に消えないだろう。

けれどイナは、リィギスと生きていく。

無数の骸がイナを睨み付けていても、未来に続く道を一人勝手に引き返したりしない。

「はい。どこにでも、一緒に行きます」

優しい声で答えて、イナは微笑んだ。

リィギスがたどり着いた場所が地獄だったとしても、共に選んだ道ならそれでいい。それがイナの愛だ。

自分がどんな女なのか、たった今はっきりと分かった。

そう思い、イナはもう一度、リィギスに言った。

「私、リィギス様が大好き……リィギス様と、ずっと一緒にいます」

第九章

優れた国家の条件の一つに、統治者の意思判断が迅速であることが挙げられる。

アスカーナもその例に漏れなかった。

リィギスの密書が届いた半月後には、アスカーナ海軍の一個師団が、王都近隣の港に到着していた。一隊を率いているのは、祖父の腹心である老練な将軍。旗艦には、リィギスの伯父であるアスカーナ王太子が同乗していた。

海運貿易の要衝となるべきガシュトラ王国で、危険な風土病が『発見』されたこと。

ガシュトラ王太子リィギスから、正式な支援の要請があったこと。

それらの正当性を盾に、アスカーナは、建設されたばかりの第一国際港を占拠した。

大神殿も王家も、何もできなかった。慌てふためき、右往左往するだけだ。アスカーナ海軍は王家と大神殿を無視し、まず初めに、港に集まった不安げな民衆にこう呼びかけた。

『我らアスカーナ海軍は、ガシュトラ国民の保護を約束する』

国民が最も不安がるのは、得体の知れない大艦隊が到着した直後だ。

アスカーナ海軍は、人々が恐慌状態に陥った隙を見逃さず、自分たちが誰であるかということと、害意がないことを端的に伝えた。

完璧に統制の取れた動きだった。そのおかげで、国民の大半は怯えつつも落ち着きを保ったまま、アスカーナ海軍の一挙一動を見守っている。

——伯父上やお祖父様は、大神殿と王家の力がアスカーナ海軍に及ばぬことなど、とうにご存じなのだ。真っ先に掌握すべきは、『国民の関心』だということを、正確に理解しておられる……。

王太子である伯父は、七年ぶりに再会した甥のリィギスを力強く抱きしめて言った。

「ああ、リィギス！　お前なら、私や父上の想いを分かってくれると信じていた。ガシュタン半島の人間は、怪しげな薬品などではなく、我らアスカーナが培った科学の力で救われるべきだとも。正しい決断だった、ありがとう、リィギス！」

愛する懐かしい伯父は、今ではリィギスよりもわずかに背が低かった。

たったの七年で、どれほどのことが変わったのだろう。アスカーナを離れ、迎えの船に乗った日、リィギスは確かに、この国に輝く未来をもたらしたいと考えていた。けれど、今ではもう、あの日摑もうとした光の色は分からなくなってしまった。

アスカーナ海軍がガシュトラ王都の新設港を占拠した日から、一週間ほどが経った。

リィギスは『売国奴』と囁かれ始めていた。

だが、それも予想通りのことだ。

アスカーナをガシュトラに呼び寄せたのは、他ならぬリィギス自身だからだ。

いかなる汚名も受け止めると決めている。だから、それほど驚きはしなかった。

——僕は、恨まれるだろうな。誰かに殺されるかもしれない。

諦めと共にリィギスは思う。この国をアスカーナに売ると決めたときから、ある程度は覚悟していたことだ。憎悪も軽蔑も受け入れなくては。

——イナに、幸せになってほしい……。好きな人が、薬を作って苦しい思いをしなくて済むなら、僕の人生は、それで充分に報われたはず。

恐怖や諦念を振り払い、リィギスは己にそう言い聞かせた。

アスカーナ海軍がやってきたその日から、リィギスは船上で暮らしている。

政情を不安視したアスカーナ海軍の提案で、リィギスは状況が安定するまで、護衛艦の一室に保護されることになったからだ。

王太子宮のイナの警備をバルシャやその部下に託し、リィギスは停泊中の軍艦の一室で、寝起きを始めた。

アスカーナ海軍は、一月もあればガシュトラを完全制圧できるほどの、強大な武装を備えた状態で駐屯を続けている。アスカーナ本国からは次々に救援や支援物資が届き、寂れた港町が一つの都市になりそうな有様だった。

ガシュタン半島の覇権を狙っていた大陸諸国は、表向きはアスカーナの『友好国救援』を快く支持している。

だが、腹の内は別だ。

アスカーナの隙を狙ってガシュトラの統治権を奪い取りたいと、虎視眈々と狙っているに決まっている。大陸連合の代表を名乗りつつ、他国を蹴落として、ガシュトラの次の盟主の座を奪い取ってやる予定だったのに……と、歯噛みしているに違いない。

アスカーナ海軍の第一級武装は、ガシュトラ侵略のためではなく、大陸諸国への牽制のためのものなのだ。

事態が転がり出した今、もはや、『売国』を止める手立てはない。リィギスは、船の甲板に立ち、己が招いた『力』の偉容を、ただ見守ることしかできなかった。

数日後、アスカーナ王太子である伯父は、リィギスの母を呼び寄せた。

「フェレナはアスカーナに帰りなさい。あとは私や父上の保護下で静かに暮らすといい。住まいも地位も用意する」

政略結婚の目的はもう果たしたのだから、血の繋がった妹は安全な場所に連れ戻すつもりなのだ。伯父にとっては、当然の言葉だったのだろう。

だが母は泣きながら兄に抵抗した。

「嫌です！　夫と子供たちを置いて私だけがアスカーナに戻るなんてできません。姫たちだってまだ子供なのです。絶対に手放さないわ」

泣き伏す母に、付いてきた幼い妹たちが怯えたように寄り添う。

妹たちを抱いて肩を震わせていた母が、不意に、うめくような声で言った。

「リィギスを呼び戻さなければ良かった」

母の声は、途方もない後悔に満ちていて、リィギスの身体が強ばる。

「陛下は『どうか自分が死んでも、リィギスだけは呼び戻すな』とおっしゃったのに。愚かな私がこの子を手元に置きたかったばかりに！　陛下が正しかった。リィギスをガシュトラに呼び戻さなければ良かったのです」

母の言葉に心をえぐられ、リィギスは何も言えなくなった。

だが、売国奴となった自分が母に見放されるのは、覚悟していたことだ。愚か者の〝呪われた息子〟など、忘れてくれればそれでいい。

「馬鹿を申すな、フェレナ、それが母親の台詞か！」

伯父は渋面でため息をつくと、護衛の兵士に命じた。

「フェレナを旗艦に保護せよ。明日の連絡船で本国へ連れ帰るように」

「お兄様とお父様のせいです！　リィギスは売国奴と呼ばれるような子ではないのに！」

母の悲鳴に、リィギスは打たれたように立ちすくむ。

「リィギスをそそのかしたお父様とお兄様を絶対に許さないわ。リィギス、ここに呼び戻した母様を許して。陛下の予言なさったとおり、呪われた子として遠ざけておけば、貴方を守れたのに……！」

泣き叫ぶ母の様子に怯えたのか、妹たちまでしくしくと泣き出した。

「お兄様、なぜリィギスを利用なさったの！　ああ、誰かリィギスを助けて、私たちの息子は売国奴などではないわ！　お許しください、陛下、私は陛下の予言を信じずに……」

あとは泣きじゃくる声に紛れ、聞き取れなかった。

「……子供たちも連れて行っていい。早く船内に行け」

伯父の命令と共に、母と妹たちは、衛兵に引きずられて船の中に消えていく。

頭が殴られたように痛み、リィギスは歯を食いしばった。

母の涙は、リィギスを疎んじての涙ではないのだ。疎んじられた方がまだましだった。

それに……。

──父上が、なんだというんだ、今更！

父王がリィギスをひたすら遠ざけ、息子とすら認めてくれないのは、おぞましい呪いの青の瞳が原因ではなかったのか。

頭痛がひどくなる。それではまるで、リィギスが父から守られていたようではないか。

愛されていたなんて、一度も思ったことはなかったのに。

──馬鹿、落ち着け……。今更動じるな……。

今朝方イナから届いた手紙を思い返し、リィギスは強く拳を握りしめた。

『ちゃんとねて、お食事してください。どこかに行ったら、追いかけます。私はずっと一緒。また手紙を書きます。愛するリィギス様へ　貴方のイナより』

無邪気で拙い文章から、イナの覚悟のほどが伝わってきた。もしリィギスが暗殺されたら、イナは迷わず後を追ってくるのだ。

『君が僕を置いて死ぬなら、一緒に同じ毒で死ぬ』

あの愚かな言葉が、イナからそっくりそのまま返ってくるなんて思ってもみなかった。

心のどこかで、イナとの愛は自分が一方的に注ぐものだと思っていた。

愚かな思いあがりだった。リィギスが死の覚悟を口にしたとき、イナの心にも、同じ覚悟が刻まれてしまった。イナの優しい心に取り返しのつかない傷を付けてしまったのだ。

——イナ……ごめん……ごめんね……こんな悲しいことを言わせるつもりはなかった。

君には楽しいことを考えて、笑っていてほしかったのに。

涙の滲んだ目に、ぬるい潮風が吹き付ける。

イナを巻き添えにはできない。だから、生きなくては。罵《ののし》られようと憎まれようと、平然と。自分を殺そうとするものが居たら、喉笛を食い破ってでも生きればいいのだ。

母の涙も、イナの覚悟も、リィギスさえ生きてさえいれば、いつか思い出話に変わる。

——生きるんだ……たとえ、この手を汚しても。

それだけが、売国奴に堕ちた自分にできる、唯一の努力だと分かった。


次に急ぐべきは、ガシュトラ国内の不穏分子の処分だ。

伯父は、大陸連合への大義名分を立てるため、児童虐待の罪を犯していたガシュトラ大神殿の責任者を捕縛し、アスカーナの監獄に送る手はずだとリィギスに告げた。

大神殿の次は、貴族。最後に、ガシュトラ大神殿の狂信的な信徒を処分する。

アスカーナは、ガシュトラ国内で行う粛清をそのように計画しているという。

もちろん、一般市民の不安を煽らないよう、流す血の量は最小限にせねばならない。

「リィギス、残す者と残さない者は、お前ならどのように決める」

港に立ち、アスカーナ海軍の重鎮たちを従えた伯父が、静かにリィギスに尋ねてくる。

――選別はお前がやってみせろ、という意味か……。

リィギスは目を伏せ、静かに答えた。

「時間がない場合は、僕なら、死にたいと思ったことはあるか、と聞きます」

ほう、と伯父の背後に立つ将軍が、興味深げに眉を上げる。

「簡単に死ねる人間は、未来の存在を理解していないのではないでしょうか。ひいては、世界が変化し、自分の立ち位置が大きく動く可能性も理解しません。今が駄目なら命を捨てられる。そういう人間は、危険です」

自らの言葉に、過去の境遇を重ね合わせながら、リィギスは瞬きした。

――己の命の重さを実感できないとき、人は簡単に破滅的な行動に走る。過去の僕だ。

イナがいなくなる未来を実感したとき、初めて、未来が見えなくなって、自分の命の重さも分からなくなった。あのときの僕なら、きっと何でもしでかしただろう……。

自分に注がれる視線を感じながら、リィギスは言葉を続ける。

「反抗的であっても、己の未来を渇望し、まだ終わりたくないと考えている人間には、恭順の可能性が残されているのではないかと。もちろん、例外もありますが」

しばしの沈黙のあと、伯父は不意に笑い出す。

「……面白い意見だった」

伯父はリィギスの肩を抱き、満足げに続ける。

「父上の教えが、お前の中でそのような花を咲かせたとは」

「過分なお言葉で恐縮です」

冷めたリィギスの言葉に、伯父はますます機嫌良く笑って言った。

「他には？」

「責任さえ取ってやれば、いくらでも残酷な行いに手を染められる人間も、生かしておいて構わないかもしれませんね。道具として利用できるかと。もちろんこれも、本人の資質次第ですが」

自分の声が、他人のもののように聞こえた。

――祭司長が言っていたことに一理あると思えるなんて。責任を支配者に委ねる人間は、そうでない人間より手足にしやすい。あの男は、そのことを知り尽くしていた。

昔のリィギスなら、必死で一人一人のことを考えたはずだ。

あの人なら信じられる、彼ならきっとやってくれる。そんな風に、すがる思いで。

――いつ、こんな死神みたいな考え方ができるようになったんだろう。

そこまで考え、リィギスは周囲に悟られないくらいうっすら笑った。

――だが、不穏分子の本音なんて、ザグドの力で『見れば』いいんだ……。他の人にはない力を、僕だけが使うなんて卑劣だけれど、イナを残して死にたくない。どんなに汚れても、僕は死ねない。

あれほど否定していた『ガシュトラ王に受け継がれる異能』を、受け入れ始めている己に気付かされる。自分自身の変化を空《そら》恐ろしい気持ちで受け入れながら、リィギスは伯父に告げた。

「僕が不穏分子の処分を断行します」

きっと、今の自分には、敵の姿がくっきりと見えるだろう。

一人一人の顔をこの目で見て、自分を殺す人間か、そうでないかを仕分けていけばいい。

そのとき、己の呪われた青い目は、冴え冴えと輝いているに違いない。

表情を変えず動揺も見せないリィギスに、伯父が優しい笑みを見せた。従順な甥に満足している笑顔だ。

「リィギス、お前はわざわざ恨みを買わなくていい。いずれの人間も大陸連合の定めた国際法に基づき、正式に処罰する。お前は捕縛対象の洗い出しだけ進めてくれ」

どうやらリィギスの答えは合格点だったようだ。伯父には、これから先も試され続けるのだろうなと思いながら、リィギスは頷いた。

「だが一人、捕らえてもどうにもならない男がいる」

言いながら、伯父が目配せをして歩き出す。どうやら、港の端に停泊中の軍艦に向かうようだ。他の船よりもひときわ厳めしいつくりのその船は、牢獄の役割を兼ね備えている。

「お前と話がしたいそうだ。今日ようやく、それだけ喋った。リィギス、祭司長ダマンとは何者なのだ？」

伯父の問いに、リィギスはかすかに目を伏せる。

「ただの、虚言癖のある煽動《せんどう》上手な人物かと」

「私もそう思いたいのだが、どうにも引っかかってな。自らをザグド人と称する人間には何度も目通りを許したことがあるが、あの男は何かが違う……。不気味なのだ。人の姿をした、別の生き物のように思えてならぬ」

「そう思わせることも、あの男の手管の一つなのです。伯父上ともあろうお方が、何を気になさっておられるのですか」

感情のない声で答えた刹那、牢獄船から凄まじい勢いで一人の衛兵が走ってきた。

「王太子殿下とリィギス様は、こちらに来られてはなりませんっ！」

尋常ではない様子が、迫る危険を伝えてくる。リィギスはさりげなく伯父を庇って前に立った。背後に控えていた将軍が、剣に手をかけ、リィギスと並び立つ。

「何があった」

伯父の問いに、激しく息を切らせた衛兵が、怯えに引きつった声で告げた。

「ろ、牢が、破られて……収容済みの大神殿の関係者たちが、皆、殺されて……っ……」

報告された異常事態は、予想以上の内容だった。居並ぶ軍人たちにさっと緊張が走る。

「牢獄船を封鎖しろ。侵入者はどこに居る。詳細は把握しているのか」

将軍の冷静な声に、駆けつけてきた衛兵は震えながら頷いた。

「け、警備の者には死者はおらず、今、けが人の手当てを……犯人は……あの……」

言葉を途切れさせた衛兵が、困惑したようにリィギスを見つめる。

――僕に……何か……？

怪訝な表情になったリィギスに、衛兵は言った。

「犯人は、自ら牢に戻って、リィギス様をここに呼べと申しております」

リィギスが何かを答える前に、背後から伯父の叱責が飛んだ。

「馬鹿を申すな！　騒動を起こした犯人を勝手に動き回れないように捕縛しろ、第一、なぜ牢が破られたのだ、警備の怠慢ではないのか」

「そのようなことはありません、中を……見ていただければ分かるかと……は、犯人は、祭司長ダマンは、リィギス様には何もしないと申しております」

再び周囲にざわめきが走った。大神殿の総責任者がなぜ、と言い交わす声が聞こえた。

――僕が会うしかなさそうだな。祭司長から何を考えているのか聞き出さなくては。

リィギスは覚悟を決め、牢獄船に向かって歩き出す。

「待ちなさい、リィギス」

慌てたような伯父の言葉に、リィギスは薄い笑みで答えた。

「大丈夫です。祭司長と少々話をして参ります。他の者は牢獄船から避難させてください。僕は話が終わり次第、ここに戻ります」


牢獄船に入ってすぐの場所には、広々とした船室があった。

たくさんの衛兵や職人が、皆その部屋に集まって、怯え震えている。床に寝かされているけが人の姿も散見された。

皆、船室の奥にある扉を凝視していた。怯えきった様子だ。リィギスは周囲に目を配り、責任者とおぼしき兵士に声を掛けた。

「今回の騒ぎの犯人がいる牢獄は？」

「は、こ、この先の廊下の突き当たり、赤い扉の階段を下った、一番下の階の最奥に」

リィギスは頷き、船室の奥の扉を開けた。暗い廊下の一番奥が、赤い扉だ。『犯人』の居る牢獄は船底にあるらしい。

「全員、船から退避してくれ」

言い置いて、リィギスは『犯人』の居る場所に向かった。

リィギスは表情を変えずにゆっくりと階段を下りていく。最下階にはひときわ分厚い扉があり、施錠用の錠前がぶら下がっていたが、それは壊れていた。

内側から扉を開けようとした誰かに壊された……のだろうか。だとすれば恐ろしい力だ。

そう思いながら、リィギスは鉄の扉を開いた。

牢獄が左右に並ぶ通路にゆっくり踏み出す。煌々と明かりに照らされたその通路は異様な有様だった。

牢獄の戸は引きちぎられたように破られ、とらわれていたはずの人々は皆、牢の中で手を胸の上に組まされて、横たわっているのだ。

喉には、絞められたような紫の痕跡が残っている。いずれの人間も同じ状態だ。

——地獄のような光景だな。

リィギスは震えそうになる足を叱咤し、一番奥の牢獄に向かった。

その牢だけ、外側から扉が引きちぎられたような跡がない。内側から押されたような形で、鉄格子が歪んで折れていた。

その牢の中に座っていたのは、ダマンだった。

いつも通りの、何を考えているのか分からない笑みを浮かべている。リィギスは微かな恐れを呑み込んで、ダマンに尋ねた。

「祭司長、なぜ僕をここに呼んだ？」

ダマンが顔を上げ、リィギスを見つめた。

この船にとらわれた大神殿の人間たちを、一人一人殺したのはダマンだ。衛兵にすべての報告を聞かずともはっきりと分かった。

——見える……。

ただ一言、その言葉だけが浮かぶ。得体の知れない万能感が、リィギスを満たしていく。

――この力に呑まれては駄目だ……。

リィギスは、凄まじい勢いで湧き上がる万能感をねじ伏せる。

力を受け入れ始めて以降、リィギスに『見える』光景は、ますます明確になっていく。

ダマンが驚異的な力で牢を壊しながら凶行に及ぶ姿が、脳裏から消えない。まるで、実際にその光景を目にしたかのように、鮮やかにはっきりと浮かんでくる。

『見えすぎる』のは嫌だ。そう思いながらリィギスは口を開いた。

「アスカーナに裁かれる前に、大神殿の部下たちを自分の手で始末したのか」

ダマンは何も答えない。リィギスは静かに言葉を続けた。

「〝何でも僕が責任を取ってあげるよ〟祭司長、君は、大神殿の幹部たちにそう約束してきた。だから、彼らが異国で尋問の果てに牢に繋がれ、生涯を罪人として終える羽目になる前に殺して〝あげた〟んだ。それが祭司長なりの誠意なんだろう？　違うか？」

「……見てきたように言うんだね。……懐かしい。ザグドの仲間も、君のように何でも見えていたんだよ」

腕組みをして佇むリィギスの前で、ダマンもゆっくり立ち上がった。

「別に、今のはただの想像だ。間違っていたら許してくれ」

「君にも神の声が聞こえるの？　人間がリゴウから奪った力が、そろそろ目覚めた？」

嘲るような言葉に、リィギスは首を振った。

「いや、僕には何も見えないし、聞こえない……。ところでダマン祭司長、どうして僕を呼び出したのか教えてくれないか？」

「殿下を殺すためだとしたら、どうする？」

揶揄するような口調に、リィギスは首を左右に振ってみせる。

「……そのために、僕一人だけを呼び出したのか？　意味がないだろう。これだけの力を隠していたなら、勝手に船を出て、僕を殺しに来ればいいはずだ」

ダマンの優しげにさえ見える笑みが深まる。

「祭司長は、僕に遺言を残したかったんだ。そうだろう？」

ダマンは何も答えない。リィギスは、表情を変えずに言葉を続けた。

「お前は、ガシュトラ大神殿を潰す人間が現れたら、喜んで死ぬつもりだった。充分に人間で遊んだ。人間は残酷なままだった。もう満足だ。誰かが大神殿を潰してくれたら、そのときが自分の命の終わりでいい。人間は弱く、ザグド人より遥かに残酷だった。それが分かればもう充分だ」

リィギスは、ダマンの緑の目を見つめ、声を強めた。

「これが、僕に聞かせたかった『遺言』だろう？　なかなか見事だ。ガシュトラ大神殿を支配した怪物、最後のザグド人にふさわしい言葉だと思う」

「……リィギス殿下、君は何を言ってるの？」

余裕綽々《よゆうしゃくしゃく》だったダマンの顔に、不意に陰りが見えた。

この男のこんな顔を見るのは、初めてだ。そう思いながらリィギスは続ける。

「君が、部下たちに対して責任を取ったのは間違いない。だが、君が憎悪と苦しみの中、今日まで生きてきた理由は別だろう？　君は、約束を守り続けているだけなんだ」

リィギスは、一歩ダマンに歩み寄った。彼の表情がよく見える。敵意と警戒とかすかな恐怖をたたえた、とても人間くさい光が、ほんのわずかに浮かんでいた。

――『見過ぎない』ようにしないと、この力に溺れてしまいそうだ。

頭の中に、知らないはずの様々な光景が浮かんでは消え、リィギスに『過去』を伝えようとする。抑えがたい万能感を、リィギスは必死でやり過ごしながら口を開いた。

「……なるほど、ザグドの巫女リゴウは、君の助命嘆願と引き換えに、人間にすべてを奪われ、殺された。だから君は死ねない。彼女の……〝妻〟の最後の願いが〝ダマンが生き続けること〟だったから、君は死ねないんだな」

リィギスの視線の端に、ダマンに駆け寄る半透明の女が見えた。華奢な青い腕を伸ばし、己を見ようとしない『夫』にすがりついて、ほろほろと涙を流し始める。

「君は純血種のザグド人で、超人的な肉体を持っていても、『見る』力にはまったく恵まれない個体だった。……気の毒に。リゴウの末裔の僕にさえ、彼女の姿は見えるのに」

ダマンは何も言わない。薄笑いの消えた顔で、ひたすらリィギスを凝視している。

リィギスは、半透明の女に目をやり、じっと見つめてくる『彼女』に頷いてみせた。

「そこに、黒い髪に金の目、青い腕の女性がいる。衣装は……鎖骨の下まで露出していて、二つの星の入れ墨のような印が見える。なるほどね、ザグド人の夫婦は、そんな風に、身体に二人の名前を刻むのか」

ダマンの緑の目が揺らいだが、リィギスは構わずに話し続けた。

「君のそばに居る魂は、リゴウ熱の薬を毎日作っていたから、なかなか腕の青色が抜けないと言っている。それから、僕が質問をしないときは、同じ言葉しか繰り返さない」

「君は……何を……」

かすれた声を上げるダマンに、リィギスは告げた。

「『私はずっとそばにいる』彼女はそれしか言わないよ。時間の概念がなくなった後も、君のそばで何百年も、そう言い続けているみたいだ」

そう言って、リィギスは所持していた護身用の短剣を一本、ダマンの前に置いた。

「彼女は、ただ君に幸せになってほしかっただけだと言っている」

言い終えた刹那、なんとも苦いものが、リィギスの胸に込み上げる。

愛ゆえの願いが、呪いに変わることもあるのだ。

その事実がただひたすら、心に痛みを及ぼす。

大神殿の影に巣くい、人を嘲り憎みながら生き続けたダマンは、リィギスの言葉に何も言わなかった。

「もちろん、これは僕が見ている幻覚の話だ。信じるも信じないもご自由に。船には君と僕以外、生きた人間は乗っていない。僕が降りたあとは自由にすればいい。ただし、動力機関の燃料は一日分くらいしかないと思う。ガシュタン半島を出ることはできないよ」

言い終えたリィギスは、短剣を床に置いたままゆっくりとダマンに背を向けた。

……もう充分だ、ずっと終わりにしてほしかった。

声なき声が、リィギスの耳に届いた気がした。

「祭司長は、これからどうする?」

背を向けたまま尋ねると、ダマンは小さな声で答えた。

「……僕が決めていいのかい? じゃあ、この船をちょっと貸してくれないかな。最後に行きたいところがあるから」

リィギスはダマンの言葉に頷き、振り返らずに牢獄船を後にした。

船外に出るなり、リィギスのもとに人々が殺到する。

「さ、祭司長……ダマンは……どうなりましたか!」

船から逃げてきた兵が、震え声で尋ねてくる。

「自分の身は、自分で処するそうだ。放置しても問題はない」

リィギスの言葉が終わると同時に、牢獄船がゆっくりと動き出す。

「な……船が……!」

「大丈夫だ。暴徒に略奪された場合に備えて、燃料は抜いてあるのだろう?」

リィギスは、緩やかに離岸する牢獄船を見送りながら言った。

最先端の蒸気船だが、ザグド人から伝えられた技術の応用で作られている。ダマンには動かし方が分かったに違いない。

「あの船はあとで回収できる。……きっと、そんなに遠くに行くわけじゃない」

リィギスの目の前に、幻の深い森が広がる。百年を生きる獣や、旧教の民がひっそりと暮らす山奥の深き森。

そこはかつて、逃げ延びてきた最後のザグド人が、幸せに生きていた場所だ。今もなお、ザグド人への弾圧を拒み、彼らの知恵を伝承し続ける『旧教の村』がある場所。

──ユーフェミアが咲き乱れる、美しい村だと聞いた。あの男も、きっとユーフェミアを見て暮らしていたんだ……。

目を瞑ると、様々な光景が浮かび上がった。

手を取り合うダマンと、美しい黒髪の女。二人で星を見上げ、笑い合う姿。ユーフェミアの枝を手折り、傍らの女に捧げるダマンの幸福そうな笑顔。そして、大神殿の裏手にある禁域の森で、亡き妻の墓所を作り、彼女の姿を描き続ける、孤独な姿も……。

──これは彼の思い出だ。僕が覗き見ていいものじゃない。

リィギスがそう思うと同時に、幻の光景は跡形もなくかき消えた。

あの場所にはきっと、ダマンの思い出が無数に眠っているのだろう。彼はそこに帰って、妻の思い出と共に眠りたいのだ。

──この力を他人に知られたら、今度こそ本物の『呪いの王子』と呼ばれるだろうな。

船を見送るリィギスの心に、自嘲の思いがこみ上げる。

――だが、仕方がない。異端扱いが嫌ならば、生涯、この力を隠し続けなければ。それでも、この力に気づいて僕を排除しようとする人間がいたら……先回りしてやる。

リィギスの唇に、酷薄な笑みが浮かんだ。

――僕は異能の力などないただの人間……それでいい。さようなら、最後のザグド。

岸を離れていく船を、リィギスはただ、黙って見送った。

その夜、リィギスのもとに報告が届いた。牢獄船の居場所は、すぐに突き止められたらしい。旧教の村にほど近い港の近海に、うち捨てられていたという。

牢獄船の内部から、祭司長の姿は消えていた。

彼が陸にたどり着いて、妻と暮らした森を目指したのか、それとも、海の藻屑となって消えたのかは、誰にも分からない。ただ、彼はもう、眠ることを自分に許したはずだ。

逗留《とうりゅう》を続けている軍艦の甲板で、思い切り背伸びをしたとき、背後から声が掛かった。

「こんばんは、リィギス様」

「ナラド先生……どうなさいました、こんな夜分に」

今、ナラドはリィギスの紹介で、アスカーナ海軍の疫病対策の顧問職に就いている。

多忙な彼に少し休んでほしいと思いつつ、リィギスはナラドに歩み寄った。

そのとき、彼の背後に控えていた小柄な助手が、外套の頭巾をかぶったまま、勢いよくリィギスに飛びついてきた。

「リィギス様……っ！」

あまりの勢いに、リィギスはよろめきながらその身体を抱き留めた。

だが、それだけではない。続いて大きな犬がリィギスに飛びついてきたではないか。

突進してきた一人と一頭の重みに耐えかねて、リィギスは甲板に倒れ込んでしまった。

「いたた……っ」

「リィギス様、リィギス様……！」

細い腕をついて、女性が起き上がった。驚くリィギスの視界に、キラキラと輝く、柔らかな白金色の髪が映った。

「リィギス様！　会いたかった！　リィギス様！」

「イ、イナ……それに、ロロも……」

イナにのし掛かられ、ロロには顔をなめ回されて、リィギスは呆然としながら、白く小さな顔に手を伸ばす。

幻ではない。本物のイナだ。

「ずっと帰ってこないから、先生に頼んで無理やり付いてきました！　どうしても会いたかったの！　リィギス様にこんなに会えないなんて、私、聞いていません！」

イナの言葉に続けて、ロロが得意げな吼え声を上げる。まるで『ロロも来た』と言わんばかりの吼え声だ。

夜空を背にしたイナの顔からは、最近の儚い消え入りそうな気配が失せていた。白くても内側から光り輝くような肌に、冴え冴えと輝く大きな目。

笑いながら森を駆け回っていた頃のイナと同じだ。

また、昔の元気いっぱいなイナが、リィギスの腕の中に帰ってきたのだ。そう思った刹那、リィギスの胸に、驚くほどの喜びがあふれてくる。

――ああ、イナ……。まったく、いつも僕を驚かせるね、君という人は。

リィギスの唇に笑みが浮かんだ。自分は世界に背を向けた孤独な売国奴ではない。愛する人だけは、ずっとそばにいてくれる。そのことを当たり前のように思い出した。

「元気でしたか、リィギス様。ご飯、ちゃんと召し上がりましたか？　香草もお肉もなんでも嫌がらず食べましたか？」

イナはリィギスにのし掛かったまま涙をこぼし、リィギスの顔を撫でまわす。

「答えてください、リィギス様。心配だったんだから……！」

リィギスは、イナの目からこぼれた涙を指先で拭い、優しい声で尋ね返した。

「君の方こそどうなの？　お転婆な可愛いお姫様」

イナは『お転婆』という言葉ではっとなり、慌ててリィギスの上からどいてくれた。

どうやら彼女がたまに口にしている『おしとやかな女性になりたい』という願望は、夢中になるとすぐに頭の中から飛んで行ってしまうようだ。

だが、それで構わない。リィギスにとっては、イナの活発なところが世界一可愛くてたまらないのだから。

「私は、ナラド先生の……じゃなくて、お、お父さんのお薬がとてもよく効いて、毎日たくさん食べています」

起き上がったリィギスの隣に腰を下ろし、ぴったりと寄り添いながらイナが言う。片時もリィギスの隣を離れまいとする様子が、どうしようもなく愛おしい。

空いたリィギスの膝の上には、ロロがのっそりと頭をのせた。こちらもまた、リィギスを放してはくれないようだ。

「会いたかった……！　お帰りにならない間、とても心配でした！」

リィギスの顔を見上げ、イナが少しふっくらした頬を膨らませる。その頬は、星空のほのかな明るさの下で、ばら色に輝いていた。

「ごめん。色々と問題があって、すぐに戻ることは難しいんだ。でも、会いに来てくれて嬉しい。会いたかった、イナ」

「私の方が百倍会いたかったです！」

リィギスは、すねて唇をとがらせたイナの顔を覗き込んだ。

愛しい緑の瞳は、無数の星の光を映して、えもいわれぬ輝きに満たされている。

こんなに大切な人が居るのに、生きることを諦められるはずがない。

久々に触れ合った喜びに、身体中の血が熱くなってくる。リィギスは吸い込まれるように、イナに己の唇を寄せた。

だがその瞬間、甲板に咳払いが響き渡り、リィギスは一気に現実に引き戻される。

なぜイナの目を見た瞬間、ナラドの存在を忘れ去ってしまったのか。

「し、失礼、博士！　今日はどのようなご用件ですか？」

リィギスはイナから離れ、くっつきたがるロロの頭をそっと押しのけて、慌てて立ち上がる。

全身に、嫌な汗が噴き出した。ナラドの視線がひどく冷たく感じられる。

彼の大事な娘に堂々と接吻しようとしたのだから、気を悪くされて当然だ。

——僕は、なんという恥ずべき真似を……。

だが、直立不動になったリィギスの前で、ナラドは不意に笑い出した。

「まったく……。一時間後にイナを迎えに参りますので。ごゆっくり」

ナラドは言い終えると、再びリィギスの態度を思い出すかのように笑い、杖を手にゆっくりと甲板を去って行った。

どうやら、未来の義父にからかわれただけのようだ。

ほっと力を抜いたリィギスの腕に、イナが再びぎゅっとしがみついてくる。

「リィギス様」

甘い声で名を呼ばれ、リィギスは今度こそ、愛しいイナの唇に口づけた。

優しい波の音が繰り返し打ち寄せ、夜風が火照った身体に吹き付けてくる。

だが、身体の奥に燃える火は、そのくらいの冷気では治まりそうにない。

——僕は、君と生きるんだ。そのためにはどんな力でも使う。ありとあらゆる手段を用いて、死に物狂いですべてを片付けるからね、イナ。

リィギスの『見る』力は、おそらく歴代の王などとは比べものにならないほど強い。純粋なザグド人に比肩するほどの力だ。少し意識を切り替え、心の目をこらせば、その事実さえも『知る』ことができる。

人類を凶行に駆り立てるほどの、恐ろしいザグド人の力。だが、リィギスは、その力を使うと決めた。

——周囲に悟られないように使えば、こんなに便利な力もないからな。生涯隠し抜けばいいんだ。この力はイナと僕が生き延びるためだけに使うと決めればいい。

迷信を嫌い、科学の力だけを信奉すると決めたはずのリィギスの心に、新たな『狡猾な生き方』が示唆される。

——僕はザグド人の力なんて受け継いでいない。ガシュトラの未来など見えない。敵の心など読めない。ただ、たまたまひらめいたことが実現するだけなんだ。

リィギスの口の端にかすかな笑みが上った。それでいい。自分が『人間ではなくなった』ことを受け入れ、生涯その秘密を隠して生きていこう。

もちろん、力を使いすぎればいずれ周囲に怪しまれる。だから今までと同様の『人間』に見えるよう、自分を厳しく律していけばいい。

決意したことを守り抜くのは得意だ。呪いの王子と呼ばれていた日々、リィギスはずっと、『認められたい』という決意にしがみついて生きてきたのだから……。

覚悟を決めた刹那、リィギスの心はひどく晴れやかになった。

たとえ売国奴、アスカーナの傀儡と呼ばれても、イナは本当のリィギスを見つけてくれる。ずっと一緒に居てくれる。もし、仮に、彼女にザグドの力のことを気付かれてしまったとしても……イナだけは、リィギスを恐れたりしないだろう。素直にそう信じられることが、途方もなく幸せだ。

「どうなさったの、リィギス様」

唇を離したイナに尋ねられ、リィギスは我に返って首を振った。

「なんでもない。君と居られて、嬉しくて」

その答えに安心したように、イナが頷く。リィギスは、再びイナに口づけた。

——僕は君と生きるんだ、イナ……。

満天の星の下、リィギスは気が遠くなるほどの長い間、イナと抱き合い、唇を交わし合った。

こんなに美しい夜のことは、一生忘れられないだろうと思いながら。

エピローグ

イナは、露台から海を覗き込んだ。

――新しいお屋敷、海が見える場所でいいな。綺麗……。

ガシュトラを取り巻く海の果てには、一つも島影がない。

大洋に長く突き出した、唯一の大きな半島だからだ。このガシュタン半島を拠点に、大陸からの船は別の大陸を目指して、旅立っていく。

リィギスが新しく居を定めたのは、港にほど近い土地だった。

建てたばかりの屋敷は王宮に比べれば遙かに手狭だが、その分警備の目が行き届く作りになっている。

旧王宮の大半は新総督府の役所として使用されているが、かつて王太子宮であった一角では、リィギス夫婦が去った後も、前王一家がひっそりと暮らしている。

フェレナ妃は、アスカーナの父王の勧める再婚話をすべて蹴り、娘二人を連れて無断で連絡船に乗り込んで、密航同然にガシュトラに戻ってきた。

彼女は、ガシュトラに残してきた身体の不自由な夫を案じて気が気ではなかったようだ。

どうやら、周囲が思っていた以上に、政略で嫁いだ夫を愛していたらしい。

フェレナ妃の熱意にアスカーナ王家は折れて、前王との復縁を認めた。以降、一家は睦まじく暮らしている。リィギスとイナも時折家族の団らんに呼ばれて、穏やかなひとときを分かち合っていた。

――また、フェレナお義母様のところに伺おうかしら。いい布があるから取りに来てっておっしゃっていたし。

そう思いながら、イナは居並ぶ巨大な戦艦に目をやった。

露台から見える港には、厳めしい船が何艘《そう》も停泊していた。

アスカーナ海軍の一個師団は、今も、海運貿易の要衝であるガシュタン半島の警備に当たっている。

この港は、海軍の最大の駐屯地なのだ。

異国の軍人や、彼らの生活を養うために更に多くの人々がやってきて、ガシュトラの港はどんどん大きな港になっていく。

外国からやってきた人々は皆、ここが毒の大地であることを理解し井戸の水は飲まない。ここに住むすべての人のために、海水を浄化し、飲用可能にする設備も整えられた。

重い水を保存できる巨大な槽も、耐水樹脂という素材も、海水汲み上げの動力も、浄化するための特殊な濾過《ろか》装置も、すべて、アスカーナの技術力なくしては設置できなかったそうだ。

だがもちろん、生活用水のすべてをまかなうには、その装置では足りない。

浄化した飲み水は、裕福な人間には高値で、庶民には無料に近い金額で分配されている。

同時に、大陸から多くの学者がやってきて、リゴウ熱の根治法を本格的に調べ始めた。

旧教に伝わる予防法や、古代人たちが残した対処法を一つ一つ検証して、せめて予防法だけでも確立しようと、研究を始めたそうだ。

ガシュタン半島が海運交通の要衝であることは変わらない。これからも多くの人々が、この場所を訪れることになる。低地の水のすべてが、二十年周期で活性化する古代の病原体で汚染されている状況は、何とか人の力で制御せねばならない。

何もかも、ガシュトラの国力では、できないことばかりだった。

だから、リィギスは、大陸連合の意向を受けて大神殿と王家を解散し、アスカーナ海軍の駐屯を受け入れた。

他国に主権を捧げ、引き換えに強大な力で庇護を得ることを選んだのだ。

リィギスは未来の王位を返上し、アスカーナ国王の孫、旧ガシュトラ王国領の総督として、今後のガシュタン半島の統治施策を担うことになった。

『人を使う側から、人に使われる身になった』『王太子がアスカーナの奴隷になるとは』と、リィギスを揶揄する人間は多く居る。

『売国奴』と、彼を罵るものも絶えない。だが、リィギス以上の解決方法を生み出せた人間は一人も居ない。だから皆、陰で悪口を言い、彼の評判を下げようとコソコソし続けることしかできないのだ。リィギスの心には、どんな罵詈雑言《ばりぞうごん》も届かない。

なぜならリィギスは、自分以上にガシュトラの状況を改善できる人間がいれば、すぐにでも総督の地位を譲ると、はっきりと宣言しているのだから。

『王太子の地位を失っても、ここで暮らし続けねばならない人々を守る。自分以上にふさわしい人材がいれば、その人間に統治を託す』

リィギスの思いは常に変わらない。そして彼は、彼の努力と思想に共感した人々に守られて、今も旧ガシュトラ王国領の統治を続けている。

——ガシュトラの南の先端にも、もうすぐ大きな港ができて、王都からも船で行けるって。南の方……行ってみたいな。私、本当にどこにも行ったことがないもの。

そう思いながらイナは部屋に戻り、長椅子でお昼寝中の、二歳の娘のお腹を撫でた。

——だけど、この子がもっと大きくなって、落ち着いてからの方がいいわね。

イナがリィギスのもとにやってきて、五年が経った。アスカーナ王家からリィギスの正式な妻と認められたのは、二年前にリィギスの子供を産んだときだ。医者には妊娠自体ができないかもと言われていたが、娘は奇跡的にイナとリィギスのところに来てくれた。

貴族ではないイナが、アスカーナ王家の係累であるリィギスの正妻になれたのは、娘の誕生と、父親のナラドがこれまでに残した大いなる功績のおかげだった。

——私にお父さんがいるなんて、製造者の頃は思わなかった。嬉しかったな……。

バルシャとナラドに呼び出され、親子なのだと説明されたときは驚いた。

初めのうちはどうしていいのか分からず『お父さん先生』なんて呼びかけてしまって、ナラドに『何と呼んでくれてもいい、君を見守ることができれば』と笑われたこともあった。ぎこちなかった日々を、イナは懐かしく思い返す。

ナラドとの親子関係は、問題なく証明されている。大神殿が所蔵していた書類の中に、イナの身元を暗示する記録が残っていたのだ。イナは一歳二ヶ月で、旧教の村の異国人の医者『ナラド』の家から『回収』され、四つになるまで孤児院で養育された。その後、治療剤の製造者になるために引き取られた、と。

その資料が発見されたとき、ナラドは、やっと正式な証拠を見つけた、これで天国の母さんも安心してくれる、と声を上げて泣いていた。

冷静で理知的な父の涙を見たのは、あのときだけだった。

賢いロロが教えてくれようとしたイナの本当の名前、父と母がくれた、『ユーフェミア』という美しい名前は、愛する娘への最初の贈り物にした。

イナにとっては、出会ったときからリィギスが呼んでくれたこの名前が、愛着のある大切な名前だったからだ。

――私、あのまま製造者として死んでいたら、リィギス様だけじゃなく、お父さんのことも取り返しが付かないほど苦しめていたんだわ……。それにユーフェミアにも会えなかった。今では、世界で一番大事な存在なのに。

イナは、ユーフェミアの丸い頬をそっとつついて微笑んだ。

娘は、どこもかしこもリィギスにそっくりだ。

きらきらでふわふわの金の髪を撫でたとき、長椅子で眠っていた娘がパチリと目を開けた。真っ青な目をこすり、娘がむくりと起き上がる。

手を差し伸べると、イナにぎゅっとしがみついてきた。

「おはよう、ユーフェミア」

「はよ……かーしゃま……ロロは……？」

ロロが大好きなユーフェミアは、さっそく『親友』の姿を探し始める。

「お昼寝しているわ。もう少しねんねさせてあげましょうね」

イナは微笑みながら、敷物の上で昼寝しているロロに視線をやった。不思議と長生きなロロも、おじいさんになって昼寝の時間が増えた。

だが、ユーフェミアと悪戯するときは全力だ。畳んだばかりの布の山に顔を突っ込んだり、植えたばかりの花の種をほじくったり。

けれど、ユーフェミアに危ないことだけはさせないのが、ロロの賢いところだ。

ユーフェミアのくしゃくしゃになった髪を手ぐしで直していると、部屋の扉が開いた。

「ただいま」

仕事に一区切り付け、リィギスがユーフェミアの顔を見に戻ってきたようだ。子煩悩《ぼんのう》な彼は、執務の合間を縫ってまめに顔を出してくれる。

「お茶の時間がとれたから一緒にどう？」

ユーフェミアがイナの膝の上から飛び降り、ちょこちょことリィギスに駆け寄っていく。

リィギスは嬉しそうに笑ってユーフェミアを抱き上げた。

「ユーフェ、いい子にしてたかい？　我が家のいたずら姫さま」

リィギスが明るい声で言い、ユーフェミアの頬に口づけして笑い声を上げた。最近とみに精悍さを増した横顔を、イナは惹き込まれるように見つめた。

「お帰りなさい、あなた。ユーフェは『いやいや』『だめ』ばっかりだけど、いい子よ」

冗談めかしたイナの報告に、リィギスが頷いた。

「よその子も二歳頃はそうだったって聞いたよ。どんどん賢くなっているんだろう」

ユーフェミアを見つめ、リィギスは目を細める。幸せそのものの表情だ。

ロロがリィギスの帰還に気づいて起き上がり、彼の周りをぐるぐる回り始めた。

「ただいま、ロロ。毎日、うちの奥様とお姫様を守ってくれてありがとう」

その言葉に、ロロは誇らしげに一声吼えた。

幸福な気持ちで、イナは愛する家族の姿を見つめる。

リィギスは、王太子だった頃よりも更に魅力的になった。愛しい青い瞳も、うっとりするような美しい顔立ちも、自信に溢れ煌めくばかりだ。

最近は港の視察や、監督作業なども増えて、日に焼けて男らしさが増している。

この気力と知性に満ちた美しい青年が、母国に引導を渡した最後の王太子だなんて、知らない人には想像もできないだろう。

実際、異国の人たちも、リィギスに会うまでは、もっと悲しげで線の細い、いかにも悲劇の元王子様を想像しているようだ。

だが、リィギスとの会談を終えた後は『総督閣下は聡明で魅力的な青年だった』『未来が見えているかのように賢いお方だ』と、リィギスびいきになって帰って行く。

呪いの王子という汚名や、病に冒されたガシュトラの大地の宿命を覆さんと、リィギスは日々しなやかに戦い続けている。

たとえどれほど理不尽な思いをしようとも諦めようとはしない。燃え上がる炎から繰り返し蘇るという、伝説の獣のように。

——本当に、なんて人なんだろう……。

リィギスは、父王の予言通り『ガシュトラ王国を滅ぼす呪いの王子』だったのかもしれない。実際に、一つの国の命脈を絶ったのだから。

しかし彼の選択は、ここで暮らす人々を生かすためのものだった。

リィギスは己の保身よりも、この国の支配層に生まれた人間として、一つ一つの屋根の下にある小さな暮らしを守ることを優先した。

そして、繰り返し浴びせられる『売国奴』という汚名を毅然《きぜん》と跳ね返し、諸外国や旧ガシュトラ領で暮らす人々からの支持を、着実に集めつつある。

今のリィギスは、立場的には元王族で、アスカーナ王家からガシュトラ領の総督に任ぜられた貴族の若者にすぎない。

けれどイナの目には、彼の美しい黄金の髪が、まるで王冠のように見える。うっとりとリィギスを見つめるイナの耳に、扉を叩く音が聞こえた。

「こんにちは。焼き菓子をお持ちいたしましたぞ」

衛兵が案内してきたのは、最近港町で料理教室を始めたバルシャだ。

十年以上前、リィギスの父に『アスカーナから戻ってくる息子の面倒は、お前が見てやってくれ。どうか孤独な息子の兄代わりになってほしい』と頼まれて以降、バルシャはずっと、リィギスを支えてくれていたそうだ。

王の近衛をクビになった変人と噂されても、まったく気にせずに。

リィギスはバルシャに構われると嫌そうな素振りを見せるし、他愛ない口げんかもしょっちゅうしている。だが、イナの知る限り、真面目で責任感の強いリィギスが子供じみた態度を取るのは、バルシャの前だけだ。

――お義父様は、リィギス様の『お兄さん役』にぴったりの人を、ちゃんと見つけてくださったんだわ。

リィギスに言ったら照れて怒るだろうけれど、それが、イナの偽らざる感想だった。

バルシャは、リィギスの身分が安定した二年ほど前『では、自分の夢を叶えますので！』と言い、護衛隊長の職を辞して、王都の街中に引っ越してしまった。

そして『俺の村の郷土料理は健康にいい』と言い、地味に料理教室を続けている。

彼の故郷である旧教の村は、ザグド人を弾圧せずに、共存しようとした人々の生き残りの村だ。

今も、ザグド人の教えを守り、山の中で静かな暮らしを続けている。

彼らが守り続けたザグド人の伝承には、リゴウ熱の予防に有益なものも多く残されているという。今もイナの父が率いる学者たちが研究中だ。バルシャも色々と、昔ながらの料理について聞き取りをされているらしい。

「こんにちは、バルシャ。いつもありがとう」

リィギスの礼に、バルシャがキラリと白い歯を光らせた。

「いえいえいえいえ。こちらこそ！　リィギス様が俺の料理をごひいきにしてくだされば、うちは総督閣下お墨付きの健康料理教室だと言い張れますので！」

バルシャの現金な言葉に、リィギスが明るい声で笑った。

力に溢れた笑い声につられたのか、リィギスに抱かれたユーフェミアがパチパチと拍手を始める。

「ん？　上手に拍手ができるようになったね、ユーフェ」

大好きな父に褒められたユーフェミアは、ニコニコしながら大きな声で言った。

「じょうちゅい……おめでと！」

この前連れて行った、新浄水設備場の開幕式で覚えた挨拶だ。

最近はことあるごとに、イナに『浄水設備場の建設おめでとう』という意味の言葉を披露してくれる。だが、リィギスの前では初めてだったようだ。

「ん？　今なんて言ったんだ、ユーフェ」

「アー……ユーフェ、みんなと……おめでと、した！　じょうちゅい……！」

ユーフェミアが得意げに言い、甘えた仕草でリィギスに抱きつく。

赤ちゃんだとばかり思っていたユーフェミアは、このところ驚くほどよく喋るようになった。リィギスは、そんな娘が可愛くて仕方がないらしい。

「分かった、浄水設備場のことか！　そうだね、この前、浄水設備場の完成おめでとうって言ったね。父様と母様とお祖父様、みんないた。よく覚えているな」

ユーフェミアに頬ずりしたリィギスが、再び華やかな声で笑い出す。何の屈託もない、若々しく精悍な笑い声だった。

――リィギス様が、こんな風に力強く笑うようになったのはいつからかな。ユーフェが生まれた頃かしら……。

楽しげな二人を見守っていると、自然とイナの唇の端にも笑みが浮かぶ。

リィギスにもユーフェミアにも、ずっとこんな風に笑っていてほしい。それだけが、イナの願いだ。

このまま、この平和が続けばいいと思う。リゴウ熱を人の力で根絶し、ガシュタン半島で人々が安全に暮らせる未来が来ればいい。

――ううん、来ればいい、じゃないわ。望んでいるだけじゃなくて、最後の最後までもがき尽くすのよ。疫病の大地の宿命に打ち勝つ日まで……。

そう思い、イナは口の端を吊り上げた。人にできる最善を尽くし、絶対に生き抜いてみせる。何があってもユーフェミアだけは守り、最後まで、イナはリィギスのそばに居る。

その覚悟があるから、リィギスもイナも、このガシュタン半島を終生の地に選んだのだ。

リィギスが切り開く未来は、間違いなく明るいだろう。イナは心の底からそう信じている。彼は、ガシュトラの大地に選ばれた、最初で最後の『救世主』なのだ。

「どうしたの、イナ」

ユーフェミアを抱いたまま、リィギスがイナに尋ねてきた。

欲張りなユーフェミアは、小さな両手に焼き菓子を握らせてもらい満足そうにしている。

ロロはイナのそばで、笑顔のユーフェミアを見つめていた。

「ううん、なんでもないの」

イナはユーフェミアを抱いたリィギスに首を振ってみせる。

多くの代償と引き換えに、リィギスがもぎ取ってくれた尊く温かな時間。この輝く時間を未来に繋げるために、自分もリィギスの隣で戦い続けよう。

——何があっても、私はリィギス様のそばに居る。

そう思いながら、イナは最愛の夫の煌めく青い目に微笑みかけた。

あとがき

こんにちは。栢野《かやの》すばると申します。

このたびは拙著『恋が僕を壊しても』をご購入いただき、誠にありがとうございました。

今作は、美青年がぶっ壊れる話です。いいですね……ぶっ壊れる美青年。私はドアマットヒロインより、ドアマットヒーローのほうが好きなのだと最近気づきました。

美しい男は苦悩して号泣してこそ……！　という萌えをギチギチに込めました。

TL小説に込めるものとして、間違っていないことを祈っております。

今作は、再び鈴ノ助《すずのすけ》先生にイラストを担当していただくことになりました。

ご多忙のところ、再びお引き受け下さってありがとうございます。嬉しいです。

目にしただけで、世界観に引きずり込まれていくような絵……鈴ノ助先生にしか描けない素晴らしい表紙だと、拝見するたび、心から感じ入っております。

前回も思いましたが、先生の絵は表紙だけで一つのドラマになっているのだなぁと……。

本当にありがとうございました。

最後になりましたが、拙著を手に取って下さった読者様、そして最後までご指導いただきました担当様、関係者の皆様、本当にありがとうございました。

またどこかでお会いできたら嬉しいです。

Sonya
ソーニャ文庫

この本を読んでのご意見・ご感想をお待ちしております。

◆ あて先 ◆

〒101-0051
東京都千代田区神田神保町2-4-7 久月神田ビル
㈱イースト・プレス　ソーニャ文庫編集部
栢野すばる先生／鈴ノ助先生

恋《こい》が僕《ぼく》を壊《こわ》しても

2019年8月5日　第1刷発行

著　　者　栢野《かやの》すばる
イラスト　鈴ノ助《すずのすけ》
装　　丁　imagejack.inc
D T P　松井和彌
編集・発行人　安本千恵子
発 行 所　株式会社イースト・プレス
〒101－0051
東京都千代田区神田神保町２－４－７ 久月神田ビル
TEL 03－5213－4700　　FAX 03－5213－4701
印 刷 所　中央精版印刷株式会社

ISBN 978-4-7816-9654-6
定価はカバーに表示してあります。